Isabel Arias

Cuando volvamos a vernos

Planeta

Av. Diagonal, 662-664, 08034 Barcelona
www.planetadelibros.com

Diseño de la colección: Compañía

Primera edición: febrero de 2024
Depósito legal: B. 991-2024
ISBN: 978-84-08-28347-8
Composición: Realización Planeta
Impresión y encuadernación: Liberdúplex
Printed in Spain - Impreso en España

PEFC
PEFC/14-38-00305
PEFC Certificado
Este libro procede de bosques gestionados de forma sostenible
www.pefc.es

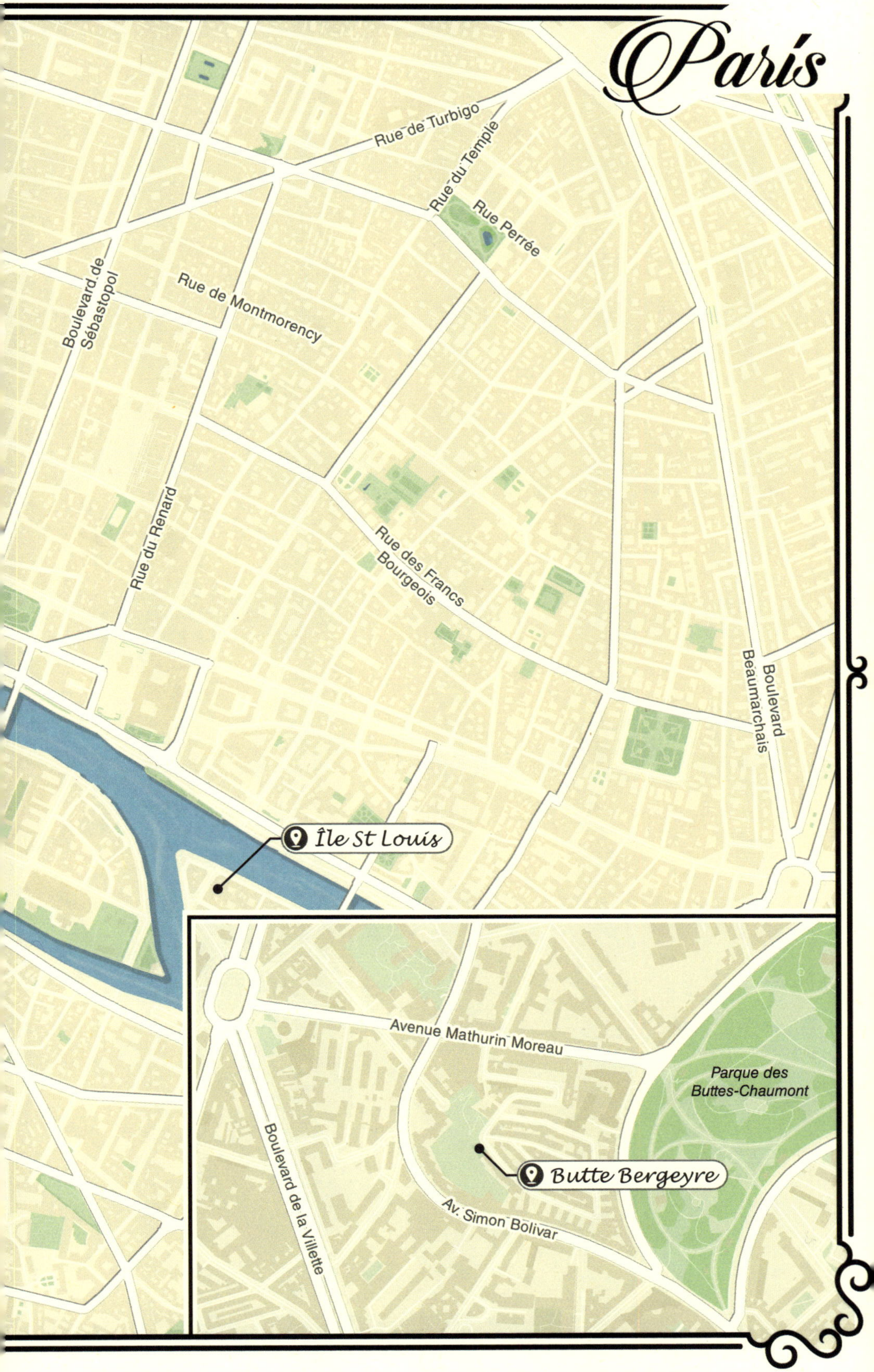
París
Rue de Turbigo
Rue du Temple
Rue Perrée
Boulevard de Sébastopol
Rue de Montmorency
Rue du Renard
Rue des Francs Bourgeois
Boulevard Beaumarchais
Île St Louis
Avenue Mathurin Moreau
Parque des Buttes-Chaumont
Boulevard de la Villette
Butte Bergeyre
Av. Simon Bolivar

To you. Because you brought me back to life
and made me see the world in bright colors again.

Al extraordinario hombre que inspiró el personaje de Juan.
El que mejor me quiso y el que mejor me supo leer.

A Gema, mi cómplice, mi amiga.
La persona más leal que he conocido jamás.

A Elisa, que me entiende como nadie en el mundo
y llegó a mi vida para hacerla mejor.

A Máximo, sin quien este sueño no se habría hecho realidad.

A mis padres, que siempre me han apoyado y han creído en mí.

Y a Gabriel; mi único amor eterno.

AVISO AL LECTOR

Todas las escenas que aparecen en esta novela son ficción. Salvo las que no lo son.

PRÓLOGO

Fue el día de su funeral cuando descubrí que mi marido tenía una doble vida. La gente piensa, cuando oye este tipo de historias, que es imposible que una no sospeche absolutamente nada. Tuvo que haber momentos de dudas, de ausencias mal justificadas o de llamadas a escondidas, dicen. Pero nada de eso ocurrió en mi caso.

Diego había sido no solo el amor de mi vida, sino mi alma gemela. Aquel de quien me enamoré apenas cumplidos los veinte años, con quien viví una tormentosa historia de amor —como las que me han gustado siempre— que terminó en una separación que duraría doce años.

Durante ese período él se casó con una mujer despiadada, tuvo dos hijos y dejó su trabajo en la universidad para abrir una librería de viejo junto al Instituto Francés de Madrid.

Fue terriblemente infeliz, pero encontró refugio en sus amados libros, que fueron los que con el tiempo nos volverían a unir.

Yo, en cambio, fui inmensamente feliz: terminé mi carrera de Traducción e Interpretación, viajé por el mundo con mis amigos, acudí a sus bodas y a los bautizos de sus hijos, leí miles de libros y tuve trabajos que me encantaron. Era un espíritu libre sin grandes preocupaciones.

Muchas veces le recordé, pero jamás volví a contactar con él. Cambié de número de teléfono y, durante un tiempo, incluso de ciudad. Mi trabajo me permitía vivir en cualquier rincón del mundo y aproveché para desaparecer una temporada.

El azar —y un amigo común— hicieron que nos volviéramos a encontrar doce años después de habernos visto por última vez... y que ya no nos volviéramos a separar hasta el día de su muerte, cuatro años más tarde.

Dicen que segundas partes nunca fueron buenas, pero tampoco esto se cumplió en nuestro caso: pasé a su lado los cuatro años más felices de mi vida.

Diego era mi oxígeno, mi energía. Tenía la capacidad de hacerme sonreír cuando nadie podía, de detener el mundo como si no existiera nada más allá de nosotros y de nuestro amor.

Él era feliz con sus libros; yo era feliz tan solo con verle sonreír.

Me gustaba ir a su librería, en cuya trastienda me instaló un pequeño despacho para que pudiera trabajar. Cuando llevaba un rato absorta en mis traducciones, se abría la puerta y entraba él con su media sonrisa y una taza de café en la mano, una galleta, el periódico... Cualquier excusa era válida para mirarnos y sonreírnos sin más.

Otras veces, sin embargo, pasábamos días sin vernos. Disfrutando de nuestro espacio y nuestra soledad y echándonos de menos. Porque así lo elegíamos.

Nos casamos al poco tiempo de nuestro reencuentro, en una ceremonia sencilla a la que tan solo acudieron un par de amigos. Pero continuamos conservando cada uno nuestra casa y, aunque la mayoría del tiempo estábamos en la suya, a mí me gustaba volver a mi pequeño piso de las afueras a disfrutar de vez en cuando de la soledad y el silencio.

A ojos de los demás nuestra vida de pareja podía parecer extraña, pero lo cierto es que para nosotros funcionaba. Porque al fin y al cabo... ¿Qué es «normal»?

«Normal» es un programa de la lavadora, solía decir Diego.

La realidad es que la vida de pareja raramente sigue los preceptos de un manual y no a todo el mundo le funciona lo mismo. El truco, el milagro, está en encontrar a quien no solo sea objeto de nuestro amor y deseo, sino a quien comparta también las mismas expectativas en una relación. Convencionales o no, lo mismo da.

Y para nosotros, el milagro ocurrió.

Durante unos años viajamos, recorrimos el mundo entero acudiendo a ferias de libros antiguos, visitando islas remotas y caminando durante horas y horas por las calles de París, Londres y Nueva York.

Pero un 20 de noviembre, tres años después de habernos reencontrado, el mundo se nos cayó encima. A Diego le diagnosticaron un cáncer de pulmón que nos sumió en un infierno de pruebas, dolores crónicos, visitas a Urgencias de madrugada, morfina, operaciones... y un sufrimiento insoportable durante casi un año entero.

Supe que se moría... y no quise saberlo. Hasta el mismo día de su fallecimiento me negué a pensar que el destino hubiera sido capaz de reírse de nosotros de ese modo. Que nos hubiera vuelto a unir doce años después para, tras un suspiro, soltar esa losa insoportable sobre nosotros y separarnos para siempre.

Recuerdo sus últimos días casi minuto a minuto; hubiera dado todo en ese momento por tenerle a mi lado solo unas horas más.

Es imposible describir con palabras el sentimiento que alguien tiene cuando entre sus brazos se escurre la vida de la persona a la que ama, con la que construyó sueños que ya nunca llegarán a cumplirse, con la que hizo planes que nunca podrá llevar a cabo, con quien tenía un proyecto vital que jamás se hará realidad. Así que no voy a intentarlo siquiera. Porque solo el que lo ha experimentado puede comprenderlo y precisamente a ese no hace falta explicárselo.

Sentir que con su último aliento desaparece también tu capacidad de respirar. Que el oxígeno no te llega al cerebro. Te ahogas. No puedes pensar. Solo quieres meterte en la cama y llorar el resto de tus días.

Mi amiga Marta me decía por aquel entonces que menos mal que siempre hay alguien, por lo general un familiar, que consigue mantener la cabeza serena y se ocupa de organizar lo necesario. Si por mí hubiera sido, me habría quedado durante días aferrada a su cuerpo, tan inmóvil, tan perfecto. Esos brazos que tantas y tantas veces me abrazaron. El único lugar en el que conseguía dormir tranquila, en el que me sentía protegida.

Fueron mis cuñados, los hermanos de Diego, los que se ocuparon de las gestiones y el papeleo e incluso me llevaron al funeral. Yo no tenía fuerzas siquiera para conducir ni para tenerme en pie.

Fue una suerte contar con sus hombros para apoyarme, dado que aquella tarde soleada en la que corría un viento helado, yo descubriría la existencia de Ana, la otra mujer en la vida de Diego.

No quiero entrar en muchos detalles sobre el tema, pero los acontecimientos de los siguientes días me proporcionaron más información de la que hubiera querido tener.

Cuando uno descubre estas cosas, y más cuando la otra persona no tiene la oportunidad de negar o explicar lo sucedido, la lógica se pierde, nada encaja; el engañado trata de encontrar una explicación que de repente le dé un sentido a ese pasado oculto.

En mi caso no fue necesario. Ahí estaba todo; en su móvil, que seguía en mi casa y que volví a encender tras más de diez días apagado, y en la historia que me contó la propia Ana.

Diego y Ana se habían conocido un día que ella entró en la librería. Salía de una de sus clases en el Instituto Francés y le llamó la atención un ejemplar de *Madame Bovary* que había en el escaparate.

Una cosa llevó a otra, como se suele decir, y estuvieron viéndose durante cinco o seis meses —qué más da— en aquellos días que yo pasaba en mi casa disfrutando de mi espacio, suponiendo que él hacía lo mismo a solas en el suyo.

Cuando enfermó, Diego se lo dijo... Y también le advirtió que no volverían a verse. Él sabía que aquel cáncer no tenía cura. Que se lo habían diagnosticado demasiado tarde. Y sus últimos meses quería pasarlos conmigo, y solo conmigo. Eso es lo que me contó Ana y lo que por supuesto quise creer. Cuando accedí a su teléfono y a su correo pude comprobar que, efectivamente, había sido así.

Aun hoy, tiempo después, no sabría explicar bien lo que sentí. Solemos pensar que ante una situación así vamos a lanzar los platos contra las paredes, como en las películas, o a tirar la ropa del otro por la ventana. Pero no hice nada de eso.

Solo rogué, supliqué, lloré por las noches en mi almohada pidiendo que el universo me diera una oportunidad para hablar con él una vez más. No le odiaba, no estaba siquiera enfadada. Solo quería verle, escucharle, abrazarle.

Soy una persona peculiar en lo que respecta a las relaciones amorosas. No creo en las historias eternas, en el amor para siempre. Creo que todo tiene un inicio y un fin. Y ello a pesar de haber sentido muy de cerca el amor de mis padres, que llevan juntos desde antes de los veinte años, gran parte de los cuales han pasado codo con codo las veinticuatro horas del día.

Pero precisamente por eso, siendo yo tan distinta, he aprendido a entender que hay diferentes formas de amor y que hay muchos estereotipos que no tienen por qué ser los ideales, o al menos no los ideales para todo el mundo.

Parto de la base de que todos podemos equivocarnos —y lo hacemos a menudo, no pasa nada—. Todos podemos enamorarnos de más de una persona a la vez. O podemos estar locos por alguien y que de repente se cruce otro en nuestro camino, que sea una aventura pasajera, o que termine rompiendo la relación precedente. Es fácil condenar desde fuera; es más difícil gestionarlo desde dentro.

Hay amores de verano que duran una vida entera. Amores eternos que solo duraron unos meses.

Una de las protagonistas de *Sexo en Nueva York* dice en algún momento que ella ha buscado toda su vida, frente al amor tranquilo y reposado que traen la calma de años compartidos en pareja, uno apasionado, desgarrador, impredecible e incluso inconveniente. Que ha buscado la sensación real de tener mariposas en el estómago, pasarse días preguntándose si la otra persona contestará al último mensaje o cuándo volverá a llamar. Eso es lo que a mí me ha mantenido siempre viva, alegre. La incertidumbre, los nervios... la ilusión.

Por eso he sido siempre reacia a juzgar las relaciones amorosas de los demás; porque desde muy jovencita entendí que no hay una sola forma de amar ni un único tipo de pareja. Y si no había juzgado a nadie, jamás, por cómo vivía sus relaciones... ¿Con qué autoridad iba a juzgar a mi propio marido? Máxime cuando yo también lo había engañado una vez y sabía que eso no significaba que le quisiera menos. Muy al contrario. Aunque haya quien no lo entienda.

Me preguntan si le perdoné. Por supuesto que sí.

No solo eso, sino que lejos de sentir tristeza, me sentí inmensamente agradecida por haber vivido un amor como el que construimos Diego y yo. Porque hay amores que, aunque sean breves, hacen que una vida entera valga la pena.

Lloré mares de lágrimas, pasé horas sentada en el suelo del cuarto de baño, estuve haciendo puzles durante semanas.

Pero en medio de mi desolación y mi desamparo, le perdoné que hubiera querido a otra persona. Lo que de verdad me costó fue perdonarle que se hubiera muerto y no poder seguir cumpliendo sueños juntos.

Pasados los meses, volví a sonreír, a reír, a salir a cenar con mis amigos, a viajar. A disfrutar como siempre lo había hecho, porque había sido siempre, pese a las adversidades, una persona inmensamente alegre y feliz.

Eso sí, no volví a enamorarme. Hasta que ocurrió lo que voy a contaros a continuación y que pondría mi mundo del revés.

1

UN NUEVO COMIENZO

La primera vez que visité París era tan solo una niña. Recuerdo que cuando el avión despegó para llevarme de regreso a Madrid, lloré. Lloré con la angustia de no saber si volvería a pisar aquella ciudad; con la misma angustia que uno llora tras el fin del primer amor, porque creemos que será imposible volver a sentir algo igual de bonito.

Poco podía imaginar entonces que treinta años después estaría aterrizando de nuevo en ese mismo aeropuerto, Charles de Gaulle... y sin billete de vuelta.

El avión tocó tierra y, como siempre, me agarré con fuerza a los reposabrazos hasta que mis nudillos perdieron su color. No me importaba volar, pero los despegues y los aterrizajes me daban pánico. Miré por la ventanilla y no pude sino sonreír ante la ironía del destino: llegaba a París buscando devolver el color a mi vida, que parecía desarrollarse en blanco y negro desde hacía tiempo, y me encontraba con un día tremendamente gris.

Por primera vez en toda mi existencia esperé pacientemente a que el resto de pasajeros bajara del avión antes de levantarme a coger mi equipaje de mano y desembarcar. Soy de ese tipo aborrecible de personas que se levanta en cuanto se apagan los motores y casi la primera que baja del avión, con esa sensación de querer aprovechar mi estancia en destino al máximo.

Pero aquella vez era diferente. Viajaba solo con billete de ida y no tenía ninguna prisa. Ese nublado día de junio yo aterrizaba en París, por fin, para quedarme. Volví a mirar por la ventanilla, en la que se habían depositado algunas gotas de condensación que me impedían tener una visión nítida del exterior, y me pregunté si encontraría en la capital francesa todo aquello que venía a buscar, que no era poco, y si conseguiría huir de lo que había dejado en Madrid, que era aún más.

Mientras los pasajeros iban saliendo del avión, encendí mi móvil y enseguida apareció en la pantalla un mensaje de bienvenida de mi amiga Marta, que me confirmaba nuestra cita a las seis de la tarde en el café que había frente a su apartamento, el mismo donde me había dejado las llaves de mi nueva casa.

Eran las dos y cuarto. Un amortiguado ruido procedente de mi tripa me recordó que no había comido aún —cualquiera lo hace en el avión—, y pensé que tendría que acostumbrarme a los horarios de comida franceses. En todo caso, ya que me habían dejado las llaves en un café, quizá conseguiría picar algo allí antes de instalarme.

Me metí el móvil en el bolso y me puse en marcha. Me despedí de la amable azafata con un *bonne journée* y decidí que tenía que empezar a refrescar mi francés. El escrito lo dominaba a la perfección y lo practicaba a diario gracias a mi trabajo, pero, siendo sincera conmigo misma, el oral lo tenía algo oxidado. No importaba mucho, porque eso cambiaría pronto; al fin y al cabo, ese era el idioma que más iba a utilizar allí, sin duda. ¡Qué poco podía imaginarme entonces que no sería así!

En menos de una hora me encontré sentada en la parte trasera de un taxi en el que sonaba una agradable canción de fondo, cuya letra no acertaba a entender —esperaba sinceramente que no fuera francés, o lo tenía más oxidado de lo que pensaba...—. Me dediqué a contemplar la ciudad a través de la ventana y a relajarme durante la media hora de trayecto que tenía por delante hasta mi nuevo hogar.

Me parecía increíble que tan solo un mes antes yo estuviera viviendo una existencia de lo más plana en Madrid, como anestesiada tras todo lo que había pasado; sola en mi pequeño piso, entregada completamente a mi trabajo en un organismo público y pasando las tardes en casa realizando algunas traducciones por mi cuenta para sacar un dinero extra.

Mi tiempo libre lo invertía en leer sin parar, lo que realmente me llenaba y lo que más me ayudaba a seguir adelante sin echar la vista atrás. Con cada nuevo libro que leía crecía en mí la ilusión de escribir algún día mi propia novela; un sueño que había tenido desde niña, pero para el que nunca había encontrado tiempo. Diego me animó constantemente a hacerlo, e incluso se ofreció a editarlo. Otro de esos proyectos que ya jamás llevaríamos a cabo.

Pero esa era una de las tareas que traía en mi maleta repleta de sueños para cumplir en París, la ciudad por la que tanto había paseado con él y que esperaba que me recibiera con los brazos abiertos, aunque esta vez viniera yo sola.

Desde pequeñita había soñado con instalarme en aquella ciudad. Habitar una de aquellas buhardillas cuyas luces veía iluminadas por las noches mientras me tomaba un *crêpe* caminando por aquellos señoriales bulevares haussmanianos. Había sido para mí un trauma enterarme de que aquellas ventanas en los tejados de zinc no escondían amplias y elegantes buhardillas a la altura de lo señorial de los edificios, sino minúsculos habitáculos llamados *chambres de bonne* en los que originariamente residía el servicio, y a los que raramente llegaba el ascensor ni muchas de las comodidades de las que gozaban los pisos inferiores.

Desde aquel primer viaje a París siendo aún una niña, había recorrido sus calles con las personas más importantes para mí: con mis padres, con mis amigos, con todas las parejas que había tenido. Cada estancia en la capital francesa había sido mágica. Y algunas habían sido muy, muy divertidas. Pero, sobre todo, los viajes que había hecho con Diego habían sido... extraordinarios. Lo único que esperaba es que aquellas imágenes y recuerdos, aún dolorosos, no crearan una sombra imborrable sobre mi nueva vida en París.

Mientras estudiaba en la universidad me había dedicado a buscar los distintos organismos que tenían sede en la maravillosa ciudad de la luz. Soñaba con poder trabajar en alguno de ellos y mudarme allí, aunque solo fuera una temporada. Pero a veces el destino nos lleva por otros caminos y decide por nosotros, sin preguntarnos. El verano en que terminé la carrera conocí a Alberto, un chico de Barcelona. Enamorada como estaba de él, y en la creencia absoluta de que era el amor de mi vida, agarré los bártulos con la misma facilidad que decliné la plaza que había obtenido en el Máster de Traducción e Interpretación de ICADE y me cogí un puente aéreo a la Ciudad Condal sin billete de regreso.

Aunque la relación se terminó al cabo de unos años, jamás me arrepentí de aquello. Regresé a Madrid y allí encontré un nuevo trabajo y retomé el contacto con mis compañeros de la universidad y mis amigas del colegio.

Pero una vez más el destino no me dio tregua y Marta, una de mis mejores amigas, se trasladó a París cuando más unidas estábamos.

Marta llevaba años trabajando en las oficinas centrales de Leroy Merlin en Madrid y su jefe le había ofrecido un traslado (acompañado de una importante promoción) a la capital francesa. En parte la odié un poco por aceptar, pero ¿quién hubiera dicho que no a semejante oportunidad?

Ella se fue unos meses después de la muerte de Diego. De aquello hacía ya cinco años. Aunque mis días parecían tener más horas de las normales, para Marta, en cambio, el tiempo parecía volar. Desde su llegada a París había dejado su maravilloso trabajo en Leroy Merlin para irse a una importante editorial y había abandonado su apartamento en las afueras para trasladarse al barrio más bohemio, más animado y más cultural de toda la ciudad: Saint-Germain-des-Près. Además, al poco de instalarse se mudó allí su novio —ahora marido—, un piloto de Air France que no solo era guapo —nivel francés, que es otra liga—, sino que además tenía ese peculiar sentido del humor de las personas sumamente inteligentes que enamoraba a cualquiera.

El taxi se adentraba ya por las calles del centro y mi corazón empezaba a latir cada vez más rápido. Reconocía muchos de los lugares por los que pasábamos: la Place de la Concorde, la dorada cúpula de los Inválidos al fondo, el Boulevard Saint-Germain, con sus tiendas y cafés... Cuando giramos finalmente por la esquina de Les Deux Magots y bordeamos la Iglesia de Saint-Germain, aún no podía creer mi suerte.

Marta me había llamado unas cuatro semanas antes,

muy excitada y sin terminar de arrancar a hablar. Lo cual era extraño, porque ella es de esas personas que raramente se quedan sin palabras.

Era un diecinueve de mayo que podía haber sido un día cualquiera y que sin embargo se convirtió en uno que jamás olvidaría.

—Mariii. —En realidad me llamo Isabelle, y ella se llama Marta, pero llevamos años llamándonos así la una a la otra y realmente no logro recordar por qué—. ¿Qué tal estás?

—Pues como siempre... Poca novedad. —Misma respuesta que le daba el noventa por ciento de las veces que me llamaba—. Nada emocionante desde que hablamos la última vez.

—Genial entonces. Ya te traigo yo la emoción... Agárrate. ¿Dónde estás ahora?

—En casa. Acabo de llegar de la oficina y me estoy haciendo un *chai*. Espera, que me siento en el sofá. —Cogí la taza de té y me la llevé al salón—. ¿Estás embarazada?

—¡No, mujer! Esto trata de ti, no de mí...

—Venga, va, suelta... —He de reconocer que no soy la encarnación de la paciencia y ya me estaba entrando curiosidad de la buena; esto sonaba a que realmente el día se iba a poner interesante para mí.

Pero no era el día lo que se iba a poner interesante; era mi vida. Cuando colgué el teléfono, veinte minutos más tarde, el rumbo de la misma había cambiado para siempre.

Mi amiga me contó que Michel, su vecino del segundo, un joven montañero con una melena rubia de esas atractivamente despeinadas, que se pasaba el día viajando por el mundo escalando ochomiles, había decidido por fin dejar París y poner su pequeño apartamento de una habitación, heredado de su abuela unos años antes, en alquiler. Yo había coincidido con Michel en varias de las más de veinte veces que había ido a visitar a Marta.

Se habían conocido el primer día que ella se mudó al edificio y habían hecho buenas migas. Incluso había habido algo entre ellos, pero de escasa trascendencia, dada la vida de nómada que llevaba Michel.

El caso es que muchas noches habíamos acabado los tres en Le Chai, el café que estaba justo enfrente, tomando unas cervezas y unas *frites* y hablando de lo humano y lo divino. El chico era muy majo y, aunque no era mi tipo, podía reconocer lo que Marta había visto en él. En todo caso, su historia de amor —si a aquello podía llamarse así— no duró más de un mes, pero siguieron siendo buenos amigos. Por eso cuando tomó la decisión de alquilar el piso, enseguida se lo dijo a Marta, por si conocía a alguien de confianza. Y a ella le faltó tiempo para llamarme, claro.

—Tienes que venirte. Es una señal, está claro —me dijo Marta sin poder contener la emoción que emanaba de su voz.

—¿Tú crees? ¿No es un poco precipitado? ¿Y qué hago con el trabajo?

—No me vengas con rollos, Isabelle, que tu trabajo lo puedes hacer desde aquí. Tienes ya un montón de clientes y yo puedo intentar buscarte algo también desde la editorial. No seas boba. —Marta se puso seria—. Te lo mereces después de todo lo que has pasado. Te lo debes. Ven, escribe tu novela, vive en París. Es el sueño de tu vida.

Y lo era.

Así que aquí me hallaba, pocas semanas después, bajándome del taxi frente a la puerta de mi nueva casa. La calle era tan estrecha y el café estaba tan cerca que dejé las maletas delante del portal y entré hasta la barra, donde encontré a Simon, uno de los camareros, limpiando las copas.

—*Salut, Simon!* —lo saludé con una sonrisa.

—*Oh là là!* Pero mira quién está por aquí... ¿Otra vez de visita? —El joven camarero rubio, que no debía de tener más de veinticinco años, me hizo pensar con su comentario que debía de haberme tomado allí muchas más cervezas de las que recordaba—. ¿Cuántos días estarás con nosotros?

—Pues mira... Es la primera vez que lo digo aquí en voz alta... Pero he venido para quedarme. —Esperé con atención la reacción en su cara, que no tardó más de dos segundos en aparecer en forma de sonrisa digna de anuncio.

—¡¿De verdad?! —Simon empezó a dar saltitos y no pude evitar sonreír yo también—. Ahhh, ahora entiendo. Por eso te ha dejado Michel aquí las llaves. Pensé que os las había dejado para regar las plantas o algo. Creo que me dijo que se iba al Annapurna, ¿no? —Mientras hablaba, Simon depositó en mi mano el manojo de llaves de mi nueva casa. Vale, eran solo dos más una chapita de esas que sirven para abrir los portales en París. Pero eran MIS llaves. MI chapita. No podía contener mi emoción. Ni mis ganas de instalarme en mi nuevo hogar. Así que me despedí de Simon prometiéndole que bajaría más tarde con Marta a tomar algo.

Cuando crucé la calle, mis maletas seguían ahí —menos mal—. Acerqué la chapita negra al «telefonillo» y la puerta se abrió. Una cosa que me ponía un poco nerviosa de las casas de París es que los pisos no estaban numerados. Simplemente había un panel con un teclado a la entrada de los portales, en el que un código que solo conocían los vecinos permitía abrir la puerta. En su defecto, con una chapita como la que yo tenía en el llavero, que acercándola al panel abría el portal. Eso sí, una vez dentro, más te valía saber dónde ibas, porque ni un número, ni una letra... nada.

Atravesé el patio interior del edificio, en el que había un par de bancos muy agradables entre los dos árboles que crecían allí, y me encontré con otra de las cosas que me torturaban de París, sobre todo cuando llegabas cargada: muchos edificios eran muy antiguos y no tenían ascensor. Así que tuve que subir arrastrando las maletas, de una en una, intentando no matarme. Era un segundo piso, pero la altura era equivalente a un cuarto, ya que los apartamentos de este lado del patio (como el mío) tenían dos alturas. Pero me dio igual. En ese momento nada podía estropear mi felicidad.

Abrí la puerta, dejé las maletas en el descansillo y me adentré en el apartamento: tenía varios muebles y una inmensa biblioteca de más de cuatro mil libros que ocupaba toda la pared del fondo, que iba del suelo al techo del segundo piso. En la otra pared, un inmenso ventanal de dos alturas.

Agotada, no sabía si por el viaje o por la emoción del momento, me dejé caer en el sofá y sentí cómo las lágrimas afloraban a mis ojos. Iba a comenzar de nuevo. O al menos tenía la oportunidad de intentarlo. Estaba en casa.

El apartamento no era muy grande, pero era todo lo que yo necesitaba. El inmenso ventanal que ocupaba todo el frontal del apartamento y parte del techo dejaba pasar una mágica luz a raudales. En la planta baja, el espacio diáfano consistía en una preciosa cocina americana con una isla de madera y con lo indispensable para una persona que cocina tan poco como yo. Pero con una cafetera maravillosa a la que acababa de echar el ojo. Comer, no mucho. Pero café, podía beberme más de un litro al día.

Junto a la cocina, una amplia mesa de comedor con cuatro sillas metálicas con cojines. Al fondo, delante de la inmensa librería, un sofá y dos butacas para leer con pinta de ser comodísimas. Y, frente al ventanal, una mesa de despacho sobre la que Michel me había dejado una impresora y una lamparita.

No había televisión, y yo lo agradecía.

Desde el centro de la planta inferior subía una escalera de madera que daba acceso al dormitorio, que parecía flotar sobre la estancia de la planta baja. Aquí había una cama que no era pequeña, un par de cómodas junto a un inmenso armario empotrado y un baño bastante grande en proporción al resto del piso, que contaba con ducha y bañera.

El gran ventanal daba al patio por el que había entrado y tenía pinta de ser de lo más silencioso. Aquel apartamento era mi sueño hecho realidad.

De repente recordé las maletas al oír pasos por la escalera, y salí corriendo a meterlas dentro de casa y cerrar la puerta.

Debía de llevar un par de horas allí —aunque había perdido un poco la noción del tiempo colocando las cosas—, cuando tocaron al timbre. Confieso que valiente, valiente, no soy, y además no había mirilla. Pero un «Mariiii» inconfundible delató a Marta.

Abrí la puerta de inmediato y me abracé a mi amiga casi sin comprobar que era ella.

—Bueno, bueno... ¡Aún no me creo que vayas a vivir aquí! —Marta me miró como si estuviera viendo un fantasma—. Tía, ¡que vamos a ser vecinas! Qué fuerte...

Estaba tan emocionada como yo —incluso más—. En realidad, nos veíamos casi con más frecuencia en París de lo que nos habíamos conseguido ver en Madrid en el ajetreo del día a día. Desde que se había mudado a la capital francesa yo había intentado venir a verla al menos cinco o seis veces al año, además de las dos o tres que ella iba a Madrid. En todo caso, esta vez era especial, sin duda. Esta vez no teníamos un cronómetro sobre nuestras cabezas.

Cogí un fular que había dejado sobre la silla, las llaves, y eché un vistazo al salón antes de cerrar la puerta y dirigirme a Le Chai junto a Marta.

A los pocos minutos estábamos sentadas en la terraza, viendo pasar gente, con una Coca-Cola Zero cada una y un *assiette de frites* para compartir. Cómo había echado de menos esas tardes que pasábamos allí hablando de nuestros sueños, de nuestros proyectos... Recordando momentos compartidos y riéndonos en cuanto la otra comenzaba una frase que ya sabíamos cómo iba a terminar. Tan bien nos conocíamos.

Me resultaba increíble pensar que ahora podríamos hacerlo siempre que quisiéramos.

Pronto se nos hizo de noche poniéndonos al día. Marta se había casado apenas tres meses antes y no la había visto desde la boda. Estuvo narrándome con todo lujo de detalles ese viaje de novios tan espectacular que habían hecho —lo de estar casada con un piloto tenía sin duda sus ventajas— y entretanto yo la miraba y sonreía mientras aprovechaba para dar buena cuenta de las *frites.* «Pronto tendremos que pedir otra ración», pensé.

Me sentía inmensamente feliz de ver así a mi amiga. No solo estaba enamoradísima y viviendo un sueño junto a Bastien, su marido, sino que todo parecía irle bien.

Yo había conocido a Marta cuando ambas teníamos unos veinticinco años. Ella era auditora en Leroy Merlin, donde yo estuve trabajando un tiempo *in-house* haciendo traducciones. Coincidimos varias veces en la máquina de café, y un día nos pusimos a hablar y descubrimos que nos parecíamos muchísimo; como hermanas separadas al nacer.

Las dos éramos, en general, bastante asociales y no demasiado extrovertidas. Teníamos un sentido del humor y unos gustos similares. Fue la primera vez que hacía una amiga en el trabajo y no pude elegir mejor.

Yo no estuve mucho tiempo en la empresa, pero el vínculo que habíamos establecido duraría para siempre. Aunque la pobre Marta tenía unos horarios infernales y viajaba muchísimo, siempre sacábamos tiempo para hablar. Incluso veíamos programas y series de televisión juntas, cada una en una punta de España o del mundo, y las comentábamos por teléfono.

Marta tenía un hermano pequeño que le había dado dos sobrinos que eran la luz de su vida. No era muy niñera, pero, ¡ay, sus sobrinos! Eso era otra cosa. Dani y Gema tenían siete y nueve años y, por supuesto, ya habían ido a visitarla a París con sus padres, y juntos habían pasado un fin de semana entero en Disneyland Paris. Viendo a Marta hablar de ellos, siempre supe que a pesar de su aversión a los niños sería una madre excelente.

Su última época en Madrid había sido un auténtico infierno de trabajo y llegó un momento en el que lo estaba pasando realmente mal. Así que la oferta del traslado a París le vino como caída del cielo. No obstante, su aterrizaje aquí tampoco había sido fácil. Mucho trabajo, nuevos compañeros —franceses—, una jefa que hacía más trabajo de administrativa que de directora general y con la que no se podía contar para nada, y demasiados viajes por toda Europa.

Pero la ciudad le gustaba, hizo algunos amigos y, sobre todo, conoció a Bastien, con el que empezó a salir. No quería volver a Madrid. Así que se puso a buscar trabajo y, gracias a su currículum, bastante impresionante, y a que no le importó renunciar a buena parte del sueldo, enseguida encontró trabajo en una importante editorial.

El cambio en su vida fue radical: pasó de estar al menos quince días al mes fuera de casa a no viajar más que un par de veces al año. Dejó de trabajar doce horas diarias. Y nada de llevar el portátil a cuestas los fines de semana. Sí, con el cambio había perdido dinero, pero había ganado mucho en calidad de vida. Y eso ella no lo cambiaba ya por nada.

Me estuvo contando los nuevos proyectos de la editorial, los últimos eventos a los que había asistido, y me prometió que me llevaría a la próxima presentación de un libro.

También, como ya me había dicho cuando me llamó a Madrid, insistió en echarme una mano con el tema del trabajo.

—Siempre están buscando traductores en la editorial. No solo para los libros, sino para las notas de prensa y mil historias más —me aseguró mientras cogía la última *frite* del plato—. Tú pásame tu currículum.

—Vale, vale, pues en cuanto me instale y me organice un poco lo actualizo y te lo mando —le contesté—. De todos modos, he pensado en buscar algo para ver seres humanos. —Marta sonrió y alzó las cejas—. No, en serio. En Madrid muchas veces iba a trabajar a las empresas, o hacía alguna cosilla de interpretación... Me da miedo encerrarme aquí en mi piso, monísimo, y no tener nunca relación con nadie más que contigo y con Simon. —Sonreí al joven camarero que en ese momento nos traía una *omelette* con aspecto delicioso a cada una.

—Ya, eso es cierto. Mira que nos gusta poco la gente.

Pero lo cierto es que con alguien hay que tratar en este mundo. Eso sí, hay que seleccionar bien. —Nos reímos y volvimos a brindar.

La cena, que habíamos empalmado con la merienda, transcurrió con un encantador halo de familiaridad. Como si cenáramos juntas todos los días. Como si nuestros caminos nunca se hubieran separado.

Cuando ya estábamos pagando la cuenta apareció Bastien, aún con el uniforme, recién llegado del aeropuerto.

—Pero bueno, ¿quién está ya por aquí? —Me saludó con dos besos—. ¿Qué tal ha ido el viaje? Ya podía haberte traído yo...

—Pues habría estado genial —le sonreí—. Pero si ese avión se estrella a Marta le da algo, así que mejor hacemos como el Rey y su hija y volamos por separado, por si acaso.

Los tres nos reímos y, tras despedirnos de Simon, nos dirigimos hacia el portal de... madre mía, ¡nuestras casas!

Marta y Bastien subieron a su apartamento por la primera escalera y yo atravesé el patio para dirigirme al mío. Antes de despedirnos, Bastien se ofreció a ayudarme con cualquier cuestión de bricolaje que necesitara, y le tomé la palabra porque yo no sabía ni cambiar una bombilla, no hablemos ya de colgar un cuadro.

Saqué uno de los juegos de sábanas que Michel amablemente me había dejado e hice la cama. Me pegué una buena ducha y me puse el pijama. Era tarde, y más en horario francés, pero la excitación por el inicio de mi nueva vida me impedía irme a dormir, así que terminé de recoger mis cosas. La ropa ya la había ordenado por la tarde, pero aún me quedaban utensilios de la cocina y el baño y algunos diccionarios especializados. Lo cierto es que con internet apenas los utilizaba, pero seguían siendo útiles, sobre todo para tecnicismos.

Coloqué también mi ordenador y un pequeño altavoz inalámbrico, aunque vi con sorpresa que Michel tenía un viejo tocadiscos. Empecé a curiosear la docena de vinilos que tenía y encontré uno de Louis Armstrong. Abrí un poco las ventanas, pues la temperatura era muy agradable a esa hora, y me serví una copa del vino que Michel me había dejado en la cocina con una cariñosa nota de bienvenida.

Puse en marcha el tocadiscos y me senté en la cómoda butaca de lectura junto a la ventana.

En ese momento, mientras sonaba *What a wonderful world*, no podía sentirme más feliz. Y es que, en consonancia con la letra de la canción, el mundo me parecía maravilloso.

Mientras contemplaba las luces encendidas en casa de Marta (¡qué lujo poder vernos por la ventana!), pensé en todo lo que me esperaba a partir de entonces. No solo había dejado atrás el infierno que había vivido en los últimos años —si es que aquello podía dejarse atrás alguna vez—, sino que estaba cumpliendo el sueño de mi vida. El de una niña que un día se enamoró de una ciudad y decidió que de mayor viviría allí. Y lo acababa de lograr.

Michel me había alquilado el apartamento a un precio muy razonable, pues prefirió alquilárselo a alguien conocido que sabía que lo cuidaría. Había hecho una reforma increíble, conservando la esencia del piso, con sus vigas de madera en el techo, y ese suelo de madera antigua que crujía a cada paso que daba (¡y cómo me gustaba!) pero a la vez todo estaba nuevo y cuidadísimo.

Yo seguiría con mis proyectos de traducción, en los que podía trabajar desde cualquier sitio, que me daban para vivir razonablemente bien a la vez que tampoco me ocupaban demasiadas horas. Sobre todo, lo que más me gustaba de mi trabajo era la posibilidad de organizar mi tiempo. Salvo fuegos de los que había que apagar para ayer, por lo general podía permitirme levantarme tarde o quedarme por las noches traduciendo hasta altas horas tras haber pasado la tarde paseando por la ciudad.

Mi tiempo era mío y eso me encantaba. En todo caso, como le había dicho a Marta, había pensado en buscarme un trabajo, no a jornada completa a lo mejor, pero sí unas horitas a la semana que me permitieran tener un ingreso fijo al mes y, a la vez, relacionarme con gente y aprovechar para resucitar mi francés.

Mantenía el foco en mi objetivo: aprovechar la oportunidad de empezar de cero y construir una nueva vida en la que no tuvieran cabida el sufrimiento, el dolor ni las lágrimas. Pensar en lo que me llenaba. Como escribir mi novela. Y encontrar, al fin, la felicidad. No encontrarla en París; encontrarla en mí.

Me serví un poco más de vino y recordé una comida con Máximo Huerta, conocido y respetado escritor, pero, sobre todo, gran amigo. Nos habíamos visto unas semanas antes en Madrid. Él estaba inmerso en la promoción de su última novela, pero sacó un hueco para poder encontrarnos antes de mudarme a París. Max me dijo que debía aprovechar aquel cambio para tomar las riendas de mi vida y decidir qué quería hacer con ella.

—Isabelle, haces bien en irte —me dijo—. París puede ser una gran oportunidad. Tómatelo así. Es el momento de dejar de huir de ti misma y encontrarte por fin. Vive París. Recuerda todos los sueños que tenías y cúmplelos allí. Cambia de aires, conoce gente. Y disfruta de tu tiempo en soledad, solo así sabrás con quién quieres compartirlo, si es que quieres compartirlo con alguien. Es más —sonrió—, adelántate y cumple este sueño por los dos. Seguro que yo te sigo algún día.

Y supe que no bromeaba. Ambos esperábamos desde hacía años poder instalarnos en esa ciudad que era para nosotros como la Tierra Prometida. Aquello se quedó en mí y le estuve dando vueltas durante las semanas que siguieron. Y cuanto más lo pensaba, más cuenta me daba de que tenía razón.

Así que llegué a París dispuesta a encontrarme; a permanecer quieta en un mundo que no dejaba de girar, y a reconciliarme con la soledad y con una maleta llena de ilusiones y sueños por cumplir.

En cuanto al amor, estaba segura de que podía ser feliz de nuevo en una relación, quizá incluso para siempre, pese a mi escepticismo ante al amor eterno. Pero desde luego para ello debía empezar por estar bien conmigo misma. Debía superar los fantasmas que llevaban años acechándome.

Sonreí mientras apuraba la copa de vino y decidí que ya era hora de irme a la cama. Cerré con cuidado los enormes ventanales, apagué las luces y me retiré a dormir, llevándome a la cama el libro que había estado leyendo en el avión: *Una tienda en París,* de mi amigo Máximo. Una delicia de novela ambientada en el París de principios del siglo XX, que me había firmado el día que nos habíamos visto en Madrid: «*Para Isabelle. Que esta historia se quede para siempre en ti. Disfruta de París. Vive, enamórate y escribe tu propia historia*».

Max había escrito una novela preciosa ambientada en la ciudad de mis —nuestros— sueños. ¿Conseguiría yo hacer lo mismo?

2

ÉRASE UNA VEZ UNA LIBRERÍA EN PARÍS

Los siguientes días los dediqué a instalarme en mi nuevo hogar: llené la despensa, acomodé todas mis pertenencias en el apartamento, abrí una cuenta en el banco e incluso me hice con un móvil francés. Todo resultó más sencillo de lo que temía en un principio, dada mi aversión y pereza ante todo tipo de gestiones administrativas.

El fin de semana, Marta y Bastien se fueron a Beauvais, donde vivían los padres de este, y nos despedimos con la promesa de tomarnos algo el lunes después del trabajo.

El domingo lo dediqué a pasear por el animado barrio de Saint-Germain. Me senté a tomar uno de los cafés más caros de mi corta existencia en Les Deux Magots, pero quise darme el capricho. Eso sí, para un zumo de naranja ya habría tenido que subarrendar mi apartamento.

Después pasé más de una hora volviéndome loca en la cercana librería de L'Écume des Pages, con un horario escandaloso para ser Francia —abría hasta las doce de la noche— y que sabía que sería mi perdición viviendo tan cerca. No obstante, ese día conseguí salir de allí solo con dos cuadernos y un par de bolígrafos de su estupenda sección de papelería, además de un libro: *Balades Littéraires dans Paris du XVIIe au XXe siècle.*

Dudé si volver al apartamento a dejar las compras,

pero, como no pesaban mucho, preferí finalmente cruzar el Boulevard Saint-Germain y dirigirme por la Rue Bonaparte hacia Saint-Sulpice. Como era domingo, la mayoría de los comercios estaban cerrados, pero había bastante gente por la calle, comprando flores, o simplemente paseando al perro con un periódico bajo el brazo, en busca de un café en cuya terraza poder sentarse a leer las últimas noticias mientras degustaban un *café crème* y un *croissant*.

Cuando llegué a Saint-Sulpice fui yo la que se sentó en un banco para escuchar el relajante sonido de la fuente de Visconti que presidía la plaza. Aquel sitio siempre me había encantado. En uno de los laterales se erigía la majestuosa Iglesia de Saint-Sulpice, la más grande de la ciudad después de Notre Dame.

Situado en pleno sexto *arrondissement*, ese lugar era uno de los lugares que más paz me transmitía. Los alrededores eran una preciosidad y además estaban llenos de librerías y tiendas maravillosas. ¡Pero aquella plaza...! Sentada al sol, aprovechando la buena temperatura, tomé una manzana que me había llevado de casa. Una señora mayor, en el banco de al lado, sacó algo de comida de una pequeña bolsa de papel y dio de comer a unas palomas que pasaban junto a ella. Me quedé mirándola hasta que ella, sintiéndose observada, se giró hacia mí y sonrió. Algo inaudito en una francesa y además de semejante edad. La fama que tenían los franceses no era inmerecida; a pesar de ser una gran amante no solo de Francia, sino de la cultura francesa, era consciente de que sus habitantes —y los parisinos en concreto— no eran los seres más amables del mundo. Había gente que incluso se preguntaba si les cobraban por sonreír. Quizá la señora no era de allí, pensé.

Avergonzada por haber sido cazada mirándola, le devolví la sonrisa y aparté la vista, sacando de mi *tote bag* el libro que acababa de comprar. Estuve hojeándolo hasta que terminé la manzana y después recogí mis cosas, me despedí de la anciana de las palomas con una pequeña inclinación de cabeza y seguí mi camino.

Por la tranquila y apacible Rue Servandoni llegué hasta los confines del Jardín de Luxemburgo, pero decidí bordearlo pasando junto al majestuoso edificio del Senado hasta la Rue de Médicis. Pasé por detrás del Teatro de l'Odéon y llegué a esa parte de la calle que siempre me ha hecho mucha gracia por tener varias librerías seguidas, una a continuación de la otra. Me detuve en el escaparate de la primera, mi favorita. Una librería inglesa que visitaba cada vez que venía a la ciudad, The Red Wheelbarrow Bookstore, y contemplé las novedades que tenían dispuestas en el pequeño escaparate de color azul.

Varios libros sobre París compartían espacio con una biografía del último presidente estadounidense, una novela de Marian Keyes, un libro para aprender cocina francesa y varios clásicos ilustrados. Pero lo que me llamó la atención no fue ningún libro, sino un cartel pegado en el cristal. En él, anunciaban que estaban buscando un ayudante para trabajar en la librería veinticinco horas a la semana, de lunes a sábado.

De repente sentí como si todos mis pasos desde que había salido de mi nueva casa aquella mañana me hubieran dirigido hasta allí. Como si aquel fuera mi destino, contra el que no podía luchar. Así que sin pensármelo dos veces entré en la librería, no sin antes verificar mi aspecto en el reflejo del escaparate. Me arreglé un poco la coleta, comprobé que no llevaba ninguna mancha en la camiseta, y agradecí haber optado por una falda y unas sencillas bailarinas. Me recoloqué el pañuelo que llevaba al cuello y, exhibiendo la mejor de mis sonrisas, empujé la puerta.

Me quedé un poco sorprendida porque en un primer momento no vi a nadie. Pero no podía estar cerrada, porque las luces estaban encendidas y la puerta abierta.

—*Bonjour?* —Me aventuré a preguntar tímidamente.

Una cabecita apareció por detrás de una de las mesas sobre las que había multitud de libros expuestos, al tiempo que un alegre perro minúsculo se acercaba a mí trotando y moviendo el rabo.

—Ay, perdona —me dijo la señora, sonriéndome—. Ayer a última hora recibí un pedido y estaba terminando de colocar, aprovechando que está el día tranquilo.

Eché un vistazo general a la librería y vi que efectivamente había cajas y libros apilados por todas partes.

—Pasa, pasa, por favor. —La señora de la amable sonrisa me hizo un gesto con la mano—. *Poirot, come here!* —Esta vez se dirigió al perro, que no se separaba de mi lado esperando una caricia. Me agaché para dársela y agradecer su entusiasta recibimiento y me dirigí al mostrador, donde se había acomodado ya la librera.

—Buenos días —la saludé—. Mi nombre es Isabelle.

—Agatha, *nice to meet you.* —Me extendió la mano con delicadeza y un gesto que equilibraba a la perfección simpatía y elegancia.

No deja de impresionarme la conexión que podemos establecer casi de inmediato con ciertas personas. Acababa de ver por primera vez a esta señora y me sentía tranquila y en confianza, como si hubiéramos conversado muchas veces.

—Me he mudado a París recientemente y estoy buscando algo para trabajar unas horas a la semana. He visto el cartel en el escaparate y quería preguntarle si aún está disponible el puesto —dije en el francés más correcto del que fui capaz.

—¡Oh! —La mujer pareció sorprendida, pero reaccionó rápido—. Claro, claro. Te explico un poco si quieres. Busco a alguien para trabajar conmigo. Yo estoy sola en la librería y ya tengo una edad en la que me gustaría empezar a disfrutar un poco de mi tiempo y no estar siempre aquí.

Intenté calcular qué edad tendría, pero me resultó imposible. Era de esas personas atemporales que lo mismo pueden tener cuarenta y ocho años que sesenta y cinco. Su pelo grisáceo y sus manos me hacían inclinarme hacia unos sesenta, pero la juventud de su mirada y su sonrisa me confundían.

—Pues sería perfecto para mí, la verdad... No busco algo a jornada completa porque trabajo como traductora... y además voy a escribir una novela. —Pensé que, si lo decía en voz alta, ya no podía echarme atrás.

—Oh, ¡qué maravilla! ¿Qué idiomas traduces? —Parecía realmente interesada y pensé que era una oportunidad de venderme bien para un puesto de trabajo en una librería inglesa.

—Pues francés, inglés y catalán. Hacia el español —añadí—. Hablo algo de alemán e italiano también, pero no lo suficiente como para traducir aún.

—*Impressive!* —La mujer cambió de repente al inglés—. Qué facilidad tenéis los jóvenes para los idiomas. A mí con el inglés y el francés ya se me ha llenado la cabeza —me sonrió de nuevo—. Y encima escritora... ¡Eres una joven con muchas inquietudes! —Me sonrió con dulzura—. He de advertirte que el sueldo no es gran cosa, pero si te gustan los libros y los idiomas, es un sitio maravilloso para trabajar, te lo aseguro.

Agatha me explicó que había nacido en un pequeño pueblo de Inglaterra, donde se crio feliz con sus padres, un dentista y una maestra de escuela que le inculcaron desde pequeña el amor por los libros.

Cuando cumplió diecisiete años, sus padres la mandaron a París a casa de unos tíos que vivían en la ciudad para que aprendiera francés. Se matriculó en un curso en la Sorbona y estuvo trabajando en una librería de la Rive Gauche hasta que conoció a Felix, su marido, un profesor de Literatura en su misma universidad que se prendó de su alumna más brillante. Poco después de la boda, paseando un domingo cualquiera, Agatha y su marido pasaron por delante de la librería, en cuyo escaparate colgaba un cartel similar al que yo había visto hoy. Pero el contenido era distinto: la librería se traspasaba.

Felix vio la luz en los ojos de su mujer y no hizo falta que ella dijera nada. Había prometido hacerla feliz todos los días de su vida y quería empezar a hacerlo desde ese mismo momento. Invirtió buena parte de sus ahorros en pagar el traspaso y reacondicionar un poco el local y poco tiempo después llevó a Agatha a pasar el fin de semana a Normandía. Alojados en un *château* a las afueras de Bayeux, con un estanque y unos jardines preciosos, Felix pidió el desayuno en la habitación. Cuando Agatha levantó la campana metálica, en lugar de encontrarse unos huevos revueltos en el plato, se encontró un sencillo manojo de llaves con un llavero en forma de libro. Eran las llaves de su nueva librería.

A estas alturas del relato yo había tomado ya asiento sobre una banqueta, con Poirot sobre mi regazo y el corazón encogido, al tiempo que las lágrimas asomaban a los ojos de aquella mujer que parecía haber vivido tres vidas. Y por primera vez la vi como una anciana. Sin embargo, me narraba todo con la ilusión de una niña.

Agatha cambió el nombre de su negocio y decidió vender libros en inglés, pues no resultaba fácil en aquella época encontrarlos en París, fuera de Galignani y alguna otra librería del centro. Era la mujer más dichosa del mundo, con el trabajo de sus sueños, su casita con jardín en las afueras y un marido que la adoraba y con quien había encontrado la felicidad. Pero esta no dura eternamente y quince años después Felix falleció de un infarto mientras dormía plácidamente junto al amor de su vida.

Hacía más de dos décadas de aquello y Agatha aún se emocionaba al recordarlo.

—*Oh my God, I'm so rude!* —De repente Agatha pareció volver al presente—. No te he ofrecido nada. ¿Te apetece un té?

—Claro, muchas gracias —Acepté encantada. Lo que fuera con tal de seguir escuchando a aquella mujer tan fascinante.

Agatha regresó de la trastienda con dos tazas humeantes y continuó con su relato. Me contó que después de aquello ella siguió viviendo en la misma casa y regentando la librería, que fue lo que le había devuelto la alegría. Hacía unos años había decidido hacerse con un perro al que había llamado Poirot en honor al famoso detective. Y este se había convertido en su mejor amigo. La acompañaba a diario a la librería y llenaba sus horas de soledad en casa, donde ella se dedicaba a cuidar del jardín —como buena inglesa, pensé—. No aspiraba ya a nada más. Había encontrado a su gran amor, me dijo, y es verdad que no habían podido disfrutar juntos durante todos los años que hubiera querido.

—Pero hay amores que justifican una vida entera. —Y esto no lo dijo con tristeza. Pude ver que Agatha se sentía afortunada por lo que había vivido. Me sentí feliz por ella y, en cierto modo, identificada. Era exactamente lo que yo había experimentado tras la muerte de Diego unos años antes.

Agatha me contó entonces que en los últimos años se había ido encontrando más cansada y creía que debía comenzar a delegar parte del trabajo. Pero no había hallado a la persona adecuada. Momento en el que me pregunté si esa sería yo.

—En fin, niña, ¡vaya tostón que te he metido! —Me hizo gracia lo de «niña», pues yo ya rondaba los cuarenta, pero siempre había parecido más joven, y más con un atuendo dominguero como el que llevaba ese día—. Perdóname, por favor.

—No se preocupe en absoluto —le sonreí—. Ha vivido usted una vida... —no quise decir maravillosa— increíble.

—Sí, me siento muy afortunada. —Agatha se incorporó y recogió a Poirot, que había perdido su interés inicial en mí y le acercaba un juguete a su dueña para hacer notar su presencia—. Ahora cuéntame tú: ¿por qué quieres trabajar en The Red Wheelbarrow Bookstore? ¿Cuál es tu historia?

—Pues ni la mitad de apasionante que la suya, se lo aseguro. —Me reacomodé sobre el pequeño taburete y me dispuse a presentarme—. Soy de Madrid y he vivido allí casi toda mi vida, mientras soñaba con trasladarme algún día a esta increíble ciudad. Mi madre era una apasionada de este país y de su lengua, por eso me puso Isabelle, con doble ele. He trabajado como traductora desde que terminé la universidad y soy una auténtica devoradora de libros. No sabría vivir sin ellos. —Miré a mi alrededor y me di cuenta de que podía imaginarme trabajando allí—. Mi mejor amiga se mudó aquí hace unos años y he venido a visitarla siempre que he podido. De hecho, ya he comprado antes en esta preciosa librería. —Agatha sonrió y me animó a que continuara—. Hace cosa de un mes, mi amiga me llamó para decirme que uno de sus vecinos alquilaba su apartamento... y el resto es historia.

—¿Y te viniste así, sin más? ¿Dejándolo todo atrás? —Noté que la entrañable señora buscaba en mi historia algún novio abandonado por una nueva vida en París.

—Sí... Pero le aseguro que no dejé atrás gran cosa —mentí, pero ella pareció creérselo y sonrió, aliviada—. A mis amigos, sí, pero poco más. Madrid no está lejos y estoy segura de que seguiremos en contacto. Además de que tengo aquí a mi mejor amiga y seguro que conozco a más gente. Por eso también estoy buscando un trabajo, para relacionarme un poco. La vida de traductora es muy solitaria.

—Bueno, *chérie*, pues yo creo que ya puedo quitar el cartel del escaparate. —Agatha me tendió su delgada mano y el corazón me dio un vuelco—. ¿Cuándo puedes empezar?

Dos horas después de haber cruzado la puerta llena de ilusión, salía de The Red Wheelbarrow Bookstore con un nuevo proyecto por delante, dos libros más bajo el brazo, regalo de bienvenida de Agatha, y una de mis nuevas libretas llena de información útil que había ido apuntando. Porque ese mismo viernes comenzaría a trabajar en la pequeña librería inglesa.

Habíamos acordado un horario que alternaba mañanas y tardes a lo largo de la semana, excepto los domingos. Agatha me dijo que no le importaba ir ese día y que yo debía tener un poco de vida.

—Somos dos y somos un equipo —me había dicho—. Quizá alguna vez tenga que cambiarte el turno, si tengo alguna cita médica, por ejemplo. Pero no dudes tú tampoco en pedirme lo mismo si lo necesitas.

Y así fue como terminó mi fin de semana, en el que la recién llegada Isabelle, cuarenta y ocho horas después de haber aterrizado en París, ya tenía cuenta bancaria, móvil francés y un trabajo en una de las librerías con más encanto de la ciudad. Marta iba a alucinar cuando regresara de Beauvais.

Muerta de hambre —solo había tomado la manzana a media mañana—, me senté a una mesa de Le Rostand, un café a escasos metros de la librería, frente al Jardín de Luxemburgo, y me pedí algo para comer.

Mientras observaba a la gente entrar y salir del parque, pensé en lo rápidamente que se estaban desarrollando los acontecimientos. Estaba feliz, llena de ilusiones, sin miedos ni temores, como hacía tiempo que no me sentía. Por primera vez en mucho tiempo no compartía esa felicidad con nadie, pero lo cierto es que tampoco lo echaba de menos. ¿Podía ser que estuviera empezando a disfrutar conmigo misma, con mi vida tal como yo quería vivirla?

Mientras me traían la comida, aproveché una de las libretas que había comprado aquella mañana para anotar algunas ideas para mi primera novela.

Después de comer estuve un rato paseando por el Jardín de Luxemburgo entre la gente que se daba cita allí un domingo por la tarde: padres con niños que manejaban barquitos teledirigidos en el estanque, personas mayores que se sentaban en las típicas sillas verdes a mirarlos, madres que jugaban al pillapilla con sus retoños y grupos de amigos sentados en círculo riendo con la anécdota que contaba alguno de ellos. Todo el mundo allí tenía su vida. ¿Encontraría yo la mía? Como diría Carrie en *Sexo en Nueva York*: *«I couldn't help but wonder...»*. ¿Qué me depararía el destino en aquella ciudad?

Al cabo de un rato puse de nuevo rumbo a casa, donde

llegué exhausta tras aquel día tan intenso y me dirigí directamente a la ducha. Le puse un mensaje rápido a Marta para decirle que tenía muchas novedades y que la esperaba al día siguiente para tomarnos algo en el café de enfrente.

El lunes fue un día tranquilo, que pasé en casa trabajando y terminando todas las traducciones que tenía pendientes. Envié unos cuantos presupuestos y después abrí el temido nuevo archivo de Word para comenzar a escribir mi novela.

Cuando cerré el ordenador eran ya más de las cinco. En una hora llegaría Marta, que por lo que vi ya me había mandado un mensaje y venía ansiosa por conocer aquello interesantísimo que me había pasado el día anterior. «¡Si los domingos en París no pasa absolutamente nada!», me había puesto. Y yo había sonreído para mis adentros.

Una hora más tarde estábamos ambas sentadas en la terraza frente a casa y ya le había contado a Marta lo de mi nuevo trabajo.

—¡Qué dices! —Mi amiga estaba casi tan emocionada como yo—. He pasado mil veces por delante de la librería, sé perfectamente cuál es.

—Pues espero que vengas a comprar, que parte de mi sueldo es a comisión. —Le guiñé el ojo y alzamos nuestras dos copas de vino para brindar por mi nuevo trabajo.

Ese día nos retiramos pronto; Marta trabajaba al día siguiente y yo quería aprovechar bien los tres días que me quedaban hasta el viernes.

Y eso fue lo que hice; lo que quedaba de semana lo dediqué a conocer bien el barrio, sus tiendas, sus galerías de arte... Incluso entré en varias librerías (algunas de ellas ya viejas conocidas) para tomar ideas para la «mía».

Visité una interesante exposición en una galería de la Rue de Seine, de donde me habría llevado la mitad de los cuadros, que representaban escenas cotidianas en lugares emblemáticos de la ciudad. Volví a Shakespeare & Company, mi librería favorita en el mundo entero, y me tomé caminando junto al Sena un delicioso *crêpe* sin gluten que compré en una minúscula *crêperie* de la Rue Saint-André des Arts. Paseé junto a los puestos de los bouquinistas, donde me hice con una edición de 1908 de *Los viajes de Gulliver*, mi libro favorito de niña, por apenas ocho euros.

Después estuve deambulando por la Rue de l'Odéon, visitando cada una de sus encantadoras librerías, y me llevé una decepción cuando vi que había cerrado una de mis papelerías favoritas de la zona, convertida ahora en una tienda de accesorios de moda.

Ahogué mis penas en un *chai tea latte* sin agua y con leche de almendra en el Starbucks que había justo al lado y me senté en la terraza a observar a la gente.

Los días se me pasaron volando y cuando quise darme cuenta ya era jueves por la noche y picaba un poco de queso y *foie* con Marta en mi apartamento, aunque tenía el estómago cerrado por los nervios. Hacía mucho tiempo que no trabajaba en ningún sitio con asiduidad, y lo cierto es que Agatha había hecho un acto de fe conmigo, porque yo no tenía ninguna experiencia en librerías... Demonios, ni siquiera tenía experiencia en atención al público. Y recordemos que yo no era una persona precisamente sociable.

—Bueno, Mari —me dijo Marta tras dar otro trago a su copa de vino—. Eso hemos de mejorarlo. Las dos —añadió—. O nos moriremos solas rodeadas de gatos. Debe de haber gente maja por ahí fuera a la que todavía merezca la pena conocer...

—Qué pereza. —Puse cara lastimera—. Pero bueno, he cogido este trabajo para no estar aquí encerrada en casa como una ostra todo el día, así que... ¡Por la gente!

—¡Por la gente! —Por segunda vez esa semana, alzamos nuestras copas y brindamos; aunque en esta ocasión sin tanto convencimiento.

Marta se retiró poco después y yo me propuse también acostarme pronto para tener buena cara al día siguiente.

Era el inicio de una nueva etapa. Y no podía estar más emocionada. Bueno, lo habría estado si hubiera sabido en aquel momento que comenzar a trabajar en The Red Wheelbarrow Bookstore iba a cambiar mi vida para siempre y antes de lo que podía imaginar.

3

SUCEDIÓ EN SAINT-GERMAIN

He de confesar que cuando llegué el primer día, con un sencillo vestido liso azul marino y mis inseparables bailarinas, me asaltó de repente, antes de abrir la puerta de la librería, el miedo a no congeniar con la única persona con la que iba a trabajar. Cierto era que durante la entrevista de trabajo —si aquello podía llamarse así— me había parecido una señora entrañable y encantadora, pero ¿y si luego era una maniática? ¿O una tirana con sus empleados?

Me tranquilicé pensando que en el fondo tampoco íbamos a coincidir tantas horas en la librería —más al principio, lógicamente, hasta que Agatha se atreviera a dejarme sola— y que, a las malas, podía buscar otro trabajo. Al fin y al cabo, tampoco me había costado tanto encontrar este, ¿no?

Los primeros días fueron una locura. Pero una locura maravillosa. Jamás hubiera imaginado que llevar una librería, o en realidad cualquier negocio, suponía tanto esfuerzo. Y eso que la mayor parte de las tareas pesadas las hacía Agatha; a mí me tocaba como quien dice la parte divertida.

Mis miedos iniciales en cuanto a mi jefa se disiparon tras la primera hora que compartimos. Agatha no solo era la bondad personificada, sino que se preocupaba por mí casi como por una hija. Congeniamos enseguida y, dado que a las dos nos gustaba hablar, nos contamos prácticamente nuestra vida entera mientras colocábamos pedidos recién llegados y nos sentábamos a tomar una taza del té inglés que ella almacenaba siempre en la trastienda.

—Si prefieres café, podemos traer una cafetera —me dijo el primer día—. No te sientas obligada en absoluto a beber té. Yo solo soy una vieja inglesa fiel a sus costumbres, pero sé que los jóvenes soléis beber más café.

Me sentí incapaz de romperle el corazón y, a pesar de lo cafetera que yo era desde la universidad, tomándome hasta ocho tazas al día, decidí en ese mismo momento que en la librería solo bebería té.

Agatha me siguió hablando de su marido y, conforme iba conociendo más sobre su historia, más me iba enamorando de ella. Cuánto me gustaban las historias de amor bonitas y trágicas al mismo tiempo.

Por mi parte, le hablé de mis anteriores relaciones y la hice llorar de risa con las múltiples anécdotas acaecidas durante mi —afortunadamente breve— noviazgo con uno de mis ex especialmente canalla. Como cuando una amiga y yo nos disfrazamos y nos fuimos al aeropuerto a esperar un vuelo en el que venía de vacaciones con su otra novia, solo porque no me lo terminaba de creer y necesitaba verlo con mis propios ojos.

Intenté, no obstante, limitarme a las anécdotas divertidas que consiguieran arrancarle una sonrisa, y evité mencionar nada relativo a mi matrimonio con Diego. No dudaba que Agatha era una persona con la que a la larga podría hablar de ello, pero aún no estaba preparada.

Aunque no lo parezca, de todos modos, trabajamos, y mucho. Agatha me enseñó cómo funcionaba el no muy sofisticado programa informático con el que se gestionaban el *stock* y las ventas, y me contó cómo tenía todo ordenado, advirtiéndome que estaba abierta a cualquier tipo de sugerencia.

—Las ideas frescas siempre son bienvenidas —me dijo—. ¡Para eso te he contratado, entre otras cosas!

Yo le dije que no sentía que tuviera aún suficiente criterio como para proponer nada, pero le prometí que le daría vueltas al tema y que le haría saber cualquier cosa que se me ocurriera, por loca que pareciera.

Esos dos primeros días los pasé enteros en la librería, pues quería aprovechar para aprender a manejar —y encontrar— todo bien antes de que el lunes Agatha me dejara sola por primera vez durante un par de horas.

El sábado a mediodía me ofrecí a sacar a Poirot a dar un paseo, ya que además de haberle cogido un tremendo cariño a ese perrillo que no se separaba de nosotras en todo el día, pensé que a Agatha le vendría bien descansar un poco tras una intensa mañana revisando el *stock* de la tienda y preparando nuevos pedidos.

—Ya verás qué maravilla cuando traigan libros nuevos —me dijo, emocionada como una niña pequeña—. Es como si apareciera Santa Claus.

Me lo dijo con tal entusiasmo que ya estaba deseando que llegara la siguiente semana para empezar a abrir cajas. Pocas cosas había que me gustaran más que los libros, y sentía que estaba viviendo un auténtico sueño. Saber que iba a tener en mis manos las novedades editoriales antes que nadie hacía que me sintiera casi como si estuviera haciendo trampas. Pero era una emoción maravillosa.

Salí a pasear a Poirot por el Jardín de Luxemburgo, con un tiempo espléndido. De regreso a la librería el pequeño caniche pegó un tirón que casi me lleva al suelo y se acercó como loco a un chico que estaba fumando en la puerta de la librería contigua a la nuestra.

Antes de que pudiera darme cuenta, estaba encaramado a sus piernas y moviendo el rabo como loco.

—¡Ay, perdona! —me disculpé ante el chico—. Espero que no te haya manchado el pantalón.

—Claramente este es Poirot... —me dijo levantando una ceja—. Pero tú no eres Agatha. —Por un momento estuve tentada de contestarle que era Miss Marple, pero no conocía al chico de nada y no había manera de saber si tenía sentido del humor. No podía olvidar que era francés, así que opté por callar y recurrir a la explicación literal.

—No, no, soy Isabelle. Acabo de empezar a trabajar en la librería con Agatha y me ofrecí a sacar a Poirot a pasear hoy para que ella pudiera descansar un rato.

—Ahhh, ¡haber empezado por ahí! —Su expresión cambió de repente y antes de que pudiera darme cuenta se abalanzó sobre mí a darme dos besos—. Yo soy Thomas. Vuestro vecino. Tampoco llevo mucho tiempo trabajando con Jean-Luc, el dueño, y antes de esto trabajaba en un café, así que no creo que pueda serte de mucha ayuda, pero si necesitas algo cuenta conmigo.

Su sonrisa franca y sus ojos, de un azul tan intenso como no había visto jamás, me hicieron darme cuenta enseguida de que seríamos grandes amigos.

—*Enchantée*, Thomas. —Le hice una pequeña reverencia y se rio.

—¿De dónde eres, querida? —me preguntó intentando adivinar de dónde era mi acento, que ya empezaba a disimular bastante bien.

—Soy española. De Madrid. ¿Me creerías si te digo que apenas llevo una semana en París?

—¿En serio? Pues has venido a la mejor ciudad del

mundo, *chérie*. Aquí encontrarás la felicidad. —Me encantó su afirmación tan categórica, que preferí interpretar como una profecía y no como un simple cliché. Le iba a decir que ya había estado antes, pero Poirot empezó a tirar de nuevo de la correa, esta vez hacia la puerta de The Red Wheelbarrow Bookstore. Creo que nuestra conversación le aburría y empezaba a echar de menos a Agatha, así que me despedí de Thomas y regresé al trabajo.

Nada más entrar, Agatha me preguntó de dónde venía tan contenta, y le dije que había conocido al chico de la librería de viejo que estaba junto a la nuestra.

—¿Thomas? Ay, es majísimo. Un encanto. Eso sí, no te hagas ilusiones, que es gay. —No pude evitar echarme a reír ante la rotundidad del comentario de Agatha y el hecho de que pensara que por hablar con un chico dos minutos ya me había enamorado.

—Gracias, Agatha, lo tendré en cuenta. —Sonreí—. En todo caso, intuyo que seremos grandes amigos. He de reconocerte, ahora que ya me has contratado, que no soy la persona más sociable del mundo. Pero tengo un buen pálpito para la gente.

Solté la correa de Poirot, que se fue directo a beber agua, y Agatha y yo retomamos nuestras tareas. Dediqué la tarde a repasar el orden alfabético de varias secciones que estaban algo desordenadas, y a colocar sobre las mesas algunos libros que me parecieron interesantes, junto a las últimas novedades.

Las horas pasaban volando en la librería. Confieso que cuando cerramos el sábado por la tarde me dio pena pensar que el domingo no iría, pero el recuerdo de que tenía que entregar una importante traducción el lunes me obligó a no ofrecerme para ir a echar un cable.

Agatha me dio, antes de separarnos, una copia de las llaves para que yo abriera el lunes. Ella llegaría sobre la una y por primera vez iba a encontrarme sola al frente del negocio.

Añadí las llaves al llavero donde ya tenía las de mi apartamento, y pensé que ahora tenía juntas todas las que abrían las puertas de los dos sitios donde más feliz me había sentido en los últimos meses.

Me puse mis *airpods* y fui caminando hasta casa escuchando a Jack Johnson. Me dejé envolver por la preciosa voz del exsurfista y no dejé de sonreír hasta que crucé el umbral de la puerta de casa.

Agotada, me desplomé sobre el sofá. Me quité los zapatos, me hice una simple tortilla con jamón y queso y me puse en el iPad un capítulo de *Friends*. A pesar de saberme de memoria los diálogos de la serie, no podía dejar de verla una y otra vez. Seguía riéndome con las mismas escenas y, si hubiera tenido que elegir solo una serie de entre todas las que había visto —que no eran pocas—, sin duda me habría quedado con esa. No hay capítulo en el mundo que supere al de Ross con sus pantalones de cuero, o al de Monica y su pelo en Barbados... Por no hablar de los cameos de Bruce Willis, Christina Applegate o Brad Pitt.

Cuando quise darme cuenta había visto cuatro capítulos del tirón y decidí que ya era hora de retirarme a la cama con mi libro. Apenas pude leer diez páginas antes de quedarme dormida en ese silencio maravilloso que inundaba mi apartamento.

La traducción que tenía que entregar el lunes me dio tanta guerra que finalmente el domingo pasó volando y apenas pude bajar a última hora a Le Chai a tomar algo con Marta, a quien estuve poniendo al día sobre mis primeros días en la librería.

—Oye, pues es una pena lo del tal Thomas, porque anda que no te habría venido bien un ligue parisino así, nada más llegar —me soltó mi amiga—. Y además al lado del trabajo, ¡comodísimo!

—Sí, sobre todo si sale mal —me reí—. Quita, quita. Mejor así. Cero tentaciones. Ya le verás, es espectacularmente guapo. Pero me temo que espectacularmente gay también —suspiré—. En fin, siempre está bien saber que hay alguien majo al lado. Estos días he estado muy acompañada por Agatha, pero a partir de mañana pasaré cada vez más horas sola.

—¿Va mucha gente por allí? —se interesó.

—Pues no hay grandes aglomeraciones, pero es un goteo constante. El sábado tuvimos más clientela, lógicamente. Pero bueno, a ver esta semana. En realidad, solo he estado dos días allí, no me siento capaz de valorar aún el asunto. Ya he conocido a un par de clientas habituales, inglesas como Agatha, y también vienen bastantes estudiantes que están aprendiendo inglés y buscan novelas sencillas para practicar. Hay un poco de todo.

—Jo, es que trabajar entre libros es lo mejor del mundo —me dijo Marta—. No sabes lo que cambió mi vida irme de Leroy Merlin a la editorial. Es que solo el ambiente ya es tan... diferente.

Marta estaba feliz también en su trabajo y se notaba. Había tenido mucha suerte con los compañeros, me contó, e incluso había hecho una buena amiga allí. Me propuso que quedáramos un día a cenar o a tomar algo por el barrio, aprovechando que la editorial no estaba lejos, e ir así conociendo a más personas en la ciudad.

Así a priori me dio pereza —yo y mi lado asocial—,

pero sabía que era una buena idea. Además, si a Marta le caía bien, seguro que era maja.

Quedamos en organizar algo para el fin de semana y nos retiramos pronto.

A la mañana siguiente amanecí sin necesidad de despertador. Estaba tan emocionada por abrir la librería yo sola que a las ocho ya estaba con los ojos abiertos de par en par. Me duché, me puse lo más mono que encontré en el armario —definitivamente tenía que ir de compras—, me tomé un café rápido y un par de tostadas y me dirigí andando hacia la librería.

Por el camino compré un alegre ramo de flores que, al llegar, coloqué en un jarrón sobre la mesa que se encontraba en el centro, de forma que casi era lo primero que se veía al entrar. Me pareció que no había nada más bonito que la combinación de flores y libros, y quería darle a Agatha la sorpresa. Como el espacio no era muy amplio, el aroma de las flores enseguida inundó el local.

Antes de abrir fui a la cocina situada sobre la parte trasera y me preparé un té. Junto al hervidor de agua encontré una nota que Agatha me había dejado el día anterior: «Lo harás fenomenal, querida. Mucha suerte en tu primera mañana. Si necesitas cualquier cosa, llámame. ¡Estaré disfrutando de mi primera mañana de lunes libre en muuuchos años!».

Sonreí ante lo detallista que era esta mujer y volví a la tienda con la infusión ya preparada. Acababa de abrir cuando entró Thomas, fresco como una rosa.

—*Bonjour, Isabelle!* —La sonrisa de este chico era realmente contagiosa.

—¡Hola! ¿Qué tal estás?

—Me comentó Agatha que hoy estarías sola por la mañana y quería decirte que, si necesitas algo, estoy aquí al lado. ¡Ah! Y otra cosa: también me dijo que ella llegaría sobre la una. ¿Te apetece que nos vayamos tú y yo a comer un sándwich al Jardín de Luxemburgo? Ahora está nublado, pero dicen que más tarde saldrá un sol espléndido.

—¡Claro! Me parece una idea fantástica. De hecho, me había traído un sándwich y pensaba comérmelo aquí en la trastienda, pero tu idea me parece mucho más apetecible.

—Genial —se despidió sonriendo desde la puerta—. Paso a buscarte sobre la una entonces. *À plus tard!*

Pese a ser lunes, hubo bastante trabajo esa mañana. Dos clientas, aparentemente viejas conocidas de Agatha, pasaron un buen rato eligiendo cuentos para sus nietos, y de paso conseguí que se llevaran un par de novelas que les recomendé tras preguntarles un poco sobre sus gustos. La que parecía mayor se llevó una novela negra de una joven promesa sueca, mientras que su amiga se fue encantada con un libro sobre el París de la Belle Époque.

Entraron un par de clientes que se dieron una vuelta, pero no compraron nada, y un joven estudiante que no hablaba francés y sintió un alivio inmenso al poder comunicarse conmigo en inglés. Se llevó una edición ilustrada de *Los cuentos de Canterbury* y un par de artículos de papelería.

Había pensado en comentarle a Agatha que quizá deberíamos aumentar el catálogo de estos últimos. Es habitual que a los amantes de los libros les gusten también las libretas, los lápices y demás útiles de escritura. Yo misma llevaba siempre en el bolso una libreta donde iba apuntando todas las ideas que se me ocurrían para mi novela.

En el único rato que no hubo nadie en la librería me dediqué a limpiar un poco y a recolocar las mesas para que todo estuviera perfecto. Agatha llegó cuando estaba ordenando el mostrador y me sentí feliz al contarle todo lo que había vendido aquella mañana, ¡y sin haber metido la pata con los *tickets* ni haber tenido que pedir auxilio a Thomas! Me sentía muy orgullosa de mí misma y Agatha se mostró genuinamente encantada.

—¿Y qué tal ha ido tu primera mañana libre? —le pregunté.

—Ay, mi niña, pues fenomenal. Pero estaba tan feliz y a la vez tan nerviosa por no tener que venir aquí que no sabía muy bien qué hacer —se rio—. Di un largo paseo con Poirot y después estuve arreglando un poco el jardín. De camino hacia aquí mi amigo peludo y yo nos hemos sentado en una terraza a tomar un té y simplemente ver pasar a la gente... Ni recuerdo la última vez que hice eso. Hasta Poirot está sorprendido, yo creo. —Miró con cariño al perro, que había venido trotando hacia mí en busca de mimos... y de una galleta. Menos mal que yo ya estaba preparada y tras sacarla del bote que guardábamos bajo el mostrador, me agaché a ofrecérsela.

—Cuánto me alegro, de verdad. Aquí se está muy bien, pero mereces también vivir un poco fuera de estas cuatro paredes.

—¡Isabelle! —Una voz me interrumpió desde la puerta—. ¿Estás lista?

Era Thomas, que con sus gafas de sol y su cartera colgando del hombro ya me estaba esperando para ir a comer.

—¡Voy! —Me giré hacia Agatha para preguntarle—: ¿Quieres que me lleve a Poirot?

—No te preocupes, cielo, ha paseado tanto esta mañana que lo único que querrá ahora es dormir. ¡No está acostumbrado a tanta actividad! —En efecto, como para dar la razón a su dueña, el perro se había acomodado sobre su colchoneta y parecía estar ya en fase REM.

—Está bien, pues en una hora estoy de vuelta —me despedí.

El paseo con Thomas estuvo muy bien. Fuimos caminando hacia la entrada del parque y nos sentamos a comer en las sillas verdes metálicas que podías encontrar en casi todos los parques de París y que a mí, a priori, me habían parecido incomodísimas. Pero lo cierto es que uno podía pasarse horas allí plácidamente.

Al principio me sentí un poco cortada porque en realidad apenas había intercambiado un par de frases con Thomas, y tampoco me atrevía a decirle que pensaba que seríamos grandes amigos por miedo a espantarlo. Afortunadamente, él hablaba casi por los dos, así que no tuve de qué preocuparme.

Me estuvo contando que provenía de una familia de Deauville, en Normandía. Por lo que deduje, una familia acomodada y muy, muy tradicional. Se había criado allí junto a una hermana, que estudió Medicina y trabajaba ahora en la Pitié-Salpêtrière, y un hermano que había seguido los pasos de su padre como abogado y trabajaba junto a él en su bufete de Deauville.

Tanto su hermano como su hermana habían ido avanzando paso a paso por la vida como se suponía que debían hacerlo. Pero como en toda familia que se precie, me dijo Thomas sonriendo, tenía que haber una oveja negra.

—Y esa soy yo —me dijo, encogiéndose de hombros—. Lo siento, has conocido a lo peor de la familia. Pero también soy el más divertido. —Y no lo dudé ni un momento.

Cuando terminó sus estudios, Thomas les dijo a sus padres que quería trasladarse a París a estudiar Bellas Artes, en lugar de seguir los pasos de su hermano en Derecho. Eso, unido al rechazo de sus padres hacia su ya reconocida homosexualidad, hizo que Thomas optara por prescindir del apoyo familiar y se mudara a París a buscarse la vida.

—No es que me trataran mal ni mucho menos —me explicó—. Mi madre pensaba que estaba simplemente atravesando una suerte de adolescencia tardía y que terminaría sentando la cabeza. Y mi padre se negaba directamente a afrontar la realidad e intentaba convencer a mi hermano para que me recondujera por el buen camino. A la vista está que no lo consiguió, el pobre Dominique.

—¿Y qué hiciste cuando llegaste aquí? —pregunté llena de curiosidad.

—Pues dormir en el sofá de mi hermana, que ya estaba trabajando en París, hasta que encontré un trabajo en un café y pude permitirme el piso en el que vivo ahora. Si es que se le puede llamar piso —añadió, dándole un mordisco a su sándwich de atún—. ¿Sabes lo que es una *chambre de bonne*? —Asentí—. Pues eso. Que es más pequeño que la trastienda de tu librería, no digo más. —Ambos sonreímos—. Y para colmo el ascensor solo llega hasta el piso anterior. Pero bueno, a mí me gusta. ¡Y tengo unas vistas increíbles!

Con su sueldo en el café más lo que sacaba de dar clases de inglés a niños los fines de semana —gracias a haber estudiado varios años en un internado británico—, pudo pagarse algunos cursos de arte en la universidad.

Sus padres nunca habían ido a visitarle a París, me contó con pena. Sí que iban a ver a su hermana, y quedaban alguna vez a cenar los cuatro. Pero ni siquiera habían querido conocer su piso. Sentí el dolor en las palabras de Thomas, pero enseguida se recompuso.

—Aquí soy realmente feliz. Mudarme a París fue lo mejor que hice en mi vida. Por primera vez estoy viviendo la vida que quiero. Ahora en la librería gano más y el horario me permite compatibilizarlo con las clases de Arte.

Me contó que desde que había llegado a París había pintado numerosos cuadros que tenía almacenados como podía en su buhardilla. Fruto de la situación familiar en la que había crecido, su autoestima estaba bastante mermada, y no se atrevía a intentar moverlos por las galerías.

—Si es tu sueño, deberías intentarlo —le animé—. No soy una experta, pero me encantaría ver tus pinturas. Estoy segura, por la sensibilidad que demuestras, de que son buenísimas.

—Quizá algún día —respondió entre agradecido y avergonzado.

—¡No! Quizá no. Prométeme que lo harás.

—Ya veremos...

Nos reímos y mientras volvíamos hacia nuestros trabajos, nos informamos de nuestros respectivos horarios y prometimos repetir plan siempre que pudiéramos.

—Es agradable tener a alguien con quien hablar —me dijo—. Eso y que creo que eres la única persona menor de ciento veinte años que trabaja en toda la manzana.

—¡Exagerado!

Thomas me había confesado que cuando empezó a trabajar hacía apenas un par de meses en la librería se iba a comer solo al Jardín de Luxemburgo y hacía como que hablaba por el móvil con alguien para que no pareciera que estaba solo en la vida, sin amistades.

—Pero si en esta ciudad a todo el mundo le da igual lo que hagan los demás... —le dije—. Fíjate en los cafés. Están llenos de gente sola mirando al infinito o leyendo un libro.

—*Touché.* —Se llevó la mano al pecho—. Pero a mí me daba vergüenza aparecer solo todos los días en el mismo sitio, comiéndome un triste sándwich como si fuera un sintecho.

No pude evitar soltar una carcajada por su exageración. Thomas parecía todo menos un chico sin hogar. Vestía impecablemente bien, con unos pantalones y camisa perfectamente planchados y que seguro que eran de Zara o similar, pero le quedaban como si fuesen de Armani.

Después de comer estuve una hora más en la librería y me volví a casa a trabajar un rato. Allí, con las ventanas abiertas —el calor empezaba ya a hacer acto de presencia en París— y traduciendo un documento de la Oficina Económica y Comercial de España, me sentí como el protagonista de *Travesuras de la niña mala*, mi novela favorita de Vargas Llosa. De pronto quise releerla para recorrer todos los escenarios que aparecen en ella. Y eso que yo nunca releía; demasiados libros y muy poco tiempo.

Un día, mientras preparaba un té para Agatha y para mí en el *office* de la parte de arriba, me quedé mirando aquel espacio desaprovechado que me recordaba en cierto modo a la trastienda de la librería de Diego en Madrid. Era un altillo de unos veinte metros cuadrados construido sobre la parte trasera, al que llegaba una gran cantidad de luz a través del ventanal del escaparate. En una esquina de la estancia había una pequeña cocina y, al fondo, el cuarto de baño. Una sencilla estantería de Ikea con archivadores y algún material de oficina y una mesa de escritorio con una silla con aspecto de cómoda completaban el mobiliario. Y de repente tuve una idea.

—Agatha. —Asomé la cabeza por la escalera y comprobé que estaba sola—. ¿Puedo preguntarte algo?

—Claro, niña.

Me acerqué con los dos tés y me senté en el mostrador frente a ella.

—¿Te importa si algún día me traigo el portátil? —Me

miró con curiosidad—. Me explico: la mayoría de las tardes las paso en casa. En la trastienda hay una mesa, mucha luz, y..., bueno, que no me importaría, si a ti no te parece mal, quedarme alguna tarde trabajando aquí. Después de terminar mi turno, claro —me apresuré a matizar—. Así podría bajar a echarte una mano si hace falta. Además, siempre es agradable hacer una pausa y tomarnos un té juntas.

—¡Claro! No hay ningún problema —me dijo, sonriente—. Al contrario, yo encantada. Pero, Isabelle, tienes que salir un poco —añadió, con cara de preocupación—. Que te dé el sol. Aprovecha, que en París tampoco sale tanto como en Madrid. No trabajes demasiado y disfruta de la vida, que tiene tantas cosas bonitas. ¡Y con este trajín de trabajo que te traes, te las vas a perder!

—Sí, sí, no te preocupes. Mira, esta misma tarde me voy con mi amiga Marta al teatro —le conté, para su tranquilidad.

—¡Oh, qué bien! —Dio incluso un pequeño aplauso. Creo que la pobre mujer pensaba que mi vida era demasiado triste—. ¿Y qué vais a ver?

—*Los miserables* —contesté, feliz. Era mi novela favorita de todos los tiempos. No solo guardaba con enorme cariño la edición de Planeta que había leído años atrás, sino que había tenido la inmensa suerte de heredar una edición del siglo XIX en cinco tomos de mi abuelo. Hacía varios años había visto por primera vez el musical en Londres, y me había gustado tanto que fui a verlo dos veces más en los años siguientes. Me sabía ya las canciones de memoria. Eso sí, el elenco de actores cambió de la primera a la segunda vez y nunca volvió a ser igual de bueno.

Lo que Marta y yo íbamos a ver aquella tarde no era un

musical, sino una adaptación en teatro de la obra de Victor Hugo.

—De hecho, debería de ir yéndome —dije mirando el reloj—. Tengo que ir a casa a cambiarme y he quedado con Marta en menos de una hora.

—*Allez, allez...!* —me animó Agatha—. No te preocupes, yo recojo esto —dijo señalando las dos tazas de té vacías.

Prometí contarle al día siguiente cómo había ido y me marché corriendo. Al salir, me asomé a la librería de al lado y me despedí de Thomas con la mano.

—¡Mañana comemos! —me gritó desde dentro—. ¡Pásalo bien con tu amiga!

Llegué a mi cita con Marta con el tiempo justo, pero lo conseguí. Incluso pudimos tomarnos una Coca-Cola antes de que empezara la representación en la improvisada sala que habían montado en uno de los parques parisinos. La verdad que lo del teatro al aire libre tenía su aquel; la temperatura era magnífica a esa hora y todo parecía presagiar una gran noche.

Tres horas después, Marta y yo ahogábamos nuestras penas en sendas cervezas sentadas en la terraza de Le Chai.

—En serio, en una escala de uno a diez, ¿qué puntuación le darías a Jean Valjean? —me preguntó Marta entre carcajadas—. Porque yo no más de un tres.

—Y estás siendo generosa —añadí, con las lágrimas ya corriendo por mis mejillas—. En serio, debimos sospechar cuando pagamos tres euros POR LAS DOS ENTRADAS.

—Ay, chica, no sé, pensé que era una oferta del tipo: «Últimas localidades a la venta».

—Te perdono porque hacía mucho tiempo que no me reía tanto, te lo juro —le dije chocando mi vaso contra el suyo—. Es muy posible que sea la peor obra de teatro que he visto en toda mi vida. No sé si volveré a ver una cosa igual.

—Por Dios, no. —Marta puso cara de susto—. ¡O por lo menos no conmigo! Estoy haciendo mentalmente una lista de gente a la que se la pienso recomendar...

La cena posterior, recordando los grandes momentos de la representación, compensó con creces el sopor que nos invadió en el teatro.

Aquella noche me fui a dormir con la sensación de estar ya integrándome en mi nueva vida. Había hecho un nuevo amigo, podía hacer planes con Marta siempre que quisiera y tenía un trabajo del que estaba enamorada. Realmente no podía haber aterrizado con mejor pie.

Y eso que no sabía aún lo que me esperaba.

4

NUEVAS AMISTADES

A la mañana siguiente desperté de buen humor. Ya era viernes y esa noche había quedado con Marta y una de sus amigas de la editorial en lo que sería mi primer contacto con potenciales amigas francesas. He de reconocer que estaba un poco nerviosa, pero, sorprendentemente, me apetecía.

Abrí la librería cuando llegué, ya que Agatha no venía hasta las doce. Me preparé un té y cambié el agua del jarrón. A mi adorable jefa le había encantado mi idea y ahora teníamos siempre flores frescas en la mesa del centro. Los viernes no eran días de mucho movimiento, así que me entretuve recolocando la sección infantil, ordenando algunas de las mesas y atendiendo pedidos que habían llegado por internet —cada vez recibíamos más.

A eso de las once entró un hombre trajeado hablando por el móvil, así que me limité a saludarle con un gesto para no interrumpir su conversación. Más bien venía escuchando mientras asentía con la cabeza. Me dijo *«Bonjour»* en un susurro y se dirigió directo a la sección de Historia.

Al cabo de unos minutos, por fin tomó la palabra al teléfono y, para mi sorpresa, comenzó a hablar en español.

—Que sí, que sí. Entiendo el problema, pero necesitamos ese informe. Para AYER. No hay excusas. —Su tono autoritario imponía bastante—. No puedo hablar ahora. Quiero el informe en mi *e-mail* dentro de una hora. Buenos días. —Y, sin más, colgó el teléfono y lo guardó en el bolsillo de la americana.

Le dejé que mirara con tranquilidad mientras le observaba disimuladamente. Fingí estar colocando unos lápices en el mostrador, pero me costaba dejar de escrutar a aquel hombre misterioso que había llenado la librería desde que había puesto el pie en ella.

Sacó un par de libros de su sitio, volviéndolos a colocar, y, al final, pareció decidirse por una biografía de Napoleón.

—*I think I'll take this one today.* —Tratándose de una librería inglesa, era relativamente habitual que los clientes se dirigieran a nosotras en inglés, pero me llamó la atención que era el tercer idioma que le oía en apenas tres frases. Del escueto *«bonjour»* no había podido deducir mucho, pero su español era perfecto y su inglés, aunque con un acento un tanto peculiar, tampoco parecía malo.

—Es una excelente elección. —Sus profundos ojos pardos casi se le salieron de las órbitas cuando me dirigí a él en español—. Disculpe, es que le oí hablar... Pero no he escuchado los detalles de la conversación, no se preocupe.

El rubor que inundó mis mejillas lo noté hasta yo sin necesidad de espejo. El hombre se había quedado frente a mí, con su cartera abierta para pagar el libro, y su penetrante mirada me estaba poniendo un poco nerviosa.

—¿De dónde eres? —me preguntó.

—De Madrid. Llevo apenas unos días viviendo en París.

Nuestros ojos se encontraron y hubiera podido jurar que el mundo se había detenido en ese instante. Los dos nos quedamos quietos, callados, simplemente observándonos, hasta que un mensajero interrumpió el momento con un paquete para Agatha.

Me ocupé de firmar el albarán y me dispuse a cobrar el libro.

—¿Es para regalo? —le pregunté.

—No, muchas gracias. Es para mí. ¿No está Agatha? —dijo mirando alrededor—. Espero que se encuentre bien.

—Sí, sí, es solo que ha empezado a gozar un poco de la vida —sonreí—. Y yo he llegado en el momento justo para ayudarla a hacerlo.

—Me alegra oír eso, le vendrá bien. Aún es joven y debe disfrutar un poco.

—¿Es usted cliente habitual de la librería? —me arriesgué a preguntar.

—Paso de vez en cuando, sí. Vivo relativamente cerca y, además, vengo con cierta frecuencia al Senado. —Señaló hacia el lugar donde se erigía el imponente edificio, muy cerca de allí—. Siempre me gusta comprar algún libro.

—¡Qué bien! —Según salían las palabras de mi boca, me arrepentí de haberlo dicho con tanto entusiasmo—. En fin, que supongo que nos volveremos a ver entonces.

—De eso puedes estar segura —afirmó categóricamente, fijando de nuevo en mí su penetrante mirada—. Me llamo Juan, por cierto.

—Encantada. Yo soy Isabelle.

—Precioso nombre. —Recogió el libro del mostrador y, tal como había aparecido, desapareció por la puerta, dejándome casi sin aliento.

Tuve que apoyarme en el mostrador hasta que mi corazón recuperó su ritmo normal, y así me encontró Agatha cuando llegó.

—Niña, pero ¿qué te pasa? —me preguntó—. Parece que has visto un fantasma.

Me recompuse rápidamente y le contesté que simplemente me había distraído un momento. A continuación, le entregué el paquete que había llegado para ella y subí a la planta de arriba a beber un vaso de agua fría.

Cuando volví a bajar, estaba ya mucho más tranquila. Le expliqué a Agatha lo que había estado haciendo y le conté las ventas de la mañana.

—Ha venido un hombre, por cierto, que me ha preguntado por ti. —Agatha me miró con curiosidad—. Se llama Juan, es español, creo. Vestido con traje, alto, de unos cuarenta y cinco años, grandes ojos pardos...

—¡Pero bueno! —Agatha sonrió con malicia—. Sí que te fijas con detalle en los clientes... Sí, sé quién es. Viene de vez en cuando; es un alto cargo del Ministerio del Interior o algo así. Simpático, pero un poco distante.

No quise seguir sonsacando a Agatha y cambié de conversación. Pero durante el resto de la mañana no conseguí sacarme a Juan de la cabeza. Estuve ayudando a Agatha a actualizar el *stock* en la página web, algo que si soy sincera se me daba bastante mejor que a ella, y le propuse traducir la página al español y al inglés, pues estaba únicamente en francés.

—Me parece una idea maravillosa —me dijo, entusiasmada—. Pero eso te lo he de pagar aparte. ¡No forma parte de tu contrato aquí!

—No digas tonterías, Agatha. La semana que viene me traigo el portátil y me pongo a ello.

Y así quedó el tema.

Cuando ya estaba a punto de irme, y sin quitarme aún a Juan de la cabeza, recordé de repente que había pagado con tarjeta y, con la excusa de comprobar si había guardado bien todos los *tickets* de la mañana en la caja, le pedí a Agatha que me dejara confirmarlo un momento para irme tranquila.

Y allí estaba: Juan Hugo. ¿Estaría emparentado con el escritor? Me apunté el nombre en uno de los pósits que había siempre sobre el mostrador y me lo guardé en el bolsillo.

Me despedí de Agatha hasta el día siguiente y me fui a comer con Thomas. Cuando le conté lo de la obra de teatro del día anterior, mi amigo se partió de risa. Me dijo que ya sabía de un par de personas a las que se la iba a recomendar, y pensé para mis adentros que era igual de malvado que Marta. Algún día tenía que presentarles, se iban a llevar muy bien.

Aproveché el momento para intentar convencer a Thomas de que probara a mover un poco los cuadros que había pintado.

—En serio, si el que escribió la adaptación de *Los miserables* que me tragué ayer tuvo el cuajo de mover su texto y que encima se lo compraran... ¿Cómo no vas a triunfar con tus pinturas?

—Bueno, me lo pensaré —dijo, resignado—. ¡Aunque solo sea por no oírte! Mira que eres intensa, ¿eh?

Me lo dijo sonriendo mientras se metía una patata frita en la boca y supe que le tenía casi convencido.

Después de la comida Thomas volvió al trabajo y yo me fui directa a casa a echarme un rato antes de prepararme para la cena con Marta y su amiga de la editorial, Léa.

Cuando estuve duchada, maquillada y vestida, me miré en el espejo, decidí una vez más que me urgía ir de compras. Mi variedad de modelitos empezaba a ser un poco limitada, teniendo en cuenta que ya no trabajaba en casa en pijama, sino que de lunes a sábado iba a la librería.

Además de no haber actualizado mi armario en más de dos años. Podría decirse que toda mi ropa había pasado de moda. Anoté mentalmente proponerle a Marta que fuéramos a ver tiendas el sábado por la tarde, pues seguro que ella conocía varias estupendas, y sin más, cogí el bolso y bajé al portal a esperarla.

A los cinco minutos nos dirigíamos juntas a pie a la Brasserie Lipp, muy cerca de casa y aún más cerca de la editorial en la que trabajaban Marta y Léa.

Aunque mis expectativas para aquella cena eran altas, se vieron superadas con creces. Léa era encantadora. Nos reímos muchísimo; para cuando llegó el final de la cena, sentí como si la conociera de toda la vida. La amiga de Marta era rubia, de ojos claros y menuda. Tenía treinta y ocho años y era una parisina de pura cepa. El equivalente a los gatos madrileños. Su familia habitaba París desde los tiempos de la Revolución Francesa, decía, y yo estaba segura de que un domingo a las ocho de la mañana tendría más estilo vistiendo que yo en esa misma cena un viernes por la noche. Guapa a rabiar, era feliz en su pisito de la isla Saint-Louis, que no tenía ninguna intención de compartir con nadie. Cada mes tenía un novio diferente y su único amor eterno era el que sentía por los libros.

Después de la cena nos retiramos cada una a su hogar, no sin antes acordar que aquello tenía que repetirse con frecuencia. Cuando por fin entré en casa y me quité los tacones, me desplomé en el sofá, feliz.

Subí los pies encima de la mesa, sobre la que había dejado mi portátil el día anterior, y de repente algo hizo clic en mi cabeza. Fui a buscar el pantalón que había llevado a trabajar aquel día y saqué del bolsillo el pósit que me había traído de la librería: Juan Hugo.

Abrí el portátil y tecleé el nombre en el buscador de Google. Al instante aparecieron varias fotografías y un sinfín de entradas. Me dediqué primero a las fotos: era él, sin duda. Cabello oscuro y ligeramente cano, grandes ojos pardos y traje impecable. Sonreía en pocas fotos, pero en las que lo hacía se mostraba una hilera perfecta de dientes tan blancos como la leche. Allí estaba él, junto al Presidente francés, junto al ministro del Interior... En otra aparecía en Berlín junto a algún alto cargo alemán que no reconocí. Y solo en una iba vestido de *sport*, en una montaña, con una mochila a la espalda, una botella de agua en una mano y haciendo el signo de la victoria con la otra. Sonreía a cámara como si detrás de ella se encontrara su mejor amigo... o su mujer.

Abrí el enlace del artículo del que provenía la foto y vi que era un perfil que había aparecido en una publicación francesa: «La faceta más personal de Juan Hugo». El artículo no era muy extenso, en realidad, pero así descubrí que Juan había nacido en Madrid, de madre española y padre francés. Había pasado su infancia en la capital española y se había trasladado a París para cursar sus estudios en el Instituto de Estudios Políticos, donde había obtenido el Premio Extraordinario de Fin de Carrera. En la actualidad ocupaba el cargo de Director General de la Seguridad Interna, siendo el número dos del Ministerio del Interior.

De su vida íntima simplemente destacaban que le gustaba mucho hacer senderismo y caminar por la montaña, que en los deportes su corazón pertenecía al Paris Saint Germain y a Rafa Nadal y que había aparecido varias veces en la lista de los solteros de oro de Francia tras divorciarse de su mujer, con la que había tenido un hijo que había fallecido al poco de nacer.

Para la brevedad del artículo, lo cierto es que había descubierto bastantes cosas acerca de aquel misterioso cliente que había hecho tambalear mi equilibrio emocional con tan solo pasar quince minutos en la librería.

Satisfecha por lo que había descubierto, me fui rendida a la cama, ya que al día siguiente trabajaba en la librería y por la tarde había quedado con Marta para ir de compras.

El sábado por la mañana hubo muchos clientes que vinieron a hacer acopio de lectura para sus próximas vacaciones, pues ya estábamos en julio, así que apenas pude hablar con Agatha. Thomas libraba ese día, por lo que tampoco le vi, pero no me importó. Aunque tarde, me fui a comer y a las cuatro le mandé un mensaje a Marta y salimos de compras. Mi tarjeta se resintió bastante, pero volví feliz a casa. Compré varias prendas de verano; vestiditos frescos, un par de pantalones, tres tops en diferentes colores y una chaqueta tipo sahariana que, aunque había sido un poco más cara de lo que me habría gustado, sabía que utilizaría un montón en las noches más frescas del verano.

Por supuesto no faltó la clásica visita a Sephora, donde nos dejamos medio sueldo en maquillaje. Después hicimos acopio también de una amplia selección de complementos de todo tipo: collares, pañuelos... ¡Hasta un bikini!

—Pero ¿dónde voy yo con un bikini, si no tenemos ni playa ni piscina? —le dije a Marta.

—Tú cómpratelo, que nunca se sabe —me dijo Marta, con otros tres en la mano para ella misma—. A las malas nos subimos a tomar el sol a la azotea del edificio.

También volví con un par de sandalias en un tono crudo que me combinarían con todo y, en el último momento, aún no sé cómo, Marta me convenció para que me llevara un vestido del que me encapriché, pero que me parecía un poco atrevido.

—No sé, Marta —le dije frente al espejo de los probadores—. ¿No crees que el escote es un poco... demasiado? ¡Casi se me salen las tetas!

Marta se rio.

—Mujer, te voy a decir lo que diría Léa: ¡Aprovecha tú que puedes enseñarlo! —Recordé a la pequeñísima Léa, cuyo pecho, igual que el resto de su cuerpo, era muy menudo.

—Venga, vale. Aunque no sé en qué ocasión me lo voy a poner —le dije—. Necesitamos una gala de entrega de premios o algo así, por lo menos.

—Bueno, será por eventos en París, no te preocupes —me contestó Marta quitándole importancia—. Ya te conseguiré algo. Y si no, te busco a un pibón que te saque a cenar. Con ese vestido ya te puede llevar por lo menos a la Ópera y después al Jules Verne.

Sonreí imaginando el magnífico restaurante situado en el primer piso de la Torre Eiffel, del que solo había oído hablar, pero mi bolsillo no me había permitido conocer jamás.

Ahí va mi última traducción enterita, pensé mientras pagaba el vestido a una dependienta que parecía directamente salida de la Paris Fashion Week.

Con algo de remordimiento, y cargadas hasta arriba de bolsas, regresamos a casa tras haber recargado pilas en Le Chai con unas Coca-Colas bien frías.

Tan solo dos días después, el mismo lunes, estrené uno de los vestidos veraniegos que me había comprado. Hasta el propio Thomas me había echado un piropo al verme llegar, así que di por bien invertido lo que fuera que me había costado aquel sencillo vestido azul de gasa. Más aún cuando unos minutos más tarde Juan entró por la puerta.

—No me diga que ya se ha terminado usted la biografía de Napoleón —le dije sonriendo.

—Vaya, vaya, buena memoria... ¿Recuerdas siempre lo que se lleva cada cliente?

—Bueno, vino usted hace menos de una semana. —Y añadí—: Pero sí, tengo memoria fotográfica. Me ha pillado.

Juan se acercó a la misma estantería que albergaba la sección de Historia, donde había estado la última vez, pero empezó a darme conversación mientras miraba. Hubiera jurado de hecho que estaba más pendiente de lo que me decía que de los libros.

—Y, cuéntame, ¿trabajas aquí todos los días?

—Casi todos. Los domingos libro. En realidad, soy traductora y solo vengo unas pocas horas a la librería. El trabajo del traductor es muy solitario; cuando llegué a la ciudad no conocía a nadie... Me pareció una buena manera de estar en contacto con la gente. Además, me encantan los libros.

—Estás en el sitio adecuado, entonces —me dijo, acercándose—. Trabajas rodeada de libros y ya me has conocido a mí.

Me ruboricé y cogí el libro que me entregaba, sin poder evitar fijarme en sus grandes y fuertes manos. El tipo de manos que siempre me habían gustado en un hombre.

—La biografía de María Antonieta, de Stefan Zweig. —Leí la portada—. Uno de mis favoritos del autor.

—¿De verdad? —me preguntó sorprendido.

—De verdad. Lo leí cuando estaba en la universidad y, aunque que no soy muy de biografías (a diferencia de usted, por lo que se ve), esta me encantó. Tengo que conocer más a Zweig. Es el único libro suyo que he leído junto a *Momentos estelares de la humanidad*, que también me pareció fascinante.

—¿Estarás aquí mañana? —me preguntó de repente.

—Sí, por la tarde —respondí—. Agatha me ha cambiado el turno porque se va a ver una exposición con unas amigas. —Sonreí. Me encantaba ver que Agatha estaba recuperando una vida social que le había sido arrancada de golpe con la muerte de su marido.

—Estupendo —me dijo Juan. Y con las mismas, igual que la otra vez, guardó la tarjeta con la que había pagado, recogió su compra y se fue. Ni adiós me dijo.

Me quedé un poco desconcertada, pero decidí que el hombre era así, brusco, un poco raro, y no le di más importancia.

Un rato después salí a comer con Thomas, como cada día. Antes de encaminarnos hacia el Jardín de Luxemburgo, me pidió que entrara un momento en su librería porque quería enseñarme algo. Allí, en su pequeña y caótica trastienda, había un par de lienzos extendidos sobre una mesa que había conocido mejores tiempos. Di un respingo al verlos y dirigí mi mirada alternativamente a Thomas y a las magníficas obras que tenía ante mis ojos.

—¡No me puedo creer que esto lo hayas pintado tú, Thomas! —Le golpeé en el brazo y volví a observar a aquellos lienzos que no habría admirado más de haberlos visto colgados en las paredes del Museo d'Orsay.

El primero de ellos representaba a unos chiquillos jugando en la orilla de una playa; una niña y dos niños parecían hacer un castillo mientras el viento revolvía sus cabellos rubios. La pintura recordaba en cierto modo a Sorolla, y así se lo dije a Thomas.

—Lo conozco, era un magnífico pintor. —Señalando

el cuadro, añadió—: Somos mis hermanos y yo en la playa de Deauville.

—En serio, Thomas, es magnífico. —Aparté un poco el primer lienzo para poder ver más en detalle el segundo—. ¿Y qué me dices de este?

En el segundo cuadro la protagonista era una elegante mujer, de espaldas, mirando por una ventana a través de la cual caía la noche sobre los tejados de París. El cuadro era de una belleza extraordinaria.

—Quizá sí que podría intentar moverlos un poco... —Se encogió de hombros y me miró.

—¡Ay, ya sabía yo que entrarías en razón! —Le abracé y todo—. Pero, por favor, ¡no te olvides de mí cuando seas famoso! Y prométeme que algún día me pintarás un cuadro, aunque sea pequeñísimo... —le supliqué.

—Vaaaale, pero primero vamos a comer o seré un auténtico artista parisino: uno muerto de hambre. —Me guiñó un ojo.

Después pasé parte de la tarde en la planta de arriba traduciendo la página web de la librería, y conseguí dejar más o menos terminada la versión inglesa. Agatha estaba encantada y yo feliz de darle motivos de alegría.

La mañana del martes estuve en casa traduciendo una novela que se publicaría en otoño y que me dio la sensación de que no valía gran cosa, pero lo cierto es que nunca se sabe. Lo que me llevó a pensar en qué opinaría la gente cuando leyera la mía. No obstante, la sorpresa llegó por la tarde, cuando estaba enfrascada en el ordenador revisando los pedidos de la librería que habían llegado por la web, y de repente alguien dejó un paquete, perfectamente envuelto, sobre el mostrador. Levanté la vista y allí estaba él de nuevo: Juan. Con su traje azul marino impecable pese a ser ya casi las siete de la tarde, su preciosa corbata azul cielo y su misteriosa sonrisa.

—Buenas tardes —le saludé, sin atreverme a tocar el paquete—. ¿Qué es esto?

—Es para ti. Ábrelo —me ordenó.

Sin atreverme a contradecirle, lo hice con sumo cuidado de no romper el papel. Soy así desde niña, qué le vamos a hacer. Cuando vi el contenido, no pude evitar sonreír: *El mundo de ayer*, de Stefan Zweig.

—Vaya... —No sabía muy bien qué decir—. Muchas gracias. ¡Y en español! ¿Dónde lo ha conseguido?

—Hay ciertos secretos que nunca revelo —me dijo, misterioso—. Ya me irás conociendo.

Y eso esperaba, la verdad.

Abrí el libro para hojearlo y, para mi sorpresa, me encontré con una dedicatoria escrita a mano en la página de cortesía: «París, la ciudad de la eterna juventud. Sumérgete en ella y recuérdame».

—Muchas gracias, de verdad. —Me faltaban las palabras.

—¿Cierras ahora?

Miré el reloj de la pared: las siete menos cinco.

—Sí, en cinco minutos.

—¿Me invitas a tomar algo? —Y sin esperar respuesta, añadió—: Te espero en Le Rostand. No tardes.

Y con las mismas, se dirigió hacia la puerta y desapareció, dejándome clavada como un pasmarote en mitad de la librería.

Cuando al cabo de unos segundos reaccioné, cogí el libro de Zweig, que había quedado sobre el mostrador, y volví a leer la dedicatoria. Sonreí, lo metí en mi bolso y procedí a hacer el cierre. No había habido mucha actividad aquella tarde, así que tampoco tardé mucho.

Cuando quince minutos después llegué a la terraza de Le Rostand, el gran café que había al final de la calle frente al Jardín de Luxemburgo, allí estaba Juan, sentado con dos copas de vino blanco frente a él y revisando su móvil con gran concentración.

—Hola —saludé.

—¿Qué tal estás? —me preguntó, invitándome a sentarme junto a él—. Pensé que no vendrías y tendría que beberme ambas copas.

—Un poco atrevido lo de pedir por mí, ¿no? —le vacilé—. Podría no gustarme el vino.

—Y yo podría no ser un caballero. —Me desafió con la mirada—. Pero, tranquila, lo soy.

Cogí mi copa y Juan alzó la suya para brindar conmigo.

—Por tu nueva vida en París.

Sonreí y bebimos.

De pronto me sentí como si estuviera vestida de *sport* en una cena de gala. Ese hombre me fascinaba —y me imponía—, pero en realidad no lo conocía nada. Lo poco que sabía, de hecho, no podía confesarlo. No iba a decirle que le había estado buscando en Google... No tenía mucha idea sobre qué hablar con él, y tampoco iba a levantarme de allí antes de terminar el vino.

Por fortuna, no hube de preocuparme... Un par de mesas más allá de la nuestra había un señor con muy buen aspecto y una señora, más o menos de su edad, que era evidente que se había arreglado para la ocasión. Muy maquillada, con un pañuelo al cuello. Compartían un *assiette de fromages*, y diría que parecían no conocerse.

Juan me dijo que sospechaba que era una cita a ciegas.

—¿Usted cree?

—Si me vuelves a tratar de usted me levanto y me voy —me amenazó.

—Vale, vale, perdón. —Levanté la mano en señal de paz—. ¿Tú crees?

Elaboramos toda una teoría de lo que podía estar pasando en aquella mesa y lo que pasaría después, cuando al cabo de un rato los dos se fueron caminando a un prudencial medio metro de distancia el uno del otro.

Una vez que perdimos de vista a la pareja, nos dedicamos a elaborar diversas teorías sobre todo aquel que pasaba por delante: una chica joven, vestida como si viniera de trabajar, escuchando música. ¿Quién la esperaba en casa? Seguro que era madre de un bebé y su marido la aguardaba con la cena ya hecha.

¿Y aquella pareja de ancianos que salía del parque cogida de la mano, tras haber dado un largo paseo? Seguro que llevaban juntos toda la vida. Sus dos hijos, expatriados, vivían muy lejos. La mayor vivía en Londres y trabajaba como ejecutiva en una agencia de publicidad. El pequeño era ingeniero y vivía en Dubái, donde se había casado con una expatriada española y tenían un bebé que los ancianos habían ido a conocer el pasado invierno. Dubái no les había gustado nada; donde estuviera París...

Entre teorías diversas sobre la gente que pasaba frente a nuestra mesa, y algo de conversación intrascendente, pasaron casi dos horas, varias copas de vino y un *assiette de frites* compartido. Decidí dar el primer paso y retirarme.

Me habría podido quedar dos horas más; pero prefería ser como la Cenicienta y retirarme a tiempo, con la esperanza de dejarle con ganas de más y repetir otro día.

—Tengo que irme. He de acabar una traducción y mañana abro yo la librería —me disculpé.

Hice amago de pagar —al fin y al cabo, en la librería me había dicho que le invitara—, pero se me había adelantado y había abonado la cuenta mientras yo iba al aseo.

Nos levantamos y nos quedamos en la acera, quietos el uno frente al otro. Juan era alto y fuerte, yo apenas le llegaba al hombro. Me sorprendí imaginando cómo sería un abrazo suyo.

Aparté la idea de mi mente y me limité a preguntarle hacia dónde iba.

—Hacia allí —dijo señalando justo el lado contrario al mío.

—Pues me temo que nuestros caminos se separan aquí —le dije con pena.

Me preguntó dónde vivía y, cuando se lo expliqué, me dijo que le encantaba aquella zona. Hasta me sorprendió confesándome que había vivido en una buhardilla de la Rue Bonaparte en sus años de estudiante en el Instituto de Estudios Políticos. Sonreí imaginándole a sus veintipocos años, probablemente aún sin todo ese aire de formalidad y seriedad que le envolvía ahora.

—Muchas gracias por el libro. Lo leeré.

—Te gustará. —Sonrió, y quise besar aquella sonrisa—. Zweig nunca decepciona. Avísame cuando lo hayas terminado y me cuentas.

Echó mano al bolsillo de su americana y me entregó una tarjeta con su nombre y su móvil.

—¿Vas repartiendo muchas de estas por ahí? —bromeé.

—Solo a las chicas encantadoras que aman los libros tanto como yo.

Tras ese pequeño amago de flirteo nos despedimos y regresé caminando a casa, flotando como en una nube y echándole ya de menos a pesar de que, si volvía la cabeza, aún podría verle. Caminando con su paso firme de persona importante, que imponía a todo aquel que se cruzara con él. Pero escondiendo en su interior a un hombre brillante, encantador, con un sentido del humor increíble y una sensibilidad como nunca antes había conocido.

Cuando llegué a casa al cabo de un rato enchufé mi móvil, que se había quedado sin batería, y al segundo entró un mensaje: «Muchas gracias por una tarde maravillosa. Lo he pasado muy bien. Juan». ¿Cómo demonios había conseguido mi número? ¿Habría sido Agatha? Lo dudaba. Pero ¿quién si no?

En todo caso, si había de ser sincera, me daba igual. Lo único que me importaba era volver a verle.

Sonreí y le contesté: «Yo también. Te llamaré cuando termine con Zweig. *À bientôt!*». Dejé el móvil cargando en el salón y me fui con mi nuevo libro a la cama. Feliz como no me había sentido en mucho tiempo.

5

VERANO EN PARÍS

Durante los siguientes días me costó muchísimo concentrarme. Eché parte de la culpa al calor sofocante que trajo el mes de agosto, pero, en realidad, sabía que la dispersión de mi cabeza se debía a otros asuntos.

En la librería había menos actividad que de costumbre, pues la mayoría de los parisinos ya habían hecho las maletas y salido en estampida de la ciudad en busca de alguna playa en la que refrescarse y relajarse. En esta época del año, el público local era sustituido por los turistas que cada año invadían la capital francesa. A Agatha le horrorizaba un poco, pero he de reconocer que a mí me divertía y, a pesar de mi carácter un tanto asocial, me entretenía charlando con la gente, preguntándoles por sus lugares de origen y me emocionaba especialmente cuando alguien había viajado a París por primera vez. Entonces me dedicaba a recomendarles sitios para visitar, y también para comer, un poco fuera del circuito turístico habitual.

Un día a media mañana Thomas se asomó de repente a la puerta:

—Agatha, porfa, ¿me dejas secuestrar a Isabelle para comer?

—Holaaaa, Isabelle está aquí mismo —le sonreí desde

la planta de arriba, asomándome por la barandilla y saludándole con la mano.

—Claro, querido —le contestó Agatha, mirando el reloj de la pared—. ¿Por qué no os vais ya? Pronto serán las doce.

—Madre mía, casi dos meses aquí y aún no consigo acostumbrarme a estos horarios que tenéis... —suspiré—. En un día cualquiera de verano en España a estas horas podría estar desayunando.

Cogí mi bolso, me despedí de Agatha y salí con Thomas. El calor era tan horrible que decidí que por una vez podíamos cambiar de planes.

—¿Qué te parece si para variar vamos hacia Saint Sulpice y nos sentamos en una terraza a la sombra? —le propuse—. Tirando la casa por la ventana.

Thomas sonrió y, agarrándome del brazo, dio media vuelta y juntos nos dirigimos hacia allí. Pensé que al menos el sonido del agua de la fuente nos proporcionaría la ilusión de tener un poco de frescor.

—Mañana me marcho de vacaciones —me recordó Thomas, ya sentados en la terraza con una Coca-Cola bien fría frente a nosotros—. Una semanita en casa con mis padres como todos los años... Apasionante. —La mueca que hizo provocó en mí una inevitable sonrisa.

—Bueno... son tus padres. Se alegrarán de verte. Y, chico, por lo que cuentas de tu casa allí, a mí no me importaría pasar con ellos unos días. Piscina, pista de tenis, playa... Vamos, que no me das ninguna pena. Ni lo intentes.

—Pues fíjate que tengo un presentimiento extraño —me dijo, ignorando mis palabras—. Hablé ayer con mi madre y la noté rara. Y eso que ya le aseguré que no iba a llevar a ningún novio.

Esta vez no pude evitar reírme. Thomas me contó que

saldría al día siguiente temprano con su hermana y cuñado. Era tradición que todos los hijos pasaran allí una semana en verano en casa de sus padres, cosa que no le hacía ninguna gracia, pero tampoco se veía con fuerzas de protestar.

—¡Uy! Mira. —Señaló con un gesto de la cabeza a un chico que pasaba justo en ese momento por delante de nuestra mesa—. Ay, una pena. Tenía un buen lejos.

—¿Un qué? —Pensé que no le estaba entendiendo por una cuestión de idioma; algunas expresiones coloquiales aún se me escapaban.

—Pues lo que has oído. Que tiene un buen lejos. —Le seguí mirando sin entender—. Ay, Isabelle, por Dios... ¡que de lejos estaba bueno y de cerca es un callo!

Sonreí y pensé en cuánto iba a echar de menos a Thomas... Se iba solo una semana, pero después se iba otros diez días con unos amigos a la Costa Azul, así que iba a pasar bastante tiempo sin verle.

Agatha había decidido que cerráramos la librería las siguientes dos semanas así que, dado que Marta y Bastien también se iban de vacaciones y yo no tenía ninguna gana de volver a España, no sabía muy bien qué iba a hacer. Seguramente dedicarme a disfrutar de la ciudad entre traducción y traducción, aunque en aquella época el trabajo siempre decaía.

—Por cierto, tengo noticias sobre mis cuadros —me soltó, misterioso.

—¿Ah sí? No me digas que al final te has decidido a moverlos... —le respondí, escéptica, mientras bebía un poco de mi Coca-Cola.

—Pues, de hecho, sí. Me acerqué el otro día a una pequeña galería en la Rue de Seine... ¡Y parece que les ha gustado mi obra! —Inconscientemente pegué un bote en la silla a la vez que Thomas se llevaba las manos a la cara como si aún no pudiera creérselo.

—Te dije que eran buenos. ¡Lo sabía! —No pude evitar aplaudir, lo que hizo que varias personas sentadas a nuestro alrededor se giraran a mirarme.

—Ay... Mil gracias, Isabelle. De todos modos, me han dicho que ahora en agosto cerraban y que hablaremos después del verano. Así que no quiero emocionarme mucho por si acaso. Ahora tengo aún más ganas de que llegue septiembre. ¡Brindemos!

Chocamos nuestros vasos ya casi vacíos y, tras pagar la cuenta, nos dirigimos de vuelta a nuestras respectivas librerías. Thomas me prometió que me mandaría fotos desde Deauville y que seguiríamos en contacto, y supe que esa era su intención. Pero con Thomas no se sabía nunca. Si algo había aprendido en el mes y medio que hacía que le conocía es que si encontraba a un nuevo «amor de su vida» —cosa que venía ocurriendo más o menos una vez por semana—, la Tierra se lo tragaba hasta que, al cabo de dos o tres días máximo se daba cuenta de que su nueva conquista no era lo suficientemente guapo, lo suficientemente gracioso o lo suficientemente culto. Una vez dejó a uno porque por la mañana le dejó un pósit en la nevera con una falta de ortografía. Realmente no se molestó ni en explicarle nada: le bloqueó en el móvil y nunca más se supo.

«Ay, cómo le voy a echar de menos», pensé mientras dejaba mis cosas en la planta de arriba. Agatha me llamaba. Bajé la escalera y me detuve en seco cuando descubrí que no estaba sola. De pie junto a ella, impecable, Juan se veía como recién salido de la ducha, enfundado en un perfecto traje de verano.

—Eh... ¡Hola! Cuánto tiempo...

Agatha me miraba divertida mientras notaba cómo mis mejillas debían estar alcanzando la tonalidad de rojo de las *tote bags* que vendíamos.

—Juan preguntaba por ti. —Por un momento temí que se echara a reír, pero, discreta, hizo como que se ponía a reubicar unos libros. Que yo sabía perfectamente que acababa de colocar esa misma mañana.

—*Bonjour,* Isabelle. ¿Cómo va esa lectura de Zweig? —Agradecí que utilizara el español para que Agatha no pudiera entenderlo todo.

—Bien, bien. Me está encantando, muchas gracias. Apenas me quedan cincuenta páginas. Mañana cerramos la librería por vacaciones un par de semanas, así que podré dedicarle más tiempo.

—Sí, por eso venía. Pasé por aquí de noche el otro día y vi el cartel. —Señaló hacia el escaparate, donde habíamos puesto el anuncio del cierre estival—. ¿Te vas de vacaciones o te quedas en París?

—Me quedo, me quedo. Apenas llevo dos meses aquí. Aprovecharé para recorrer la ciudad... y leer.

—Estupendo. Mañana te recojo en tu casa a las diez. Quiero llevarte a un sitio. —No sabía muy bien por qué esa manía suya de hablar como si estuviera dando órdenes no me molestaba. Pensé que no debía de estar muy acostumbrado a que le dijeran que no.

—Espero que no me lleves a tu oficina —le dije sonriendo—. Ya tengo dos trabajos, no necesito otro.

—Idiota, estoy de vacaciones. —Me guiñó un ojo y, con las mismas, se despidió de Agatha (que no de mí) y salió por donde había entrado.

—Espera... —Fui corriendo detrás de él—. ¡No sabes dónde vivo!

—Querida, yo lo sé todo.

Realmente este hombre era un misterio. Un misterio que estaba deseando resolver.

Cuando volví a entrar en la librería me encontré a Agatha sonriéndome a la espera de una explicación.

—No me mires con esa cara porque te aseguro que, aunque hablamos el mismo idioma, casi entiendo a este hombre lo mismo que tú —le dije, confundida.

—Jovencita, yo no hablaré español, pero el idioma de su mirada es universal. Si quieres entenderle, no te hace falta más que fijarte en cómo te mira.

Y, sin más, se dirigió a la planta de arriba. ¿Es que todo el mundo me iba a dejar con la palabra en la boca?

Cerrar la librería aquella tarde me dio mucha pena. La idea de no ver a Agatha ni a Thomas en dos semanas, y de no acudir a aquel lugar que se había convertido en mi refugio, solo quedaba compensada por la emoción de ver a Juan al día siguiente. ¿A dónde querría llevarme?

Saqué el móvil de mi bolsillo y, mientras caminaba hacia casa, llamé a Marta, que ya debía de encontrarse rumbo a su destino vacacional. Me lo cogió a la primera.

—¿Cuántos parisinos crees que pueden salir a la vez por una sola autopista? —Suspiró—. Ya te lo digo yo: TODOS. Llevamos dos horas parados y aún puedo ver casi la Torre Eiffel por la ventanilla. No te digo más.

Me reí, y decidí ir directa al grano.

—Mari, ha venido Juan a la librería esta tarde. Me viene a buscar por la mañana para llevarme Dios sabe dónde...

—¿Perdonaaaa? —De repente el tráfico dejó de interesarle—. ¡Pero bueno! Será francés, pero desde luego tiene sangre española... ¿Y no te ha dado ni una pista?

—Nada. Cero. *Rien de rien.* ¿Qué me pongo? —le pregunté angustiada—. A ver si me visto de señorita y me lleva a la montaña. —Recordé de repente el reportaje que había leído en internet.

—Mira, peor sería vestirte de montañera y que te lleve al Louvre. —Marta siempre tenía la respuesta correcta—. Vístete monísima como tú sabes, con alguno de los trapitos nuevos que compramos el otro día, y cuando te vaya a buscar le preguntas si vas apropiada para la ocasión. Si piensa llevarte a la montaña no creo que sea tan cabrón de llevarte en vestidito y bailarinas. Y si lo es —añadió— se merece que te bajes del coche y vuelvas a casa.

Me reí y me despedí prometiendo contarle todo al día siguiente. Cuando colgué, di las gracias mentalmente por tener una amiga con respuestas para todo. La solución que me había dado parecía la más adecuada.

Cuando Juan me avisó de que estaba en la puerta de mi casa, bajé a la calle sintiéndome un poco Carrie de *Sexo en Nueva York* saliendo al encuentro de su Mr. Big —solo que mi escalera estaba por dentro del portal, pequeño detalle sin importancia.

Lo que encontré delante de la puerta no fue una limusina con chófer, pero para el caso, como si lo fuera. Juan se encontraba al volante de un flamante 4×4 oscuro —por favor, por favor, que no pretenda llevarme a la montaña, pensé—. Vestido con una sencilla y preciosa camisa azul claro, me sonreía desde el asiento del conductor. Aún me seguía sorprendiendo cuando me sonreía, ya que por lo general era bastante serio.

—*Buongiorno, bella* —me saludó—. Sube.

—¿Exactamente cuántos idiomas hablas? —le pregunté—. Espera, no me contestes. Primero dime si voy vestida para la ocasión. No tengo ni idea de dónde vamos. ¡Esto no se le hace a una mujer! —protesté, sin estar enfadada lo más mínimo.

—Estás preciosa. —Me sonrojé de nuevo—. Y perfecta para donde vamos. Abróchate el cinturón. —Y sin decir nada más, arrancó.

Media hora más tarde entrábamos, solos —es lo que tenía el mes de agosto— en el Museo Nissim de Camondo, junto al Parc Monceau, en la Rive Droite.

—Te he traído aquí porque es mi museo favorito de la ciudad —me dijo mientras pagaba las entradas—. Intento venir con relativa frecuencia. Me da muchísima paz y me ayuda a desconectar del ajetreo diario.

Miré a mi alrededor y pensé que efectivamente no parecía ni que estuviéramos en París. Reinaba un silencio asombroso en aquel palacete cuya historia iba a conocer enseguida.

Mientras nos adentrábamos en la antigua cocina de la casa, que me recordó a la de *Downton Abbey*, Juan comenzó a explicarme la trágica historia de aquel lugar.

El palacete había sido adquirido en 1911 por Moïse de Camondo, un banquero de origen turco sefardí nacido en 1860 que se trasladó junto a su padre a París, donde se inició en el coleccionismo de piezas de arte.

Moïse adquirió el palacete de la Rue Monceau en el que nos encontrábamos con el fin de instalarse en él tras divorciarse de su mujer, con la que había tenido dos hijos: Nissim, que falleció en 1917 en la Primera Guerra Mundial, y Béatrice, que se instaló allí posteriormente junto a su familia para hacer compañía a su padre.

—Pero la tragedia nunca abandonó a los Camondo —me contó Juan mientras subíamos por la escalera al primer piso—. Béatrice, su marido y sus dos hijos fueron deportados en 1943 a Auschwitz, de donde nunca regresaron.

—Madre mía, qué horror...

—Y que lo digas. Hay gente que nace con estrella y gente que nace estrellada... Antes de morir —continuó Juan—, Moïse dejó el palacete al Estado francés, con la condición de que hicieran en él un museo que albergara su impresionante colección de arte del siglo XVIII y que este llevara el nombre de su hijo.

En silencio, y prácticamente solos —a excepción de una pareja de italianos—, recorrimos las diferentes estancias de la casa, con la sensación de que en cualquier momento podía aparecer algún miembro de la familia tras alguna de sus puertas.

El lugar me conmovió. La biblioteca, el maravilloso comedor con vistas al Parc Monceau... ¿Cómo alguien que hubiera vivido allí, que lo tenía todo para ser feliz, podía haber sufrido tanto? Pensé que al menos Moïse, que había fallecido en 1935, no llegó a conocer el terrible destino de su hija y sus nietos.

—Gracias, de verdad, por haberme traído —le dije a Juan mientras salíamos por la imponente entrada del museo—. Ni siquiera había oído hablar de este sitio.

—No es lo que se dice el museo más conocido de París. Pero ahora ya sabes de su existencia. ¿Comemos? —me dijo señalando hacia un restaurante en el que no había reparado, anexo al palacete.

Feliz por poder compartir más tiempo con él, asentí y nos dirigimos hacia la terraza de Le Camondo, donde disfrutamos de una increíble comida y una aún mejor conversación.

Juan me habló un poco de su juventud en Madrid, donde había nacido hacía cuarenta y ocho años. Habíamos compartido ciudad, pero los nueve años que nos separaban hacían que pareciera que habíamos crecido en mundos diferentes.

—Oye, que tampoco soy tan viejo —me dijo, indignado—. También tuve mis buenos años saliendo por Malasaña, aquí donde me ves.

Me reí. Viéndole con su impecable camisa azul, sus pantalones claros, perfectamente planchados, y su aire de persona importante, me costaba imaginármelo en cualquier bar de la calle Velarde. Ni siquiera pasando por allí por error.

—Vale, vale, fui a Malasaña un par de veces —terminó por confesar—. Lo mío era más el barrio de Salamanca.

—¡Lo sabía! —Sonreí complacida mientras daba un trago a mi deliciosa copa de vino blanco.

Me contó que sus padres se habían separado siendo él adolescente y que se había quedado en Madrid con su madre hasta terminar el colegio, pero que a los dieciocho años se había venido a vivir a París para estudiar en el Instituto de Estudios Políticos.

—Creo que es un sitio maravilloso, pero es muy difícil entrar, ¿no? —le pregunté. Por lo que tenía entendido era un lugar bastante elitista en el que se habían formado algunas de las mentes más ilustradas de Francia, amén de varios presidentes y altos cargos.

—Correcto. Pero yo tengo una mente privilegiada. —Pensé por un momento que era capaz de leer mis pensamientos, además de comprobar que tenía un muy alto concepto de sí mismo—. No obstante, tuve que estudiar como un cabrón. Me costó lo mío, no te creas.

—¿Y dónde trabajas, si se puede preguntar? Agatha me dijo que tenías un cargo importante en el Ministerio del Interior. —Evité mencionar que le había buscado en Google y que sabía perfectamente el cargo que ocupaba.

—Soy el director general de la Seguridad Interna. Algo así como el director del CNI en España —me aclaró.

—Oh. ¿Así que trabajas con espías? —le sonreí. ¿Cómo podía tener aquella mirada tan penetrante?

—Más o menos, sí.

Continuó hablándome de su trabajo un buen rato, dentro de la medida de lo que supuse que podía contar. Me perdí en mis propios pensamientos mientras hablaba y me dediqué a mirarle —y admirarle—. Me emocionaba oírle hablar con tanta pasión de su oficio. Noté que se sentía inmensamente afortunado por estar donde estaba y que en un momento dado sacrificaría su propia vida personal por la profesional.

Su relato se vio interrumpido por el camarero, que se acercó a preguntarnos si queríamos algún postre. Pedimos solo unos cafés y Juan cambió de tema.

—Pero suficiente sobre mí. Cuéntame algo de ti. De momento solo sé que has llegado a París hace un par de meses, que eres traductora y que trabajas en la librería más encantadora de la ciudad. —Su comentario me hizo sonreír.

—Mi vida es mucho menos interesante que la tuya, créeme. He estado en Madrid la mayor parte del tiempo, salvo una temporada en Barcelona y mi año Erasmus en Ginebra. He sido siempre una enamorada de París y estoy feliz de haber venido a esta maravillosa ciudad, la verdad.

Le conté un poco cómo había sido la historia de mi traslado a París y me hizo la misma pregunta que Agatha:

—Un traslado bastante repentino, ¿no? ¿No has dejado nada atrás?

—He dejado a algunos de mis amigos, sí, pero estoy segura de que vendrán a verme. Tengo un sofá cama muy apetecible.

Aunque sabía perfectamente por lo que me había preguntado, no estaba lista aún para hablar de mi vida sentimental. Y menos con él. Tampoco me atreví a preguntarle por la suya, me pareció demasiado atrevido y al mismo tiempo tenía miedo de la posible respuesta. Así que decidí limitarme a disfrutar del momento.

Nos tomamos el café mientras charlábamos sobre libros. Ambos nos declaramos admiradores de Victor Hugo, aunque no coincidimos en la novela; mientras la mía era *Los miserables*, él se inclinaba más por *Nuestra señora de París*.

—Soy una romántica. «Tú, que sufres porque amas, ama más aún. Morir de amor es vivir de amor» —cité uno de mis pasajes favoritos de la novela.

—Tú no eres romántica, ¡eres una sufridora!

—Bueno, quizá un poco. Me van los amores trágicos —confesé con una amarga sonrisa, de la que me recompuse enseguida.

—Te vas a ganar un ejemplar de *Nuestra señora de París*. —Me miró divertido—. Para que lo releas y veas que es aún mejor. ¿Tienes plan para esta tarde? —me preguntó mientras pedía la cuenta.

No estaba dispuesta a confesar que mi plan principal era volver a casa y llamar a Marta para contarle con todo lujo de detalles la increíble mañana que acababa de pasar, así que simplemente negué con la cabeza.

—Estupendo. ¿Me honrarías con tu compañía un rato más, entonces?

—Solo si me dejas elegir sitio. —Tenía que empezar a tomar un poco las riendas en aquella extraña amistad. Ni siquiera había pensado dónde ir, pero decidí sobre la marcha.

Fui guiando a Juan hasta el aparcamiento más cercano a Saint-Michel y desde allí fuimos caminando hacia la orilla del Sena, deteniéndonos en los puestos de los bouquinistas y compartiendo impresiones sobre clásicos que habíamos leído. Al cabo de un rato, ya que no habíamos tomado postre, le llevé a mi pequeño descubrimiento de hacía unas semanas: Culture Crêpes.

Le invité a un *crêpe* de plátano y fresa y cada uno con el nuestro en la mano nos dirigimos a Notre-Dame. Nos sentamos en un banco frente a la imponente catedral y, mientras disfrutábamos de las vistas y el buen tiempo, dejamos a un lado los libros y volvimos a hablar sobre nuestras vidas.

—¿Sabes que ya de niña soñaba con vivir en París? —le dije—. Y te confesaré algo: soñaba con casarme en Notre-Dame. Y que mi luna de miel fuera un viaje en el Orient-Express: de París a Venecia.

—¿En serio? —Me miró divertido—. Voy a creerme de verdad que eres una romántica...

—¿Dónde te casaste tú? —Me arrepentí de haber formulado la pregunta según salió de mi boca. Debía de ser la botella de vino que nos habíamos tomado con la comida. Pero él no pareció inmutarse.

—En el Ayuntamiento. —Evitó mirarme—. Nos casó un amigo. No hicimos una gran fiesta, y menos mal; para lo que duró... Aunque no la puedo culpar. Mi vida es mi trabajo. No soy un hombre fácil, no creo que pueda permitirme el lujo de mantener una relación estable.

Además de sentir que un jarro de agua fría me caía sobre la cabeza, intuí sabiamente que era mejor cambiar de conversación. Le propuse acercarnos dando un paseo hacia la Place Dauphine, que él no conocía.

—¿Pero tú has estado viviendo en París de verdad todos estos años? Te veo un poco perdido, querido. Voy a tener que enseñarte yo la ciudad.

Nos pusimos en pie y disfrutamos una vez más de un agradable paseo. Su compañía era realmente lo mejor que me había pasado desde... Bueno, desde hacía mucho tiempo.

Abandonamos la tranquila plaza en la que apenas había cuatro o cinco personas paseando, como nosotros, y Juan me acompañó caballerosamente a casa.

Ya en la puerta, me preguntó:

—¿Te veré mañana?

—Tengo que terminar una traducción que he de entregar a mediodía... Y alguien no me ha dejado trabajar hoy. —Le sonreí—. Pero si quieres por la tarde, por mí encantada.

—Hecho. Te llamo. —Nos quedamos quietos el uno frente al otro, a escasos centímetros de distancia. Su penetrante mirada me hacía querer derretirme y, por un momento, pensé que me iba a besar. Acercó su rostro al mío... y me dio un cálido beso en la mejilla antes de emprender su camino de vuelta hacia el coche.

Me sentía como una adolescente. Aquel beso me ardió en la cara durante las siguientes horas, en las que por supuesto llamé a Marta para explicarle mi día con pelos y señales.

—Madre mía, Mari... —me dijo mi amiga—. Le he buscado en Google. ¡Es muy pero que MUY atractivo!

—Bueno, no sé. Lo que sí te digo es que he pasado un día maravilloso. Pero —recordé las palabras de Juan— esto no va a ir a ningún sitio. No quiere ningún tipo de relación. Me lo ha podido decir más alto, pero no más claro. Su vida es su trabajo. Y si le oyeras hablar de él entenderías que es así.

—Entonces ¿qué hace mamoneando de esta manera? —Marta se indignaba por momentos—. Mira, una cosa te voy a decir: te mereces ser feliz después de... todo lo que has pasado. —El corazón se me encogió escuchando a mi amiga—. Así que disfruta y el tiempo dirá. No parece que sea ningún cabrón, en todo caso. Y si te hace daño, ya hablo yo con Bastien para que se encargue. —Sonreí ante la simple idea de imaginarme al buenazo del marido de Marta intentando siquiera discutir con Juan. O con nadie, de hecho.

Estuve hablando con mi amiga hasta que se tuvo que ir a cenar y yo, que quise alejar mi mente de los acontecimientos del día, me quedé traduciendo hasta que me venció el sueño y me fui a dormir.

La mañana se me pasó volando entre terminar la traducción, limpiar un poco y ponerme lo más guapa que fui capaz. Juan me había llamado a las doce para invitarme a comer en Le Bonaparte, cerca de mi casa. Allí le encontré en una mesa y disfrutando de una copa de vino blanco.

—Se está bien de vacaciones, ¿verdad? —le pregunté al cabo de unos minutos, mientras me sentaba junto a él.

—He de reconocer que es una sensación extraña, pero sí, no está nada mal.

—¿Puedo preguntarte algo?

—Claro, dime —me miró sorprendido.

—¿Por qué quieres pasar tiempo conmigo?

—¿Qué quieres decir?

—Que podrías estar haciendo cualquier cosa estos días. O irte de viaje. —Por su expresión, me di cuenta de que esperaba cualquier pregunta menos esa.

—¿Tiene que haber algún motivo?

—No, en realidad. Pero me extraña...

—¿No lo estás pasando bien?

—Maravillosamente bien —admití.

—Entonces no me hagas ese tipo de preguntas y vamos a pedir, que me muero de hambre.

Le animé a que pidiera por los dos y decidí simplemente disfrutar.

La comida transcurrió con la misma calma que el día anterior. Me sentía tan a gusto con Juan que estaba segura de que, si el tiempo se detenía y de repente desaparecía todo el mundo a nuestro alrededor, no me daría ni cuenta.

Me contó que en sus años de estudiante del IEP había vivido muy cerca de allí, en una buhardilla en el número 33 de la Rue Bonaparte, y que ya entonces había frecuentado ese mismo café.

También se interesó por mi trabajo y le estuve hablando un poco sobre el tipo de traducciones que hacía, haciéndole reír con alguna anécdota curiosa dentro de una vida bastante tranquila en comparación con la suya.

Él, por su parte, me habló de toda la gente interesante que había conocido gracias a sus tres años en su actual cargo. También su relación con su jefe, el ministro del Interior, y con el Presidente francés, que a mí me caía bien y al que consideraba además bastante guapo.

—Pues te diré que es una lástima que sea un tío guapo —me dijo— porque parece que es solo eso, y te aseguro que es un hombre extremadamente inteligente. Tiene una mente privilegiada.

—Guapo e inteligente... ¿Cuándo me lo presentas? —Nos reímos y, tras apurar nuestros cafés, nos levantamos.

—¿Dónde quieres ir ahora?

—Pues el destino no va a ser muy original, pero tengo muchísimas ganas de volver a un sitio. ¿Me acompañas?

—Nada me gustaría más, *chérie* —me contestó, ofreciéndome su brazo.

Fuimos caminando bajo un nublado cielo sin intercambiar demasiadas palabras. Nos deteníamos en el escaparate de alguna librería, o para leer las placas que hay en uno de cada tres edificios parisinos recordando que allí vivió un héroe de guerra, un escritor o cualquier otro intelectual. Tantas veces había recorrido París, y no me acostumbraba a la riqueza cultural de aquella ciudad. A encontrarme a la vuelta de cualquier esquina una placa que indicaba que en aquel inmueble habían vivido Hemingway, Sartre, Simone de Beauvoir, Marguerite Duras —cuyo apartamento se convirtió en centro de reunión de la Resistencia y en el que acogió durante unos días a François Miterrand— o el periodista Georges Wolinski, asesinado en los atentados de 2015 en la sede de Charlie Hebdo.

Tras un buen paseo llegamos a nuestro destino: el Museo d'Orsay. Uno de mis favoritos de París. He de reconocer que me gustaba más el Louvre, pero allí prefería ir sola. Raramente pasaba menos de siete u ocho horas admirando sus obras y no mucha gente me aguantaba el ritmo.

—Excelente elección —me dijo Juan cuando llegamos frente al imponente museo, que había sido una antigua estación de tren—. Un poco... común, pero te lo perdono. Al fin y al cabo, acabas de llegar a París.

—No seas condescendiente que conozco este museo mejor que tú, seguro —le contesté, desafiante.

Despacio, sin prisa, fuimos recorriendo las galerías de la planta baja.

Nos detuvimos frente a una maqueta —casi a tamaño real— de la Ópera Garnier. Podía verse el interior del fastuoso edificio, y me entretuve observando cada detalle.

—¿Has estado alguna vez en la Ópera? —me preguntó Juan.

—Nunca, la verdad. Tampoco tengo muy claro si me gustaría —confesé—. Pero el edificio es una maravilla.

—No me lo digas; eres más de Bon Jovi y AC/DC.

—Y tú de Mozart y Vivaldi, tus contemporáneos, ¿no? —le dije mientras le arreaba un manotazo frente al que no pudo evitar reírse—. Pues mira, lo cierto es que Bon Jovi, sí. Marcó mi adolescencia. Idiota.

—Qué bonito... Yo era más de Los Rodríguez.

—¿En serio? ¡Me encantan! Estuve de jovencita en el concierto que dieron en la Plaza de las Ventas... ¡Qué recuerdos!

Al final iba a resultar que a pesar de la más que evidente diferencia generacional en algunos aspectos, y la vida tan sumamente diferente que llevábamos, Juan y yo nos parecíamos más de lo que quería admitir. Teníamos intereses muy similares y la conversación con él era sumamente fácil. Todo era fácil con él, en realidad.

Subimos por el ascensor hasta la última planta del museo y nos detuvimos a observar pasar la vida desde el mirador que se elevaba sobre el vestíbulo central de la antigua estación.

—¿Sabes que este museo se levantó sobre un antiguo barrio burgués? ¿Y que fue destruido en un incendio provocado por los disturbios de la Comuna de 1871? —Me miró sorprendido—. ¿Y que aquí llegó, cuando aún era una estación, el primer tren lleno de las prisioneras que sobrevivieron al campo de concentración de Ravensbrück, que fueron recibidas por De Gaulle? El propio Presidente francés y sus familias se quedaron horrorizados cuando vieron el estado en que llegaban. Y eso que habían seleccionado a las que estaban en mejores condiciones... —Le miré—. Yo también sé contar la historia de un museo. ¿No te he dicho nunca que mi vocación frustrada es haber sido historiadora del arte?

—¿De verdad?

—Completamente. ¿Cuál es la tuya?

—Pues... —Se quedó pensativo mirando al infinito—. La verdad que nunca lo he pensado. Siempre he creído que en cada momento estaba haciendo lo que quería hacer. Mi trabajo me hace feliz. Aunque el estrés me mate a veces. —Hizo una pausa—. Pero si me dijeras que tengo que cambiar radicalmente de vida... No sé. A lo mejor sería carpintero.

—¿En serio? —Me separé un poco de él para mirarle, con sus pantalones azul marino, su impecable camisa blanca y su perfecto afeitado—. No sé si termino de verte como carpintero.

—Quizá te sorprendería.

—Quizá.

Visitamos la última planta del museo, donde a través de uno de los inmensos relojes que se ven desde la orilla del Sena podíamos observar todo París, hasta el Sacre-Coeur. Aquella perspectiva, a través de un reloj —a través del tiempo, podría decirse— de la ciudad más mágica y romántica del mundo, era de mis lugares preferidos en toda la ciudad. Habitualmente lleno de gente haciendo fotos, tuvimos la suerte de que en ese momento no había nadie, así que nos acercamos al cristal y estuvimos admirando la vista en silencio, de pie el uno junto al otro. Por un momento sentí que nuestras manos se rozaban y una corriente eléctrica subía por mi brazo. No me atrevía a mirarle, no me atrevía a moverme... No me atrevía ni a respirar, por miedo a que el momento pasara.

No sé cuánto tiempo estuvimos así, probablemente

apenas unos segundos, pero en mi cabeza duraron una eternidad. Había tal silencio que casi podía oír los acelerados latidos de mi corazón, que parecían estar marcándole las milésimas de segundo al majestuoso reloj.

La conversación —en un tono bastante más elevado de lo recomendable en un museo— de un grupo de adolescentes que salían del ascensor que había detrás de nosotros nos sacó de nuestro ensimismamiento.

Azorados, nos dirigimos a la primera de las salas. Durante la siguiente hora nos dedicamos a admirar las obras de los grandes maestros del impresionismo: desde Manet a Renoir, pasando por Van Gogh o Cézanne. Cuando llegamos a la cafetería, frente al otro gran reloj, Juan propuso que nos tomáramos un café, que acepté encantada.

Estuvimos hablando de pintura; cada uno teníamos nuestro período favorito en la historia del arte: él era un apasionado del Renacimiento; yo, del Impresionismo.

—Pero realmente no le hago ascos a nada. Me gusta todo, desde el Románico hasta el arte moderno —le expliqué—. La pintura, la escultura... Toda forma de expresar el arte me parece mágica. Cómo alguien, partiendo de cero, puede llegar a crear cosas tan bellas, me parece fuera de toda lógica... —Dejé de hablar porque me dio la impresión de que Juan, que tenía clavados en mí sus profundos ojos pardos, no estaba escuchando absolutamente nada de lo que estaba diciendo.

—Te pones muy guapa cuando hablas de arte —me dijo de repente.

—Venga, hora de irse, anda —dije mirando el reloj—. Como nos descuidemos, cerrarán el museo con nosotros dentro.

—No me importaría en absoluto si es contigo.

—Como Ross y Rachel... —sonreí.

—¿Qué?

—Ay... Cuántas cosas te tengo que enseñar —bromeé mientras pagaba los cafés—. Si no has visto *Friends*, ¡no has tenido juventud!

—Oye, querida, que no sé tú, pero yo sigo siendo joven, ¿eh?

Cuando salimos del museo ninguno de los dos tenía ganas de irse a casa, así que nos dedicamos a pasear por los márgenes del río, cruzando de una orilla a otra y curioseando en los pocos puestos de bouquinistas que quedaban abiertos.

—Te gustan los libros antiguos, ¿verdad? —le pregunté al ver que se había detenido a mirar varias ediciones de diferentes clásicos.

—Mucho. Tengo una gran colección —me dijo mientras seguíamos caminando—. Empecé a comprarlos cuando entré a trabajar en el ministerio. Fue una época de mucho estrés y era un *hobby* que me relajaba. Rescatar libros de mercados de ocasión, como el del Parque George Brassens, al que no falto casi ningún fin de semana, o en los puestos de los bouquinistas. Después empecé a acudir a librerías especializadas en libros raros y antiguos, y a la Feria que se hace cada año en el Grand Palais. ¿Has ido alguna vez?

—La verdad es que no —confesé—. Pero he oído que es maravillosa. —Algo en mi interior se rompió recordando que era Diego el que me había hablado de ella.

—Y lo es. Te llevaré. —Ahí estaban de nuevo sus afirmaciones categóricas—. Aunque la mejor es sin duda la de Nueva York.

—¿Recorres el mundo en busca de primeras ediciones o ejemplares curiosos? —le pregunté, sorprendida. Pensé, y quizá era un pensamiento extraño, que se habría llevado muy bien con mi marido.

—Libros viejos y raros —matizó—. Y gracias a ello me he hecho con una fantástica biblioteca. Ya te iré ilustrando sobre esta afición tan bonita. Todo a su debido tiempo.

Durante nuestro paseo, que duró casi hasta el anochecer, Juan me estuvo hablando de la biblioteca que tenía en casa, en la que atesoraba algún incunable y varios ejemplares antiguos firmados por sus autores, su auténtica perdición. Aunque gracias a Diego yo tenía algunos conocimientos sobre el mundo del libro antiguo (que sorprendieron gratamente a Juan), estuvo aprovechando los puestos de los bouquinistas para mostrarme lo que era un libro intonso, una encuadernación rústica y hasta la pasta española con sus pieles bruñidas. Realmente el mundo del libro antiguo era... eso, un mundo.

Escuchar hablar a Juan sobre todo aquello que le apasionaba, ya fuera su trabajo o su biblioteca, era como alimento para el alma. Fue entonces cuando empecé a darme cuenta de que quizá —solo quizá— me gustaba más de lo que estaba dispuesta a reconocer. Le miraba y solo me importaba que fuera siempre así de feliz. Que conservara siempre esa ilusión, ese entusiasmo casi infantil por las cosas.

Casi sin darnos cuenta llegamos al Pont des Arts, uno de mis favoritos de la ciudad, y nos dispusimos a cruzarlo ya rumbo a casa —o, al menos, yo a la mía—. La vista de la Torre Eiffel ya iluminada desde el puente, los *bateaux-mouches* paseando por el Sena... Quería pedirle a alguien que detuviera el tiempo en ese mismo momento. Y ante la falta de interlocutor, decidí acercarme a la barandilla y simplemente observar. Dejar que la suave brisa me acariciara la cara y perderme en ese momento de felicidad absoluta.

Juan me siguió y, en silencio, se apoyó en la barandilla junto a mí. Tan pegado que podía notar el calor de su brazo en el mío, desnudo. Nos quedamos así, en silencio, mirando las luces de la torre parpadear. Un barco se acercaba a lo lejos, hacia donde estábamos nosotros. Pegué un pequeño suspiro y, de repente, no sé muy bien cómo —a pesar de que durante esa noche recreé aquel momento muchas, MUCHAS veces en mi cabeza—, Juan se giró, me atrajo hacia él, y me besó. Posó con delicadeza sus labios sobre los míos y, al tiempo que el beso se hacía más intenso, me envolvió en sus brazos suavemente, pero con firmeza. Afortunadamente, porque creo que de lo contrario me habría desmayado.

No sé cuánto duró aquel beso —demasiado poco—, pero cuando nos separamos para coger aire, el barco que se acercaba a lo lejos había desaparecido por debajo del puente y asomaba ya por el otro lado.

Me quedé quieta, entre sus brazos, sin ninguna gana de moverme. Me asustaba tanto lo que acababa de pasar que preferí dar por finalizado el momento.

—Creo que debería irme a casa. No, no pasa nada. —Le sonreí, apoyando una mano en su pecho—. Es solo que es tarde, el calor me atonta mucho y estoy algo cansada. ¿Te importa?

—Claro que no. Te acompaño. Me pilla de camino.

Y así, sin más, caminamos casi sin hablar, pero sonriéndonos cada diez metros durante los escasos minutos que había hasta mi casa. Allí, en la puerta, Juan me volvió a besar. Esta vez con más dulzura. Y deseé, de verdad, que ese beso no terminara nunca. Pero necesitaba subir a casa, pegarme una ducha y pensar un poco con claridad. Cosa que con él delante no podía hacer.

—¿Cuándo te veré? —me preguntó, cogiendo mi mano.

—Si me sigues viendo todos los días, te cansarás de mí.

—Mañana tengo un asunto que atender —dediqué toda mi energía a evitar que la decepción asomara a mi rostro—, pero podríamos inventar un plan para el fin de semana.

—Algo se nos ocurrirá —le sonreí con una picardía que llevaba escondida en mí demasiado tiempo—. *Bonne nuit, mon ami.*

Noté sus ojos clavados en mí mientras la puerta se cerraba automáticamente y yo atravesaba el patio hacia mi casa. Me preguntaba si aquella mirada tan penetrante que tenía, y que tanto me gustaba, sería capaz de ver cómo en mi interior empezaba a nacer un sentimiento que no creí posible recuperar jamás.

6

EL MÚSICO CON LA SONRISA MÁS BONITA DEL MUNDO

Las siguientes dos semanas las pasamos recorriendo las calles de París, hablando durante horas y horas mientras, cogidos de la mano, buscábamos tesoros en los puestos de los bouquinistas.

A cada rato nos sentábamos en alguna terraza a disfrutar de un delicioso café *crème*, de una cerveza o un refresco, según la hora, acompañado de una ración de *frites* —mi vicio— y a jugar al que se había convertido en nuestro pasatiempo favorito: imaginar la vida de la gente que pasaba por delante. Aquel pequeño divertimento me estaba proporcionando, además, un valioso material para mi novela.

Compartí con Juan mi sueño de convertirme en escritora y todo el camino recorrido hasta ponerme realmente a ello; él, por su parte, me habló de literatura, libros antiguos, arte... Era una de las personas más cultas que había conocido jamás y yo le escuchaba durante horas sin apenas pestañear. Aquellas conversaciones infinitas en las que íbamos saltando de un tema a otro me resultaban apasionantes. Juan era un auténtico hombre del Renacimiento. Podía hablar de prácticamente cualquier materia y en todas parecía un experto.

A los pocos días de nuestra primera cita —si es que así

podía llamarse—, Juan subió a conocer mi piso. Se quedó, cómo no, prendado de la biblioteca de Michel.

—Pensé que me habías dicho que tu casero era montañero.

—Y lo es —le confirmé—, pero también un gran amante de los libros. Igual que tú.

A Juan se le iluminó el rostro. Se acercó a inspeccionar la inmensa librería y se sorprendió ante el orden tan metódico con el que Michel había colocado sus más de cuatro mil ejemplares.

—Son sobre todo obras clásicas —le dije—. Pero tiene aquí otra estantería con libros solo de arte. —Señalé una bastante más pequeña que había junto a la cocina.

Aquella noche, Juan se quedó a dormir por primera vez en mi apartamento. Le siguieron muchas más.

Una mañana, tras vestirse para volver a su casa, se echó de repente la mano al bolsillo y sacó una especie de bolsa de papel que envolvía algo.

—Te he traído un regalo. —Me tendió la bolsa arrugada—. Olvidé dártelo ayer.

—Espero que el interior esté en mejor estado que el exterior. —Le guiñé un ojo y procedí a sacar el contenido.

Ante mí apareció una primera edición, impecable, de *Nuestra Señora de París.*

—No te creo. Me vas a hacer releerlo, ¿verdad?

—Si no lo haces, no volveré a hablarte. Y soy un hombre de palabra. —Señalándome el libro, añadió—: Ábrelo. Yo también tengo citas favoritas de los libros que adoro.

Con cuidado, abrí el libro por la página de cortesía y allí, con su inconfundible caligrafía que ya conocía por su dedicatoria en el libro de Zweig, Juan había escrito una de mis citas favoritas: «El infierno en donde estés será mi paraíso, pues tu presencia es más encantadora que la visión de Dios».

¿Cómo era posible que aquel hombre, al que en el fondo tampoco conocía a plenitud —ni él a mí— tuviera siempre las palabras adecuadas en cada momento? Era del todo inexplicable.

Le sonreí y, dejándolo sobre mi mesilla de noche, prometí que lo releería.

Cuando salí de la ducha, Juan estaba ya en la cocina preparando dos cafés.

—Mañana vuelvo al trabajo —me dijo mientras se bebía, para mi horror, el café sin una pizca de azúcar ni leche.

Aunque era el intenso aroma de la bebida lo que inundaba todo el apartamento, sabía que aquello olía, en realidad, a despedida.

—Esta semana tengo un viaje a Marsella —prosiguió—, pero te llamaré desde allí.

Asentí mientras bebía mi dulce café con leche, porque no sabía muy bien qué decir. Por un lado, me entristecía que terminaran aquellas dos semanas en las que me había sentido como en una eterna luna de miel. Por otro, estaba deseando volver a la librería al día siguiente y reencontrarme con Agatha y Thomas. A Marta la vería en un rato.

Me había acostumbrado a la compañía de Juan, que era un hombre tremendamente hermético, pero mucho menos frío de lo que parecía a primera vista. No estaba acostumbrado a que le llevaran la contraria; ni siquiera a que le cuestionaran. Y parecía hacerle gracia que yo lo hiciera continuamente. A mí, por otro lado, lejos de ofenderme que siempre pidiera por mí en los restaurantes, me encantaba. Como si por una vez alguien cuidara de mí, se preocupara por mi bienestar, y yo pudiera relajarme un poco y concentrarme únicamente en disfrutar, sin sentir que estaba luchando permanentemente por sobrevivir.

Aparte de su exmujer, no me habló nunca de ninguna exnovia, amante ni ligue pasajero. Yo tampoco le pregunté. Pensé que, en realidad, poco importaba. Y en esta mi nueva vida había decidido concentrarme en el presente; ni pasado ni futuro.

Cuando Juan se marchó a su casa me pregunté si alguna vez me llevaría allí; es verdad que yo misma había tirado siempre hacia mi apartamento, pues me era más cómodo, más familiar. Pero, por supuesto, no pude evitar emparanoiarme pensando en que quizá tenía algún motivo oculto para no querer llevarme allí ni haberlo propuesto nunca.

Al cabo de un rato, decidí apartar el pensamiento de mi mente y dedicarme a recoger el apartamento antes de bajar a comer con Marta, que ya me había anunciado su regreso de vacaciones y que estaba deseando escuchar cómo me habían ido estas dos semanas con Juan.

La semana siguiente, como había supuesto, transcurrió muy lentamente. Los minutos parecían horas, y las horas parecían días. Miraba el reloj cada diez minutos y el móvil cada cinco.

Bien es cierto que el martes me envió a la librería un precioso ramo de rosas rojas, que puse en la mesa del centro y, al tiempo que animó instantáneamente el lugar, me sirvió para recordarle más aún de lo que ya lo hacía. Ese día conseguimos hablar un rato por la noche, y por la mañana me despertó un cariñoso mensaje suyo de buenos días a las cinco de la madrugada.

Pero desde el miércoles hasta el sábado no supe absolutamente nada de él, a pesar de que le mandé un par de mensajes (y mucho me tuve que contener, y más aún me tuvo que frenar Marta para no mandarle diez más).

Ni siquiera sabía a ciencia cierta cuándo regresaba de Marsella. Intenté mantener la mente ocupada en la librería, colocando todas las novedades que llegaron esa semana, que fueron muchas —septiembre es un gran mes para los lanzamientos editoriales—, traduciendo la página web y realizando mis propios trabajos de traducción.

Cuando el domingo seguía sin saber nada de él, decidí encerrarme en casa —pese a las protestas de Marta— y comenzar a escribir mi novela.

Descubrí, con gran sorpresa e incluso con emoción que, de todo lo que había probado durante aquella semana, escribir era lo que más me evadía de la realidad y lo que menos me hacía pensar en Juan. Incluso me prometí que, aunque él me contactara ese día, no le contestaría. Guardé el móvil en un cajón y me pasé todo el día sentada frente al ordenador evadiéndome de la realidad solo en parte, ya que mi novela tenía una gran carga autobiográfica y aproveché para volcar en ella buena parte de los sentimientos que me habían invadido durante las últimas semanas.

El lunes por la mañana amaneció un día precioso. El sol se colaba por los inmensos ventanales de mi apartamento y no había ni una sola nube en el cielo. Ese día no iba a la librería hasta por la tarde, así que decidí salir a desayunar fuera y dar un largo paseo por el barrio antes de ir a The Red Wheelbarrow Bookstore.

Apenas salía por la puerta de casa cuando el teléfono me vibró en el bolsillo. «¿Sigues viva?».

¿Qué se supone que tenía que contestar a aquello? Juan llevaba casi una semana desaparecido, ¿y me preguntaba él a mí que si seguía viva? Decidí no precipitarme y hacer lo que haría cualquiera... Mandarle un pantallazo del mensaje a Marta. Que, por supuesto, me contestó a los tres segundos —ella sí era de fiar— con una serie de emoticonos que iban desde «me explota la cabeza» hasta uno de «no entiendo». Vamos, lo mismo que yo.

Volví a guardarme el teléfono en el bolsillo con la sana idea de tomar un café en Le Chai antes de dejar que mi cerebro empezara a funcionar. No llegué a salir del portal cuando Juan ya estaba llamando.

—¿En serio? —No le dije ni hola—. ¿Me preguntas a mí que si sigo viva?

—Buenos días a ti también, *chérie*. —Casi podía verle sonreír de aquel modo tan irresistible a través del teléfono, y un escalofrío me recorrió la espalda—. Volví de Marsella anoche. El viaje se alargó más de lo previsto.

¿Un domingo? Me costaba creer que todo hubiera sido trabajo, pero, al fin y al cabo, qué sabía yo.

—¿Y cortaron las comunicaciones en Marsella? Porque te envié varios mensajes.

—Ja ja ja... —me dijo mientras yo cruzaba la calle y saludaba al simpático camarero que se encontraba detrás de la barra, haciéndole una seña para indicarle que me sentaba en la terraza—. Te pones muy guapa cuando te enfadas. —Puse los ojos en blanco—. Y ese vestido te sienta fenomenal.

Me detuve en seco justo en el momento en que iba a sentarme. ¿Dónde estaba? Me giré sobre mí misma y le vi, sonriente, móvil en mano y perfectamente vestido como si fuera a una boda, en la mesa que estaba justo en la esquina del café.

Sin cortar la comunicación se acercó hasta mí, me cogió por la cintura y me dio un beso que me hizo olvidar no solo sus seis días desaparecido, sino incluso que se había ido a Marsella.

Mientras desayunábamos juntos me contó que había llamado a la librería y Agatha le había dicho que no trabajaba por la mañana. Llevaba sentado en la terraza más de media hora, leyendo la prensa, esperando a que bajara.

—¿Por qué no me has llamado? —le pregunté.

—No sabía si dormías. Me dijiste que a veces te quedas traduciendo hasta tarde y no quise interrumpirte en tu mañana de descanso.

A pesar del pequeño enfado que tenía por su desaparición, su consideración consiguió ablandarme un poco.

El resto del desayuno transcurrió sin sobresaltos ni sorpresas y, por qué no confesarlo, con mi corazón aún más prendado de ese misterioso hombre.

El frío y los cielos grises volvían a hacer su aparición en París, y Juan y yo continuamos viéndonos con cierta frecuencia, caminando sobre las hojas caídas de los árboles del Palais Royal, visitando la casa de Victor Hugo en la Place des Vosges y cenando en algunos de los mejores restaurantes. Juan era de buen comer y yo... simplemente le seguía adonde me llevara.

Quise ir a conocer la «tienda en París» de Máximo Huerta, que resultó ser una preciosa papelería donde vendían maravillosas plumas, papeles y libretas forradas. Cerca de allí, Juan me llevó a conocer una de sus librerías favoritas: Sur le fil de Paris, una librería de viejo especializada en libros sobre la ciudad, aunque también tenían mapas, postales antiguas e incluso carteles y placas de calles.

Hablábamos sin parar, como si nos faltaran horas. Que en realidad nos faltaban, pues apenas conseguíamos vernos los fines de semana y algunas noches entre semana, en las que él seguía quedándose a dormir en mi casa y se levantaba de madrugada para bajar a tomarse un café a la cocina mientras leía la prensa.

Era ya el mes de octubre cuando un viernes, mientras cenábamos en Le Grand Véfour, le pregunté si no me iba a enseñar jamás su casa. Por su reacción me dio la sensación de que llevaba tiempo esperando que le hiciera aquella pregunta.

—Por supuesto, cuando tú quieras —me contestó, sin mirarme a los ojos.

No quise insistir más y terminamos la cena haciendo planes para el fin de semana, aunque no pude evitar pensar en si escondería algo. Su respuesta no me había tranquilizado en absoluto, aunque esa hubiera sido su intención.

Ese sábado le llevé a ver el que era uno de mis lugares favoritos de la ciudad: el Marché aux Puces. El primer *shock* fue llevarle en metro; confesó que no se había montado en uno en los últimos diez años, por lo menos. Le pareció mucho menos terrible de lo que recordaba.

El segundo fue verle en un mercadillo. Él era probablemente lo más fuera de lugar que había en el extenso laberinto de calles y callejones llenos de anticuarios, tiendas de vinilos, juguetes antiguos y viejas máquinas de *pinball*.

Realmente paseaba fascinado entre los puestos y las tiendas, pero su aspecto de no haber salido jamás de los confines de un ministerio contrastaba con el estilismo desenfadado de la mayoría de la gente que se dejaba caer por allí los sábados por la mañana. Sus perfectos pantalones de pinza azul marino, su gabardina beige y sus zapatos, tan relucientes que casi podía uno reflejarse en ellos, le hacían parecer recién salido de una pasarela de moda.

Caminamos cogidos de la mano hasta que bruscamente me la soltó cuando estábamos dentro de Mes Découvertes, una de mis tiendas favoritas, en la que me lo habría llevado absolutamente todo de no haber tenido un piso ya amueblado.

—Jamás me habría imaginado encontrarte deambulando por aquí. —Un hombre algo mayor que Juan, de aspecto elegante, aunque bastante más desenfadado que mi ¿novio?, se acercó a nosotros y le tendió la mano.

—Pascal... —Juan titubeó un poco y apretó la mano del hombre, apartándose ligeramente de mí.

No quise interrumpir, aunque la conversación que tuvieron fue bastante intrascendente.

Cuando el tal Pascal se despidió, sin tan siquiera mirarme, dado que difícilmente podría saber que íbamos juntos, Juan volvió a acercarse a mí.

—Perdona. Era el hermano de mi ex —me explicó, azorado.

Pude entender que no fuera la persona idónea a la que presentarme, pero aun así no logré evitar sentirme algo dolida. Sentimiento que se vio incrementado cuando a media tarde, tras haber pasado la mañana en el mercado, haber comido por la zona de Ópera y haber visto una película en el cine, le propuse ir esa noche a su casa.

—Mañana tengo un día complicado —se disculpó—. Tengo que levantarme temprano y apenas voy a poder hacerte caso. ¿Lo dejamos para otro día?

—¿Vas a trabajar en domingo?

—Tengo que preparar varios informes y he quedado para jugar al tenis con un amigo por la tarde... —Parecía estar sacándose excusas de la manga por momentos.

—No sé qué problema tienes con tu casa, en serio. Voy a empezar a pensar que escondes allí un cadáver... o varios. —En mi rostro se dibujó una sonrisa, a la que no acompañó mi mirada dolida.

Decidí que antes de empezar una discusión, lo mejor era retirarme a casa. Ni siquiera le dejé acompañarme. Justo cuando atravesaba la puerta, casi sin aliento tras haber subido corriendo los dos pisos de escaleras debido al enfado que llevaba encima, recibí un mensaje de Juan.

Podría decir que me pedía perdón... a su manera:

«Espero que no te hayas enfadado, querida. Lo paso muy bien contigo y disfruto con tu compañía y nuestras conversaciones. Pero sabes con quién estás y lo que puedo ofrecerte. Y no voy a cambiar. Piénsatelo bien; no quisiera hacerte daño».

Cuando le reenvié el mensaje a Marta, no tardó ni dos minutos en subir a mi casa.

—Yo creo que le gustas —me dijo, tranquilizadora—, pero este tío está muy ocupado y vive por y para su trabajo. Él mismo te lo dijo al principio, ¿no? —Asentí—. Me parece que o bien lleva demasiado tiempo solo o que no quiere una relación seria, en todo caso.

No pude sino darle la razón.

Habían pasado ya varios meses y yo había ido enamorándome poco a poco de Juan, llegando a pensar que había aterrizado en mi vida para sustituir, en cierto modo, a Diego. Aunque él sería siempre irreemplazable, supuse que algún día encontraría a alguien que llenaría ese hueco inmenso que él me había dejado. Pensaba que ese alguien sería Juan, pero lo cierto es que me estaba desencantando. Al menos, a ratos.

Tan pronto pasaba un día maravilloso junto a él, en el que me hacía sentir la mujer más especial sobre la faz de la Tierra, como de repente se cerraba y ponía un abismo entre nosotros. No entendía nada.

Es verdad que yo era una persona a la que la monotonía le aburría soberanamente. Cuando esta llegaba a una relación, no podía evitar desencantarme, olvidar las mariposas en el estómago, los nervios de las primeras citas, el amor y la admiración intensos que se apoderaban de mí durante los primeros meses.

Pero apenas llevábamos unos meses viéndonos y yo todavía quería más; más mariposas en el estómago, más mensajes a deshoras, más besos, más noches abrazados... más tiempo juntos, en resumen. Cosa que él no parecía dispuesto a darme.

Cuando Marta se fue aquella noche, encendí el ordenador y me volqué en mi novela. Estuve escribiendo hasta las tres de la mañana, pues sabía que era la única forma de no pensar y, por ende, no entristecer.

El lunes me levanté tarde. Suerte que Agatha abría la librería ese día. No quise quedarme en casa dando vueltas ni esperando un mensaje que no llegaría, así que escribí a Thomas y le propuse tomarnos algo en Le Rostand antes de entrar a trabajar.

Cuando llegué, allí me esperaba mi amigo con una copa de vino blanco. Su sonrisa, al verme, hizo que se me pasaran todos los males.

—Ay, Isabelle —me saludó alzando su copa—. Si me vuelves a mandar un mensaje tan lacónico me van a entrar a mí ganas de suicidarme. Recuerda que el dramático soy yo.

Le sonreí y me senté a su lado mientras pedía al camarero otra copa de vino.

Estuvimos allí una hora hablando de todo un poco. Thomas había pasado unos días interesantes en Deauville con su familia en verano. Sus padres, tan clásicos ellos, habían decidido divorciarse. Para mantener las apariencias, seguían compartiendo techo hasta encontrar un plan mejor. Tras aquellos días surrealistas en familia, evidentemente llegó a la Costa Azul con unas ganas tremendas de desfase dispuesto a disfrutar de unas vacaciones de verdad junto a sus amigos.

Allí encontró a dos o tres amores de su vida en apenas un par de semanas, pero había vuelto con ganas de llevar una vida más tranquila y para mi asombro llevaba haciéndolo más de un mes. Decidió tomarme la palabra y enfocar sus ganas y energías en intentar vender su arte. Había vuelto a contactar con la galería de la Rue de Seine que se había interesado por sus cuadros, y la semana siguiente iba a inaugurarse una exposición en la que Thomas participaría con tres de sus obras. Estaba tan emocionado que era imposible no emocionarse con él.

Cuando nos levantamos de la mesa, yo ya estaba mucho más animada y esperaba con ilusión pasar la tarde en la librería entretenida entre montones de libros.

Como siempre que quiero evitar pensar en algo, estuve especialmente hiperactiva aquella tarde. Agatha se había ido con unas amigas a tomar algo y Poirot fue mi única compañía durante unas horas. Desde su cuna estuvo vigilándome mientras ordenaba la sección de libros sobre París y, cuando me encontraba de espaldas a la puerta, me sorprendió con un bufido que me sobresaltó. Me giré de inmediato y pude comprobar que este iba dirigido a un chico que acababa de entrar con una guitarra a la espalda. A Poirot no le gustaban los objetos extraños.

El chico me saludó en un inglés impecable y le dejé mirar tranquilo mientras me retiraba detrás del mostrador y me ocupaba recogiendo cuadernos, libretas, y pósits varios que teníamos repartidos por todas partes. Al cabo de un buen rato, el joven de la guitarra se acercó a pagar un libro sobre París, un cuaderno y un lápiz —ya le había dicho a Agatha que había que ampliar la sección de papelería—. Al despedirse, me mostró la sonrisa más perfecta que había visto en mi vida. Hasta me sobresalté.

Se fue tal y como había llegado y yo seguí con mis quehaceres. Poco tiempo después regresó Agatha, a quien Poirot recibió entre saltos y pequeños ladridos de felicidad que yo ya había aprendido a interpretar. Miré el móvil, donde encontré un mensaje de Juan invitándome a cenar aquella noche —al que contesté aceptando— y al ver la hora le propuse a Agatha llevarme a Poirot a dar un paseo por el Jardín de Luxemburgo.

—Claro, así os da un poco el sol a los dos, que tú estás muy pálida desde hace días. —Me sonrió mientras me tendía la correa del pequeño caniche que ahora se abalanzaba sobre mí, emocionado ante la perspectiva de poder olisquear todos los arbustos del parque.

—Volvemos enseguida —me despedí de Agatha.

—No tengáis prisa, de verdad. Hace un día estupendo. ¡Aprovecha!

Me gustaba pasear por aquel parque, para mí el más bonito de la ciudad, mientras me perdía en mis pensamientos. Lo cierto es que Juan no se daba cuenta de que, igual que me enamoro con relativa facilidad, la distancia me enfría estrepitosamente. Siempre me había ocurrido; en cuanto dejaba de ver a alguien, cuando se imponía cierta distancia de cualquier tipo entre nosotros, me desencantaba a marchas forzadas. No sabía si era una tara o una bendición, pero siempre me había pasado lo mismo. Y la actitud que estaba teniendo me estaba empujando en aquella dirección.

En esto iba pensando cuando, a los veinte minutos de estar merodeando por el parque, empecé a oír los acordes de una canción que me trasladó a otra vida. Una vida en la que yo escuchaba esa misma pieza acurrucada entre los brazos de mi marido. Miré alrededor pero no conseguí identificar de dónde procedía la música, así que decidí seguir mi oído.

Caminé hacia la fuente que había frente al Palacio del Senado y allí estaba el culpable: el chico de la guitarra que había entrado antes en la librería estaba sentado en una de las sillas verdes metálicas del parque. Tocaba *One*, de U2.

Me quedé de pie apenas a unos metros de él, pues no quería interrumpirle. Poirot no entendía nada y optó por tumbarse en el suelo. De repente, el chico levantó la vista y nuestras miradas se cruzaron. Le sonreí entre mis lágrimas, que caían sin piedad, a sabiendas de que mi sonrisa difícilmente podía competir con la suya, de anuncio.

—Perdona —le dije, mientras me acercaba, secándome la cara. Odiaba llorar en público—. Hacía mucho que no escuchaba esa... Lo siento. Perdí a mi marido hace unos años y era nuestra canción favorita.

—Perdóname entonces tú a mí —me dijo mientras se levantaba y me daba un abrazo que me pilló por sorpresa.

—No, no te preocupes, por favor. ¿De dónde eres? —Aunque su inglés era impecable, tenía un leve acento que no conseguía identificar.

—De Italia, pero vivo en Londres. —Me invitó con un gesto a sentarme junto a él en otra silla—. Me llamo Matteo. Eres la chica de la librería, ¿verdad?

Asentí con la cabeza.

—La misma. Me llamo Isabelle. Y este es Poirot. —Señalé a mi acompañante, que ya se había puesto cómodo a la sombra bajo mi silla.

Matteo se agachó para acariciarle, algo por lo que fue recompensado con un lametón. Volvió a sonreír y pensé que aquel chico realmente podría hacer un anuncio de dentífrico.

«Qué cosas piensas, Isabelle... céntrate».

—¿Y qué te trae por París? Si puede saberse —le pregunté.

—Vine hace un par de días para tocar en una fiesta en el Grand Palais. Mañana vuelvo a casa.

Mientras me decía esto, se puso a tocar otra vez. Yo me recosté en la silla y me dispuse a escucharle.

—¿Alguna canción más que te haga llorar? —me preguntó, sonriendo—. No quisiera verte así de nuevo... Prometo que no suele ser la reacción habitual cuando toco. —Me guiñó un ojo.

Me reí y negué con la cabeza. A continuación, comenzaron a sonar los acordes de *Don't look back in anger*, de Oasis... y Matteo arrancó a cantarla. Tenía una voz preciosa, la verdad sea dicha. Cantaba con la mirada perdida, absorto en su música y la maravillosa vista que teníamos delante.

Estuvimos así durante dos o tres canciones, hasta que miré el reloj y me incorporé sobresaltada.

—Perdona, he perdido completamente la noción del tiempo y tengo que devolver a este pequeño bicho a su dueña... ¡y volver a trabajar! —Le guiñé un ojo.

Matteo apoyó la guitarra contra la silla y, para mi sorpresa, me abrazó de nuevo.

—Ha sido un placer —dijo.

—Igualmente. Buen regreso a Londres —le sonreí—. Maravillosa ciudad.

—Sí que lo es, sí.

Llevé a Poirot casi trotando hasta The Red Wheelbarrow Bookstore, pero Agatha no parecía habernos echado mucho de menos. Estaba allí charlando con dos clientas habituales que se habían convertido en buenas amigas suyas y simplemente me sonrió al entrar y continuó enfrascada en la conversación.

Una hora después echamos el cierre de la librería y mientras Agatha se iba al cine con sus amigas —no sin antes pasar por casa para dejar a Poirot— yo contesté a un mensaje de Marta en el que me preguntaba por mi día con una sencilla frase: «He visto la sonrisa más bonita del mundo».

Yo misma sonreí mientras metía el móvil de nuevo en el bolso y ponía rumbo a casa, por donde pasaría a buscarme Juan en un rato para ir a cenar. Mi humor había mejorado bastante desde por la mañana —aunque no sabía cómo de preocupante era que ello se debiera más a mi encuentro con el músico italiano que a la perspectiva de cenar con Juan—, así que caminé rápido para poder tener tiempo para ducharme y ponerme especialmente guapa aquella noche, alejando de mi cabeza fantasmas sin sentido.

7

UNA CENA EN CASA

Cuatro semanas después, puede decirse que la relación con Juan iba bastante bien... O todo lo bien que podía ir con una persona como él. Yo aprovechaba sus desapariciones para traducir, escribir mi novela y quedar con Marta y Léa, que me proporcionaban material como para escribir siete más.

Léa había iniciado un romance con un hombre casado y opuesto a ella, de quien se había enamorado locamente. Era un profesor de golf al que había conocido cuando fue un día a recoger a clase a su hermano Alex para ir a tomar algo juntos después. Mientras esperaba a que Alex se cambiara, el profesor salió del vestuario, aún con su impecable atuendo, la gorra y la bolsa de los palos al hombro. Sus miradas se cruzaron... Y supieron al instante que estaban atrapados. Nos lo comentaba con un brillo en los ojos y una sonrisa que delataban su enorme ilusión.

A pesar de llevar ya un tiempo viéndose con él, no nos lo había contado por temor a que la juzgáramos. Afortunadamente, todas sabíamos que el amor no se elige. Llega a ti y te invade, se adueña de tu corazón y no entiende de género, edad ni estado civil. Imposible juzgar a Léa por algo que nos puede pasar a cualquiera. Ni yo misma estaba segura de que no me estuviera pasando a mí, pensé para mis adentros. El asunto de no haber sido invitada aún a entrar en casa de Juan empezaba a obsesionarme un poco más de lo deseable y barajaba ya todo tipo de teorías, desde que su casa era un auténtico caos —como la de aquella chica con la que liga Ross en cierto capítulo de *Friends*— hasta que efectivamente había otra persona en su vida.

Nos veíamos dos o tres veces por semana, algo menos si se iba de viaje (lo cual era relativamente frecuente). Jamás pasábamos el fin de semana entero juntos, aunque estuviera en París. Siempre alegaba algún compromiso deportivo con un amigo, trabajo o simplemente querer dedicarse «a sus cosas» para pasar al menos uno de los dos días solo. O sin mí, en todo caso.

Yo había sido siempre una persona que apreciaba la soledad, que la disfrutaba muchísimo. Me encantaba pasar horas leyendo, especialmente en la comodísima butaca que tenía Michel en casa. Pasear por la ciudad, sin rumbo, descubriendo nuevos rincones, colándome en patios o callejuelas escondidas... ¡Estaba en París, al fin y al cabo! Pero bien es cierto que cuando estaba en una relación, aun en esta cuyos términos tampoco habíamos definido en ningún momento, esperaba que la otra persona quisiera pasar el máximo tiempo posible conmigo. Entre otras cosas porque no podía evitar recordar mi matrimonio con Diego y cómo, en aquellos días en que yo disfrutaba de mi soledad pensando que él hacía lo mismo, estaba en realidad viéndose con otra mujer.

Me costó años, tras su muerte, entender que el éxito de una relación no pasaba necesariamente por compartir cada minuto del día —qué liberación cuando por fin lo comprendí—. Un antiguo novio me dijo una vez que el amor era un ejercicio de libertad. Y con el tiempo comprendí que así era. Pero estaba enamorada de Juan y mi soledad se llenaba de su ausencia. No podía negarlo. Ni podía evitar el temor —probablemente irracional y desde luego infundado, lo sé— de que me ocultara algo.

Desde que Juan había entrado en mi vida, miraba el teléfono cada cinco minutos cuando no estaba con él con la esperanza de encontrar un mensaje suyo. Lo cual era una soberana tontería porque terminaba escribiéndome o llamándome cuando menos lo esperaba —y generalmente a horas poco elegantes, como las cinco de la mañana, cuando se levantaba a leer la prensa con su café solo.

Al margen de esto, he de decir que estaba muy contenta con mi vida. Adoraba mi trabajo, tanto el de traductora, que me permitía vivir cada vez mejor, como el de la librería. Hasta tal punto que terminaba pasándome por allí incluso los días que no me tocaba ir; me tomaba un té con Agatha, me iba a pasear a Poirot por el Jardín de Luxemburgo y charlaba un rato con Thomas, cada vez más volcado en su faceta de artista. Otras dos galerías se habían interesado por su obra y yo no podía alegrarme más por él.

Llené mis ratos libres también quedando con Léa, que trabajaba solo por las mañanas —yo diría que no le hacía falta ni eso, pero probablemente lo hacía por mantenerse ocupada con algo que realmente le gustaba—, y recorríamos el barrio de terraza en terraza charlando sobre la vida y las relaciones. Habíamos descubierto que teníamos mucho en común y una visión del amor muy similar. No nos gustaban las etiquetas; nos gustaban las relaciones apasionadas, efímeras y hasta inconvenientes. Las que se vivían con intensidad, tanto para lo bueno como para lo malo.

—A veces, solo a veces —matizó enseguida—, me gustaría acomodarme en una relación normal, tranquila. En la que, como dice mi madre, el otro siempre me quiera más que yo a él.

—Suena... fácil. Y aburrido —dije mientras daba un trago a mi *chai tea latte* ardiendo, dejándome parte de las papilas gustativas en el intento—. Yo no sirvo para eso. Creo que todos deberíamos ser conscientes de que estamos hechos para un tipo de amor, y no nos conformaremos con otro que no sea el que nos hace felices.

—Exacto —asintió Léa—. A veces me da rabia cuando la gente me mira con compasión o piensa que tengo relaciones terribles. No entienden que son las que a mí me hacen feliz. No me va lo predecible, lo cómodo, lo fácil. Ni siquiera lo duradero.

—Necesitas tener siempre esas mariposas en el estómago —la interrumpí, sabiendo perfectamente de lo que hablaba—, la incertidumbre de no saber cuándo os volveréis a ver. Si pasaréis juntos una hora o una tarde entera. Cuándo te sorprenderá y con qué.

—Ay, de verdad —me sonrió Léa—. ¿Dónde te ha tenido Marta escondida todo este tiempo? ¡Por fin alguien que me entiende!

Me reí.

—Hablando de lo cual, he quedado con ella en un rato para ir de compras. ¿Te vienes? —le pregunté, haciendo una seña al camarero para que nos trajera la cuenta.

—¿Compras? ¿Cuándo he dicho yo que no a eso? Te digo también que no he gastado más dinero en lencería y ropa bonita para estar en casa que desde que estoy con Daniel. —Así se llamaba el amante de Léa, que, dada su condición de hombre casado, solo se veía con ella en su pisito de la Île Saint-Louis.

Pensé para mis adentros que las bragas más cutres de Léa harían parecer las más sexis que tenía yo como salidas del armario de Bridget Jones, pero no dije nada. Quizá me vendría bien ir de tiendas con ella; sorprendería a Juan ese fin de semana.

La tarde de compras fue divertida y productiva. El rato que pasamos escogiendo lencería fue, como yo había previsto, toda una revelación para mí. Léa era como una enciclopedia de conocimientos infinitos sobre la materia.

—Huye del color carne —me dijo haciendo una mueca de horror—. Espanta hasta al hombre más enamorado. Les recuerda a su abuela.

Sonreí al ver cómo Marta soltaba de inmediato, como si quemara, un conjunto en aquel tono antes de que Léa pudiera verla.

—Te he visto, Marta. —Léa la miró de reojo—. Venga, chicas. Que de otra cosa no, pero de esto sé un rato. Y está mal que yo lo diga, pero tengo muy buen gusto.

Nos hizo una seña para que la siguiéramos hasta el mostrador de La Perla y supe de inmediato que iba a estar traduciendo un mes entero para poder pagar todo aquello.

Terminamos por hacer acopio de varios conjuntos lenceros que prometían volver locos a nuestros respectivos hombres con solo mirarlos, aunque Marta se fue poco convencida, diciendo que Bastien iba a pensar que se había echado un amante; jamás pensaría que lo había comprado para él.

Tuve ocasión de estrenar mis adquisiciones ese mismo fin de semana, ya que el sábado salí a cenar con Juan, tras lo cual se quedó a dormir en mi casa. Sorprendentemente, por primera vez desde que nos estábamos viendo, no salió corriendo por la mañana —¿sería la lencería?—. Desayunamos tranquilamente en la cocina; él, leyendo la prensa en su iPad, y yo terminando una novela de Douglas

Kennedy, que no podía soltar. Lo único que no me gustaba del escritor estadounidense era que se me quitaban las ganas de escribir, pues jamás podría estar a la altura de semejante prosa y era muy consciente de ello. Sus historias eran únicas, atrapantes. Pero era sobre todo su forma de escribir lo que hacía que se quedaran dentro de una para siempre.

—Si no respiras, comenzarás a ponerte azul en cualquier momento. —El comentario de Juan, que me miraba fijamente sonriendo desde el otro lado de la cocina, me sobresaltó—. Sí que parece estar interesante la novela...

Giró a continuación la cabeza en un intento de ver la portada.

—*En busca de la felicidad*, de Douglas Kennedy. —Se la mostré para que pudiera ver la cubierta que, por otro lado, no le hacía justicia al libro.

—¿Me gustaría?

—Hmm... —sopesé la respuesta—. Creo que lo considerarías una novela para mujeres. No eres tan sensible.

—Muchas gracias, me lo tomaré como un halago. Simpática. —Me sonrió mientras terminaba su café y procedía a dejar su taza en el lavavajillas. Qué bien educado, pensé, acostumbrada a que los hombres que habían dormido en mi casa hasta la fecha dejaran las cosas por cualquier sitio.

—¿Y tú qué? —le pregunté, señalando el iPad, donde aún estaba abierta la página de algún periódico—. ¿Algo interesante en las noticias?

—Absolutamente nada. Lo cual pronostica un día tranquilo. —Tendiéndome la mano, me preguntó—: ¿Tienes prisa por llegar a algún lado?

Mientras me hacía la pregunta ya me había atraído hacia sí y comenzado a besarme el cuello e introducir sus manos, siempre calientes —¿cómo lo hacía? Yo siempre las tenía heladas—, por debajo de la camiseta que había utilizado como pijama. Estaba claro que su idea no era ir inmediatamente a la calle, y la mía tampoco.

Tras un par de horas conseguimos al fin separar nuestros cuerpos para salir de casa y acompañé a Juan al mercado del libro antiguo y de ocasión que tenía lugar cada fin de semana en el Parque Georges Brassens.

Tras pasar algo más de una hora recorriendo sus puestos, de los que nos llevamos un libro sobre París en tiempos de la Revolución, unas láminas de la Enciclopedia de Diderot y D'Alembert y un par de novelas de Foenkinos (estas últimas para mí, evidentemente), nos sentamos en el pub que había justo enfrente a tomar algo, tras lo cual Juan se hizo humo barruntando ya ni recuerdo qué poco creíble excusa.

No me importó en exceso, pues había quedado a cenar con las chicas por la noche y quería aprovechar la tarde para escribir. Así que en cuanto me dejó en casa encendí el ordenador y no levanté cabeza hasta la noche.

Habíamos acordado comer en Le Chai, justo enfrente de casa, y, al ser domingo, tampoco terminamos demasiado tarde. ¡Al día siguiente tocaba trabajar! Léa se fue andando y Marta y yo simplemente cruzamos la calle.

—Mari —le dije mientras abría el portal de casa—, ¿te puedo preguntar una cosa?

—Hija, claro. —No estaba acostumbrada a que anduviera con tantos miramientos—. Dime.

—¿Te parece normal que me siga acordando de Matteo?

—¿De quién? —Marta me miró sin entender.

—El chico de la guitarra y la sonrisa bonita.

—¡Ah, ese! Pues, chica..., ¿cuánto hace? ¿Un mes? ¿Has vuelto a hablar con él?

—¿Cómo? Si lo único que sé es que se llama Matteo, es italiano y vive en Londres. ¡No tengo forma de contactar con él!

—Pues mira, mejor. —Marta siempre tan práctica—. Que tienes un partidazo de novio y por primera vez en mucho tiempo te veo feliz. No la cagues ahora.

Así era Marta. Te sentenciaba en dos frases. Sonreí y decidí hacerle caso. Nos despedimos en la escalera y cada una se retiró a su casa. Aunque en mi caso, allí como estaba, en un apartamento escandalosamente bonito en mi barrio favorito de mi ciudad soñada, dos trabajos que me llenaban y que apenas sentía como trabajos, con un novio que me quería y a quien admiraba profundamente, me parecía que mi vida en sí era realmente un sueño. Era muy feliz y Marta tenía razón: no merecía la pena arriesgar cuando una es ya feliz.

Un par de días después recibí una agradable sorpresa. A los diez minutos de abrir la librería, entró por la puerta un enorme ramo de rosas rojas con piernas. O, siendo más exactos, un ramo tan grande que ni la cara del chico que las traía se dejaba ver. Firmé el albarán, le di una propina al repartidor y puse las flores en agua antes de lanzarme a leer la tarjeta, que venía dirigida a mí. Agatha no había abierto la boca en todo este proceso, pero me miraba sin pestañear.

—A ver, Agatha, que son del mismo de siempre, ¡no sé qué estás pensando!

—Sí, pero no son las mismas que otras veces. O algo te ha hecho o algo quiere pedirte. ¡Como si no conociera a los hombres! —Sonreía divertida mientras me hacía gestos para que leyera la nota de una vez. Lo cierto es que jamás lo reconocería, pero yo estaba pensando exactamente lo mismo.

Abrí el sobre con delicadeza y leí una caligrafía que debía de ser de su secretaria... o de la florista:

«Cena en mi casa. Stop. A las ocho. Stop. Cocino yo. Stop. No garantizo éxito. Stop. Te mando luego la dirección. Stop».

Agatha me miraba con las cejas enarcadas mientras mi sonrisa no me cabía en el rostro. Por fin iba a entrar en ese reino desconocido habitado por mi peculiar príncipe.

—Nada grave, Agatha. —Decidí quitarle importancia—. Simplemente me invita a cenar a su casa.

Guardé la nota en mi bolso y me dispuse a enfrascarme en el trabajo para que el día pasara lo más rápidamente posible. La mañana transcurrió entre la recepción de novedades, la realización de pedidos y la visita de varios clientes habituales que siempre nos alegraban un rato.

Trabajar de cara al público estaba resultando para mí toda una experiencia. Acostumbrada a un trabajo más bien solitario, salvo cuando me desplazaba a empresas o editoriales, lo de tratar con gente a todas horas era, cuando menos, peculiar. Reconozco que en una librería la mayoría de la clientela es agradable y culta, lo cual eleva ya de por sí el nivel sobre la población general.

Pero también es cierto que en el mundo hay gente para todo y yo ya había podido comprobarlo en más de una ocasión, además de haber escuchado historias por boca de Agatha que me hicieron estremecer —algunas— y llorar de risa —la mayoría.

The Reed Wheelbarrow Bookstore llevaba ya muchos años abierta y la verdad es que tenía una fiel clientela. Gente que entraba simplemente a saludar cuando pasaba por delante, que nos traía unos *croissants* a media mañana o se sentaba a contarnos sus penas mientras les servíamos un té caliente.

Ningún día era igual a otro y eso me encantaba. Igual que en el amor, tampoco en la vida en general estaba yo hecha para llevar una vida monótona y predecible. Me resultaba maravilloso, cuando me levantaba cada mañana, no saber qué me depararían las siguientes horas. De naturaleza optimista, siempre esperaba que fuera un día lleno de momentos bonitos, de sonrisas, encuentros especiales y pequeños instantes felices.

Ir a comer con Thomas era ya para mí una de esas pequeñas cosas que cada vez apreciaba más. Ese día, mientras dábamos un paseo por el Jardín de Luxemburgo con un café caliente en las manos después de comer, le conté que cenaría en casa de Juan.

—Jo, maja, ya era hora. —Puso los ojos en blanco—. ¿Y te atreves a ir sola? A ver si va a descuartizarte y meterte en el armario con las otras veinticinco.

—¿Qué dices de otras veinticinco? —le miré divertida.

—Isabelle, ahí tiene que haber algo raro. —Y añadió—: Eso si no te encuentras una mujer y cuatro hijos.

Me eché a reír y le di una cariñosa palmada en el hombro.

—Claro, y tenemos cena en familia. Luego te mando un selfi.

Seguimos paseando mientras Thomas me ponía al día de sus amores y yo le interrumpía constantemente para que me recordara quién era quién. Con esa agitada vida sentimental que llevaba era difícil seguir el hilo si dejabas de hablar con él dos días.

—A ver, Thomas, ¿cuál ha sido tu relación más larga? —Se detuvo en seco.

—Una semana. —No tuvo que pensar mucho—. Y te digo que ya se me hizo eterna. *Mon Dieu.* ¡Hasta me acuerdo de su nombre!

Me eché a reír porque eso sí que era una novedad. Si preguntabas a Thomas por sus últimos ligues, era incapaz de decir cómo se llamaba ninguno anterior a las últimas cuarenta y ocho horas. Aunque a veces me recordaba a mi amiga Léa, por la infinita lista de novios y ligues que tenían en su haber, lo cierto es que Léa creía enamorarse de verdad cada vez, mientras que Thomas bromeaba con ello e incluso declaraba enamorarse de cada uno de los hombres que pasaban por su vida pero la sola idea de caer en las redes del amor le producía urticaria —esto me lo había dicho él y pensé que era muy probable que fuera cierto.

Al cabo de un rato regresamos a nuestras respectivas librerías, con la promesa por mi parte de ir a primera hora del día siguiente a contarle todo sobre mi cena.

Esa tarde yo libraba, pero me quedé ayudando a Agatha a colocar las últimas novedades y a cambiar el escaparate, que ya comenzábamos a adornar de Navidad. Al fin y al cabo, diciembre acababa de comenzar y en París ya se oían villancicos y podían verse algunas luces por las calles y edificios.

Nunca fui una persona muy navideña; me gustaban el ambiente, el frío, las bufandas, el olor a castañas asadas y a chimenea, la iluminación y la decoración de las tiendas y de los escaparates, y el buen espíritu de la gente en aquella época del año. A las personas les costaba menos sonreír —¡incluso a los parisinos!—, la gente te cedía el paso en las puertas y el asiento en el transporte público. Te pedían las cosas por favor y te daban las gracias. Olvidaban los rencores, los enfados y los malos modos y los sustituían por toneladas de amor, sonrisas y abrazos. El dos de enero —en España lo estirábamos unos días más, sí, pero aquí no había Reyes Magos— todos olvidarían sus buenos propósitos. Pero durante los días que duraba la Navidad, la magia existía.

No obstante, como decía, a pesar de gustarme todo aquello que la Navidad implicaba, la festividad en sí me provocaba tristeza. Es una época en la que uno echa de menos a aquellos que faltan. Además, los que vienen de familias pequeñas, como yo, no viven ese momento de reunión con familiares que no han visto en todo el año, cosa que, confieso, tampoco envidio en exceso, habida cuenta de las historias que una oye por ahí.

En todo caso, nunca me había parecido una celebración alegre, sino más bien melancólica. No solía ni tomarme las uvas —o cualquiera que fuera la costumbre en París—, pues prefería meterme pronto en la cama y huir del jaleo y las felicitaciones debidas para empezar el año descansada y con una buena lista de propósitos para los siguientes doce meses.

Mis padres ya estaban acostumbrados a mi alma de Grinch, por lo que tampoco me insistían mucho para pasar esos días juntos, algo que yo les agradecía enormemente. Aprovechaban en su lugar para hacer algún viaje.

A pesar de todo lo anterior, me empleé a fondo en la decoración de la librería y, para cuando terminamos, al filo de las seis de la tarde, el escaparate era digno de Galeries Lafayette.

—Chica, ¡eres una artista! —me dijo Agatha cuando salimos a verlo desde fuera—. Esta librería no ha tenido jamás un escaparate tan bonito.

Sonreí y le dije que no era para tanto. Al ver la hora en el reloj de la pared decidí salir corriendo a casa para que me diera tiempo a cambiarme antes de la cena. Me despedí rápidamente de Agatha y me fui al trote hacia mi precioso piso escuchando *Don't look back in anger* en mis *airpods.*

Juan me había mandado ya su dirección en un mensaje al móvil, y en aquel imponente portal me presenté, con mi vestido más sexi, exactamente a las ocho y cinco.

—Vete con una gabardina y solo con ropa interior debajo —me había dicho Marta, que se había tomado una cerveza en mi casa mientras yo me arreglaba—. El conjunto ese del otro día.

—Claro, porque a ti te salió tan bien cuando lo hiciste... —La miré levantando una ceja mientras me ponía uno de los pendientes.

Nos reímos recordando cuando al inicio de su relación con Bastien se plantó de esa guisa en su casa... Y le abrió la puerta su padre, que estaba de visita. Amablemente invitó a Marta a pasar, porque Bastien estaba dándose una ducha, y a sentarse en el salón a tomar algo y charlar mientras esperaba. El pobre hombre no entendía por qué Marta no quería quitarse la gabardina y ponerse cómoda, pero después de tres intentos ya no insistió más.

Y pensar que aquel entrañable hombre era ahora su suegro...

Diez minutos después, caminaba hacia el piso de Juan. Comprobé la dirección cuando me encontré frente a una imponente puerta custodiada por un portero vestido casi de gala.

—*Bonsoir* —le saludé—. Vengo a casa de Monsieur Hugo.

El hombre me abrió la puerta con amabilidad y me dejó pasar, indicándome dónde estaba el ascensor.

El vestíbulo, incluso el ascensor, era imponente. Presioné el botón del último piso —cómo no—, y cuando las puertas se abrieron, allí estaba Juan (¿le habría avisado el portero o llevaba allí diez minutos esperando?).

—Bienvenida a mi humilde morada, princesa —me dijo mientras me ayudaba a quitarme el abrigo—. Puedes empezar a buscar los cadáveres escondidos mientras termino de preparar la cena. O, si te parece más apetecible, servir una copa de vino para los dos —me sonrió y creí derretirme.

En ese momento estaba tan feliz que, francamente, me daba igual si había veinticinco cadáveres ocultos, como me había dicho Thomas.

Juan estaba radiante; no es solo que le viera atractivo, que eso sucedía siempre, sino que tenía un aire... relajado, cómodo. Inesperado. Y ello me hacía sentir tranquila.

Entré tras él a la cocina, donde me entregó dos copas y me señaló una botella de vino que había sobre la encimera.

—Huele de maravilla —le dije, sincera—. No tenía ni idea de que supieras cocinar.

—Querida, uno de los dos tendrá que saber. —Me dio a probar una salsa que no supe identificar, pero estaba deliciosa—. Si de ti dependiera, moriríamos de hambre o pasaríamos el día comiendo *frites.*

—Oye, que también son alimento... —Un dulce beso en los labios me interrumpió.

Le acerqué la copa de vino y, tras comprobar el estado de lo que fuera que había metido dentro del horno, me acompañó hasta el salón.

Tuve que hacer un esfuerzo para que la copa no se me cayera cuando me encontré en la que podría definir como la estancia de mis sueños. Frente a mí se abría un inmenso ventanal que iba del suelo hasta el techo, similar al de mi apartamento, pero con vistas al Jardín del Luxemburgo y el Palacio del Senado. A ambos lados del mismo, unas estanterías de más de cuatro metros de alto con escaleras albergaban una espectacular colección de libros antiguos (a la izquierda) y modernos (a la derecha).

Creo que miré a Juan con una mezcla de asombro e incredulidad bastante obvia, porque estalló en una carcajada.

Tenía una risa tan bonita que lo cierto es que hubiera podido vivir en cualquier tugurio de Barbès, que me hubiera dado igual. Miré a ese hombre y supe que lo único que quería era estar entre sus brazos, acurrucarme junto a él en el sofá que había frente a una chimenea ya encendida y charlar hasta el amanecer.

Eso hicimos, pero solo durante unos minutos, ya que el horno enseguida empezó a emitir un molesto pitido interrumpiendo nuestro momento romántico para indicar que la cena estaba lista.

—Puedes sentarte allí, querida, ya he puesto la mesa. —Juan me señaló un rincón que me había pasado inadvertido, en el que había una pequeña pero preciosa mesa de comedor preparada con muy buen gusto. Unos bajoplatos de un intenso color azul reposaban sobre unos manteles individuales de un color crudo que contrastaba con la madera oscura y perfectamente pulida—. Permíteme que te sirva.

La cena consistió en una sopa de esas que tienen pinta de haber estado cocinándose dos días a fuego lento y un lenguado con salsa holandesa tan delicioso que me hizo olvidar que no era yo muy amiga del pescado.

La emoción fue ya completa cuando de postre trajo a la mesa un tiramisú.

—Te has acordado —le dije sonriendo mientras me daba un beso y se sentaba junto a mí.

—Bueno, me dijiste que jamás tomabas postre, con una única excepción; no era difícil memorizar una sola cosa.

No dejaba de sorprenderme. A lo largo de las semanas me había dado cuenta de que era un hombre extremadamente inteligente, pero casi igual de despistado. O, más bien, la palabra debería ser desastroso.

Ya era de por sí fascinante que hubiera preparado esta cena, pues llevaba un desorden de comidas importante, al menos a diario. Perdía el móvil y las llaves quince veces al día. Nunca se acordaba de dónde había aparcado el coche y dos de cada tres libros que compraba... Ya los tenía. No recordaba casi su propio cumpleaños, no hablemos ya de los de su familia y amigos.

Sin embargo, era capaz de recordar la ropa que yo llevaba el día que nos conocimos, en qué año se había escrito *Los miserables* o lo que pidió para comer en un restaurante del Este de Berlín cuando estuvo allí con un amigo de la universidad antes de la caída del muro.

Tras terminar el postre nos trasladamos al sofá frente a la chimenea. Allí estuvimos durante las siguientes horas, cada uno en un lado del mismo, pero yo con mis pies sobre su regazo.

Con Juan el tiempo pasaba volando. Me resultaba casi hipnótico escucharle hablar de libros, de viajes, de política, de su época de estudiante pobre en París y de su juventud en Madrid.

La conversación con él nunca se tornaba aburrida. Me daba la sensación de aprender algo nuevo con cada palabra que decía; de estar viendo el mundo a través de sus ojos y descubriendo un universo completamente nuevo.

Sus ojos brillaban mientras me hablaba del viaje a Israel que había hecho solo el año anterior, o cuando hizo el Camino de Santiago hacía dos: «Y no, no soy un ferviente religioso, no te asustes —me dijo—, simplemente me interesan la cultura y la Historia». Su ilusión y sus ganas de vivir y seguir acumulando experiencias eran contagiosas.

Él, a su vez, me escuchó fascinado, bebiendo una copa de otro exquisito vino que habíamos abierto después de la cena, mientras le hablaba de mi otro lugar favorito en el mundo: la isla de Guernsey.

—Había oído hablar de ella —me dijo—, pero no conozco a nadie que haya estado allí.

—Es un auténtico paraíso —le conté—. No solo encierra una historia increíble, ya que fue el único territorio británico ocupado por los nazis, sino que además sus paisajes son espectaculares. —Ahora era yo la que hablaba con auténtica pasión—. Hay muchas huellas del paso de los alemanes por allí, y algunos lugares realmente sobrecogedores. Pero combinar la visita con paseos a pie para recorrer la costa, los acantilados... De verdad que has de hacerlo. Es un lugar fascinante.

—Bueno, pues a ver si me llevas un día. —Me guiñó un ojo y, dejando la copa sobre una pequeña mesa junto al sofá, se levantó y desapareció de la estancia.

Me quedé mirando la chimenea, escuchando cómo crepitaba, y sintiéndome feliz y relajada como hacía tiempo que no me sentía.

Al cabo de unos minutos Juan regresó con una inmensa caja en los brazos.

—Feliz Navidad, Isabelle —me dijo mientras me la entregaba.

—No es que suela saber en qué día vivo, querido —le sonreí, conmovida por el regalo—, pero diciembre acaba de comenzar. ¿La tradición no es intercambiarse los regalos el día 24?

—Correcto. Pero yo no soy un hombre tradicional, como ya habrás podido apreciar en estos meses.

—*Touchée.* —Le hice una señal para que se sentara de nuevo junto a mí mientras yo abría la caja.

Cuando levanté la tapa estuve a punto de soltar un grito, pero logré contenerme a tiempo. En el interior había un precioso globo terráqueo que parecía antiguo y que saqué con sumo cuidado.

—Es un globo rarísimo —me dijo mientras me ayudaba a colocarlo sobre la mesa— porque está hecho de cristal. Y mira. —De la parte inferior del globo salía un cable que Juan conectó al enchufe más cercano, haciendo que el globo se iluminara de repente, mostrando todas sus imperfecciones, que lo hacían aún más especial—. Fue fabricado aquí, en París. Es una auténtica joya.

—No sé qué decir. Creo que es el regalo más bonito que me han hecho nunca. Muchas gracias. —Le sonreí y me incliné para darle un dulce beso en los labios.

—No tan deprisa... —Me apartó suavemente y señaló la caja—. Hay algo más.

—¿Más? —Enarqué las cejas, pero me levanté para mirar en el fondo de la caja, donde encontré un sobre que me apresuré a abrir.

En el interior había dos billetes de avión a Londres para ese mismo jueves. Miré a Juan confundida buscando una explicación.

—Tengo una reunión allí el viernes por la mañana. Había pensado que podías venirte conmigo y quedarnos a pasar el fin de semana allí. —Y añadió—: Ya sé que eres el Grinch, pero la ciudad está preciosa en Navidad. Podríamos disfrutar de unos días bonitos. ¿Te apetece?

¿Que si me apetecía? Hacía mucho tiempo que no volvía a aquella ciudad que me había enamorado desde pequeña y a la que había vuelto a menudo durante los siguientes años. Efectivamente, sabía bien que Londres en

Navidad era pura magia y no veía el momento de recorrer sus calles de la mano de Juan. ¿Podía haber algo más romántico?

Con todos estos pensamientos dándome vueltas por la cabeza me di cuenta de que me había quedado allí quieta, pasmada, sin decir nada, y Juan empezaba a dirigirme una mirada interrogante.

—Pero si yo trabajo este fin de semana. —No era eso lo primero que quisiera haber dicho, pero ese pensamiento apartó de golpe al resto—. Tendré que hablar con Agatha a ver si es posible...

—No tienes que hablar nada —me interrumpió—. Ya lo he hecho yo. Tengo su bendición para secuestrarte durante cinco días.

«¡Cómo no!», pensé. Me resigné a la evidencia de que desde el momento en que Juan había entrado en mi vida apenas había de preocuparme por cuestiones logísticas. Lo cual, francamente, era muy cómodo. Pero no era simplemente un tema de logística. Por primera vez en mucho tiempo me sentía querida; querida de verdad. Y cuidada. Me daba algo de vértigo pensar que aquello era algo a lo que podría acostumbrarme fácilmente. Pero decidí seguir los consejos de Marta y limitarme a disfrutar y ser feliz. Al fin y al cabo, me lo merecía.

8

SUCEDIÓ EN COVENT GARDEN

Llegamos a Londres el jueves por la noche y fuimos directos al hotel. Mientras íbamos en el taxi de camino a la cena —no utilizaríamos el transporte público durante aquel viaje, cortesía del trabajo de Juan—, el hombre que me robaba el corazón día a día hablaba por el móvil y yo me distraía mirando por la ventana y pensando en la primera vez que uno viaja con su pareja.

Uno puede pasar todo el tiempo del mundo con la otra persona, incluso dormir la mayoría de las noches a su lado, pero finalmente cada cual tiene su espacio y no es lo mismo que viajar y compartir, durante unos días, las veinticuatro horas y un lugar común. ¿Saldríamos victoriosos de aquella pequeña prueba? Yo me consideraba una compañera de viaje fácil, pero al mismo tiempo me reconocía bastante exigente con quienes iban conmigo.

Miré a Juan, que en ese momento colgaba el teléfono, y confié en que sería un viaje perfecto. Le quería, estaba en la ciudad más bonita del mundo en Navidad... ¿Qué podía salir mal?

—¿Dónde me llevas a cenar, señor misterioso? —le pregunté. No había querido decírmelo cuando salimos del hotel, y le dio la dirección al taxista sin que me diera tiempo a oírla.

—A mi restaurante favorito de la ciudad. Y —añadió poniendo esa cara de pícaro que me derretía—, no sé por qué, creo que te encantará.

—Está bien —le dije, resignada a tener que esperar para satisfacer mi curiosidad—. Pero mañana elijo yo. ¡También tengo mis sitios en Londres! Es más, te diré que probablemente conozco esta ciudad mejor que tú...

—*We'll see.* —Me guiñó un ojo y me rodeó con el brazo mientras yo me acurrucaba junto a él y rogaba en silencio que el restaurante estuviera muy, muy lejos, para permanecer así, entre sus brazos, viendo las preciosas decoraciones navideñas a través de la ventana durante un buen rato.

Para mi desgracia, en apenas quince minutos nos encontrábamos frente a la puerta de uno de los restaurantes más bonitos que yo había visto en mi vida: The Cinnamon Club. Una antigua biblioteca reconvertida en restaurante hindú donde disfrutamos de una exquisita cena rodeados de libros.

Juan tenía toda la mañana del viernes ocupada con reuniones desde muy temprano, por lo que tras la cena decidimos retirarnos al hotel.

—Cuéntame, anda, ¿qué vas a hacer mañana?

—Estoy en Londres... ¡No te preocupes por mí! Es más —añadí—, preocúpate si llegada la hora de la cena no sabes nada de mí. —Sonreí pensando en todos los lugares que planeaba visitar al día siguiente. Muchas librerías, eso por descontado. Pero también una exposición en la Saatchi Gallery, un paseo por Mayfair... Y me moría de ganas de visitar el Mercato Mayfair, un nuevo mercado gastronómico que habían instalado en el interior de una antigua iglesia.

—Me preocupa más no saber dónde me vas a llevar a cenar mañana... No tengo claro poder fiarme de alguien que no cocina y se alimenta a base de *frites* —me dijo enarcando una ceja.

—¡Muy al contrario! Soy la persona más de fiar del mundo... ¿No ves que siempre como fuera? Seguro que conozco más restaurantes que tú.

Cuando abrí los ojos por la mañana, Juan ya se había marchado. Me dio pena no haberme podido despedir de él, pero lo cierto es que habíamos dormido muy pocas horas y yo debía de estar en una fase muy profunda del sueño cuando se marchó a las siete de la mañana.

Vi una nota sobre su almohada y estiré el cuello para leerla:

«Disfruta del día. Nos vemos aquí en recepción a las 19 horas. Por favor ten un plan B para la cena. Piensa que ya tengo una edad y el McDonald's me puede sentar mal».

Me reí y dejé la nota sobre la mesilla. Eran las nueve y media. Con el cambio de hora era difícil no madrugar en Londres. Feliz ante la perspectiva del día que tenía por delante, me levanté de un salto y me dirigí a la ducha.

La mañana pasó volando; poco acostumbrada al frío húmedo de la ciudad, hice varias paradas para entrar en calor con un *chai* o un té matcha caliente. Rebusqué entre libros en Daunt Books y todas las librerías que encontré en mi camino. Milagrosamente me dio tiempo a regresar a Mayfair tras la visita a la exposición y pude comer en Mercato Mayfair, que no me decepcionó en absoluto. Un mercado gastronómico dentro de una antigua iglesia desacralizada en 1974 y ubicada en uno de los barrios más bonitos y elegantes de la ciudad. En su interior había opciones para todos los gustos: comida italiana, asiática, *baos*, *pokés*... El lugar era precioso y, tras decantarme por un *pad thai* en el restaurante asiático, me dediqué a sacar fotos desde los balcones de las diferentes plantas del edificio.

Aprovechando que oscurecía ya muy pronto, di después un paseo por Bond Street para admirar las preciosas iluminaciones y decoraciones navideñas de las tiendas más lujosas de la ciudad. Tiffany's, Cartier, Chanel o Dior, entre otras, vestían sus mejores galas y sus fachadas brillaban como si fueran regalos en sí mismas. Y para la vista lo eran. Una pantera gigante sobre la fachada de Cartier o joyas hechas con luces sobre la de Chanel invitaban a soñar con cualquiera de sus preciadas prendas.

Saqué muchísimas fotos, algunas de las cuales subí a mis redes sociales. Marta tardó menos de tres segundos en contestarme: «Me caes mal. Apunta sitios chulos para cuando vayamos juntas. ¡Y quiero todos los detalles del viaje a la vuelta!». Sonreí pensando que Marta era de aquellas poquísimas personas con las que me encantaba viajar. Nos complementábamos a la perfección, y aunque nuestros intereses no eran idénticos, nos respetábamos tanto la una a la otra que era una delicia explorar el mundo con ella.

A continuación, le envié a Juan una foto del escaparate de Tiffany's, precioso con miles de lucecitas diminutas que hacían brillar aún más sus espectaculares joyas. Al cabo de unos minutos mi teléfono vibró en el bolsillo: «¿Es una indirecta? Dime que la cifra que estoy viendo es la referencia y no el precio...».

Sonreí y opté por no contestar y dejarle con la duda. Guardé de nuevo el teléfono y continué mi paseo bajo el frío. Aunque había una distancia considerable hasta el hotel, decidí recorrerla a pie y disfrutar del ambiente de Londres, que siempre me había encantado. Gente por la calle a todas horas, multitud de idiomas y culturas diferentes que uno iba cruzándose por las aceras, decenas de personas bebiendo *pints* de cerveza junto a las puertas de los pubs...

Londres tenía algo especial; hacía ya varios años que no visitaba la ciudad y recordé aquel último viaje, que había hecho junto a Diego, y lo que había disfrutado enseñándole mis lugares favoritos. Él había estado un único día, siendo joven, y apenas había visto el Parlamento, la Abadía de Westminster y Trafalgar Square. Para el caso, como si no hubiera estado.

Enseñar una ciudad que amas a una persona que quieres es una de las cosas más bonitas que pueden ocurrirte. Sobre todo, si eres tan entusiasta como yo y te juntas con alguien tan agradecido como mi marido, al que todo le parecía bien. Cada historia que le contaba le fascinaba. Era el único capaz de aguantarme el ritmo en las librerías, y posiblemente la única persona que seguía sin protestar mi ritmo desastroso de comidas cuando viajo. Lo mismo comíamos a las cinco de la tarde que otro día nos tomábamos un ramen a las doce de la mañana, intercalando todo ello con cinco o seis paradas a tomar café o té y charlar viendo pasar a la gente por la calle, encogidos por el frío.

Habíamos visitado la ciudad también un mes de diciembre, y nos habíamos maravillado ante el derroche de luces por cada una de las calles del centro. Una de las noches le llevé a ver el musical de *Los miserables*, que yo veía por tercera vez, pero que seguía emocionándome igual.

Diego nunca había visto un musical y he de decir que me costó un poco convencerle, pues a priori no estaba muy seguro de que el género fuera con él. Pero yo sabía que con *Los miserables* no podía equivocarme, y así fue. A la salida del teatro estuvimos tomando unas cervezas dentro del mercado de Covent Garden, nuestro lugar favorito de la ciudad, hasta casi la una de la mañana, charlando sin parar.

Iba recordando aquellos momentos tan felices cuando entré por la puerta del hotel. En la habitación me esperaba ya Juan, que se había dado una ducha y se estaba vistiendo.

—Traes la cara helada —me dijo cogiéndomela entre sus manos y besándome la punta de la nariz—. Date una ducha para entrar en calor, anda. Aún tenemos tiempo.

—Venía deseándolo —le dije mientras me quitaba el abrigo y, entregándole las dos bolsas que llevaba en la mano, añadí—: Vístete de persona normal, que no tenemos una reunión con el MI5, ¿eh? Unos vaqueros serían fantásticos.

Lo cierto es que yo me había traído un vestido precioso, adquirido en una de mis tardes locas de compras con Marta y Léa, pero lo mío tenía explicación: las inglesas se visten para ir a tomar unas cervezas como si fueran a una boda. Y a un tipo determinado de boda, añadiría. Escote hasta el ombligo, minifalda imposible —de las que como diría mi amiga Marta, exigen llevar el támpax muy bien colocado— y tacones con los que yo no podría ni llegar hasta la recepción del hotel.

A su lado, mi sencillo vestido azul marino con un lazo a la cintura, parecía un atuendo propio de los mormones. Pero la reacción de Léa y Marta cuando había salido con él del probador me había convencido. Me sentaba de maravilla.

Cuando bajé a recepción, donde Juan me esperaba gestionando el taxi, supe por cómo me miraba que el vestido había sido un acierto.

—¿Estás segura de que tenemos que salir a cenar? —me dijo mientras me daba un suave beso en la mejilla y me rodeaba la cintura con el brazo—. Sé de buena tinta que el servicio de habitaciones de este hotel es maravilloso.

Me reí, apartándome de él, y señalé hacia la puerta.

—Venga, anda, que no te vas a librar de cenar en mi sitio favorito. Del postre ya hablaremos luego. —Le guiñé un ojo, y le dejé más cardíaco de lo que ya estaba—. Y no me mires el culo —añadí, pasando por delante de él en la puerta. Por el reflejo del cristal pude ver cómo se reía.

La noche estaba empezando mejor que bien. Qué poco podía imaginar cómo terminaría.

Media hora después nos encontrábamos en Covent Garden, ese mágico lugar que había sido siempre mi rincón favorito de Londres y al que necesitaba volver a diario durante mis viajes a la ciudad. Desde la primera vez que lo pisé, siendo una niña, el antiguo mercado me atrapó. El ambiente mágico que lo envolvía, la música, las luces amarillas, las pequeñas y originales tiendecitas, los teatros de los alrededores, los preciosos restaurantes... En aquel lugar me sentía como en casa. En Navidad estaba aún más bonito, si es que era posible. Un inmenso árbol presidía la plaza y, en el interior, unas enormes bolas reflejaban las luces que giraban sin parar, dotando al lugar de un cierto aire de cuento de Navidad.

El restaurante que había elegido aquel día para cenar con Juan era Buns and Buns, un asiático que estaba dentro del mercado y que, completamente acristalado, permitía disfrutar del ambiente del mismo mientras cenabas. El único defecto del local era que la música estaba demasiado alta, y me pregunté cuándo tardaría Juan en quejarse de ello. Como yo, adoraba el silencio. Pero he de decir que, en aquel momento, a mí me compensaba. Por fortuna nos sentaron a una mesa donde la música llegaba con menos decibelios y podíamos gozar de una mayor tranquilidad.

Contra todo pronóstico, a Juan le encantó. La comida era deliciosa, el ambiente estupendo y los camareros extraordinariamente amables. Por todo ello era un lugar al que no dejaba de ir en ninguna de mis visitas a la ciudad.

Parte de la cena la pasamos jugando a nuestro pasatiempo preferido: intentar adivinar las vidas e historias de la gente que nos rodeaba o que paseaba por el mercado. Una pareja que visitaba Londres por primera vez. Dos amigas inglesas que trabajaban en moda; la rubia era fotógrafa y la pelirroja, estilista. La rubia había animado a su amiga a salir aquella noche para ver si ligaban y se olvidaba de aquel imbécil que acababa de dejarla. Un matrimonio —posiblemente español— con dos niños paseaba por el mercado admirando las luces y los adornos. Los pequeños iban tan abrigados que apenas se les veían los ojos y la naricilla colorada. Uno de ellos le iba metiendo objetos no identificados al otro en la capucha cuando sus padres no miraban.

Cuando nos trajeron los postres decidí cambiar de juego.

—¿Me dejas hacerte tres preguntas?

—Claro, las que quieras —me dijo mientras hundía la cuchara en uno de los mochis que acababan de dejar sobre la mesa.

—Uy, no sabes lo que dices... No me des cancha, ¡que este juego podría durar toda la noche!

—No tengo prisa, ¿y tú? —me guiñó un ojo.

—Está bien, tú lo has querido. —Medité bien la primera pregunta, aunque le iban a seguir muchas más—. ¿Cuántas veces te has enamorado?

—Tres —me contestó automáticamente. Incluso demasiado automáticamente, pensé. Hice una pausa en un intento de invitarle a desarrollar la respuesta. Y funcionó—.

La primera fue mi novia de la universidad, Chloé. Una chica rubia y menudita que me volvió loco. Al contrario de lo que suele ocurrir, venía de una familia de artistas y, sin embargo, ella se metió a estudiar Derecho y Ciencias Políticas por vocación. Cuando terminamos los estudios se mudó a Marsella a trabajar en un prestigioso despacho de abogados. Durante un año entero me pasé los fines de semana bajando en coche hasta allí para verla durante apenas cuarenta y ocho horas. Hasta que llegó junio y me pregunté por qué era yo el único que parecía tener interés en continuar aquella historia. Me quedé en París un fin de semana y ella no vino. Pasaron dos más... y tampoco. —Juan bebió del cóctel que habíamos pedido mientras miraba al vacío, pensativo.

—¿Y qué pasó? —le animé a continuar.

—Nada. —Volvió a dejar la copa sobre la mesa y me miró a los ojos—. No pasó nada. Yo soy un hombre muy radical cuando quiero. Simplemente dejé de ir y no volví a contestar ninguno de sus mensajes. Y hasta hoy.

—¡No te creo! —Aquello era lo que los modernos llamaban un *ghosting* en toda regla—. Sí que eres un poquito radical, sí.

—No te haces idea —y me guiñó un ojo en un intento, supongo, de quitarle importancia. Pero lo único que consiguió fue que me preguntara si de repente un día desaparecería para siempre sin explicación.

Continuamos con el juego un buen rato; conforme le iba haciendo preguntas, se me iban ocurriendo otras nuevas. Me estaba divirtiendo esta forma de conocerle.

—¿Cuándo fue la última vez que te dijeron «te quiero»?

—No lo recuerdo.

—¿En serio?

—¿Tú sí? —me miró sorprendido.

—No sé si acaba de gustarme que te parezca sorprendente que me digan «te quiero» con cierta frecuencia... —le dije enarcando una ceja.

—No sé si acaba de gustarme que tengas un «te quiero» tan reciente... —me contestó con algo de sorna.

—Mi madre. Ayer. Idiota. —Me costó aguantar la sonrisa. Era la primera vez que mostraba el más mínimo signo de celos—. ¿Utilizas las redes sociales?

—Poco —confesó—. Lo justo para ver las fotos que publicas tú.

—Si publico cuatro al año, como habrás visto... Las utilizo más como medio de información que para exponer mi vida, la verdad.

—Venga, últimas tres preguntas. Elígelas bien —me retó, mientras apuraba su copa.

—Hmm... ¿Quién es la persona más inteligente que conoces?

—Fácil. El Presidente.

—Vale, se me olvidaba que te codeas con las altas esferas... Te veo aquí sentado delante de mí y hasta me pareces una persona normal. —Y así era. Allí sentados, en un pequeño restaurante de Covent Garden, costaba imaginarle departiendo con el Presidente francés—. Dime algo que hayas aprendido este año.

—Esa es buena —se quedó pensativo—. Que debo frecuentar las librerías más a menudo y fijarme más en las libreras y menos en los libros.

—Estás graciosillo, ¿eh? —le dije mientras hacía un gesto al camarero para que nos trajera la cuenta—. Aún me queda la última pregunta...

—Dispara —me miró con esos penetrantes ojos que conseguían que mi cuerpo se estremeciera.

—Un secreto inconfesable. —Le sostuve la mirada.

—Si es inconfesable —me sonrió, y me rozó la punta de la nariz cariñosamente con su dedo índice— no te lo puedo contar, querida.

—¡Eso no vale! —protesté, mientras Juan pagaba la cena.

—Bueno, quizá te cuente algo más adelante... Pero, tranquila, no son cadáveres en el armario. —No pude evitar acordarme de Thomas y sonreír.

Nos levantamos y Juan me ayudó caballerosamente a ponerme el abrigo antes de salir de nuevo al frío londinense. Al atravesar la puerta de cristal nos liberamos del sonido ensordecedor de la música de Buns and Buns que, inmediatamente, se vio sustituido por una música mucho más melódica. Un escalofrío me recorrió la espalda mientras giraba la cara hacia la derecha para reconocer una voz que no había olvidado.

La de Matteo.

Le hice un gesto a Juan para acercarnos y él me siguió hasta el nutrido círculo de gente que se encontraba en torno al chico italiano, cantando entusiasmados la canción que tocaba en aquel momento: *Dancing queen*, de ABBA.

Apenas pasaron dos minutos —ni siquiera había terminado de tocar la canción— cuando Matteo me vio. Su sonrisa al verme hizo que se me cortara la respiración. Se la devolví, tímida, e incliné la cabeza ligeramente a modo de saludo.

Juan, a mi lado, miraba el móvil. Por un momento barajé la posibilidad de decirle que conocía a aquel músico de voz profunda y ojos azules, pero algo en mi interior me detuvo.

A *Dancing queen* le siguieron *Let it go* —para gran deleite de una pequeña de unos cuatro años que bailaba disfrazada de Elsa—, *Non me lo so spiegare* —primera vez que le oía cantar en italiano— y *Sweet Caroline.*

—¡Hombre! —Juan me sacó de mi ensimismamiento—. Esta canción es de mis favoritas.

—No me digas... ¡Es de tu época, claro! Yo creo que mis padres ni se habían casado por aquel entonces —bromeé.

Juan me hizo una mueca y dirigió de nuevo su atención hacia Matteo.

—La verdad es que el chico no canta nada mal. —Por algún motivo, su comentario me hizo sentir bien. Como si yo fuera su representante... o tuviera algún tipo de relación con él. ¿Era aquello normal?

—¡Vaya! —Juan interrumpió mis pensamientos—. Me he dejado la bufanda en el restaurante. ¿Me esperas aquí?

—Claro, ve tranquilo. —Me besó dulcemente en la mejilla y se alejó de la multitud.

En tal momento, Matteo cambiaba de registro y pedía silencio para cantar una canción romántica. Me miró fijamente y comenzaron a sonar los primeros acordes de *Perfect*, de Ed Sheeran.

Agradecí que Juan se hubiera ido a buscar la bufanda porque mi cara enrojeció de tal modo que era capaz de sentir cómo la sangre iba acomodándose en mi rostro, ya ardiente.

Apenas tenía un par de minutos para pensar, y lo hice rápido, teniendo en cuenta además que no soy yo una persona de reacciones especialmente veloces. Saqué de mi monedero un billete de diez libras y el único papel decente que encontré: un *ticket* de los libros que había comprado aquella tarde. Le di la vuelta y con un bolígrafo anoté mi número de teléfono junto a dos palabras: «*Please write*».

Me acerqué hasta la funda del amplificador, donde la gente iba dejando dinero, y deslicé el billete junto con la nota. Según volvía a mi sitio me di cuenta de que no había puesto mi nombre, pero no era cuestión de meter la mano y que pareciera que estaba cogiendo el cambio, así que me limité a cruzar los dedos para que se diera cuenta de que era yo.

Pero cuando le miré, y vi que no había apartado la vista de mí, lo supe. Supe que no tendría dudas. A no ser que varias chicas hubieran tenido la misma idea, claro. Miré a mi alrededor y no descarté la posibilidad en absoluto. Matteo parecía enamorar a todo el mundo con su música. A las chicas, pero también a los chicos. Me hubiera apostado la mano en ese momento a que había más de un número de teléfono dentro de aquella funda de amplificador.

De repente, Juan me abrazó por detrás.

—¿Nos vamos? —Me besó en la mejilla y sentí el calor de su rostro junto al mío, aún ardiendo. Y la mirada de Matteo, que tocaba en aquel momento *Wonderwall*, de Oasis.

Avergonzada, asentí y me giré para regresar al hotel junto a Juan.

Tuvimos que caminar hasta Charing Cross Road para conseguir un taxi, pero el paseo me sentó bien. Apenas hablamos durante el trayecto. Volví a acurrucarme en su regazo y he de confesar que casi me quedé dormida. Había sido un día muy intenso.

Cuando llegamos al hotel nos fuimos directamente a la cama, como si de una película se tratara, dejando un rastro de ropa desde la puerta de la enorme habitación hasta las sábanas. Mi móvil quedó olvidado dentro del bolso y realmente ni me acordé de él.

Un rayo de sol entraba por el gran ventanal de la habitación cuando abrí los ojos y oí el agua de la ducha. Juan ya se había levantado. Era el hombre más silencioso que había conocido en toda mi vida. Yo, que me había despertado siempre con el más mínimo ruido, jamás me enteraba de cuándo salía de la cama.

Aproveché el momento, ahora sí, para estirar el brazo hasta mi bolso y sacar el móvil, cuya batería estaba ya bajo mínimos. Ningún mensaje. Ninguno de Matteo, al menos. Sí tenía uno de Marta preguntándome qué tal iba el fin de semana y emplazándome para cenar el lunes, a mi regreso, con ella y con Léa, que aparentemente tenía novedades importantes.

Pero ni rastro del guitarrista de la sonrisa bonita.

—Ya estás despierta. —Juan salía de la ducha aún empapado y con la blanquísima toalla del hotel atada a la cintura.

—No puedes salir así —le dije metiendo mi dedo índice entre el nudo de la toalla y su piel, y atrayéndole hacia mí—. Demasiada provocación, querido.

Dejé el móvil sobre la mesilla y me concentré en ese hombre tan espectacular que me miraba con cara de preocupación.

—¿Qué ocurre? —le pregunté, extrañada.

—Me han llamado hace una hora. —Empezaba a pensar que alguien me drogaba por las noches... ¿Tampoco había oído sonar el teléfono?—. He de volver a París hoy mismo.

—¿Hoy? ¿Sábado?

—Lo siento, Isabelle. —Se sentó en la cama junto a mí—. Imprevisto... importante. No puedo explicártelo, pero realmente tengo que volver.

Nuestra escapada romántica a Londres apenas había

durado treinta y seis horas. Intenté disimular mi cara de decepción.

—El hotel está pagado. —Juan interrumpió mis pensamientos—. ¿Quieres quedarte hasta el lunes? A lo mejor Marta quiere venirse contigo un par de días... —sugirió en un intento de arreglar un poco el cambio de planes impuesto, probablemente por ese Presidente tan guapo pero que empezaba a caerme mal.

No quería separarme de Juan. Pero la realidad es que, aunque volviera con él a París, no parecía probable que fuera a verle el pelo en todo el fin de semana. Así que empecé a considerar seriamente la posibilidad de quedarme en aquel magnífico hotel y disfrutar de Londres un poco más más. Era sábado, podía acercarme hasta Portobello por la mañana y pasar la tarde paseando por algún barrio de la ciudad. Y quizá volver a cenar en Covent Garden y encontrarme con cierto músico italiano...

Juan interrumpió mis pensamientos besándome en la mejilla antes de ponerse en pie para comenzar a vestirse y hacer la maleta.

—Está bien, me quedo —le dije, incorporándome yo también—. Total, Agatha no me espera hasta el martes en la librería, y aún quería ver algunas cosas en Londres. Pero te voy a echar de menos, que lo sepas —añadí, abrazándole.

—Y yo a ti. Créeme que me apetece bastante más el plan de pasarme los próximos dos días recorriendo Londres contigo y cenando en exóticos restaurantes —me guiñó un ojo— que encerrado en un despacho. Pero el deber llama. —Cerró la maleta y añadió—: Te prometo que volveremos. Pienso recorrer el mundo contigo.

—Mmmm... —Me dejé envolver por su abrazo—. Eso puede ser lo más romántico que me hayas dicho.

Una hora después, Juan iba camino de King's Cross a coger el Eurostar y yo me sentía tremendamente enamorada y feliz en una ciudad que me estaba reconquistando. Es cierto que París había sido siempre el amor de mi vida, pero Londres tenía algo especial que no tenía ninguna otra ciudad en el mundo. Me encantaba pasear por sus calles, pasar horas en sus librerías y comer en sus variados y peculiares restaurantes. Aunque era una impresionante mezcla de estilos y culturas, tenía un halo de familiaridad que hacía que uno se sintiera en casa.

Medité la posibilidad de llamar a Marta, como me había sugerido Juan, para que viniera. Pero hacía tiempo que no viajaba sola a Londres y la posibilidad de pasar los dos días siguientes paseando sin rumbo, sin horarios, comiendo a la hora que quisiera y leyendo y escribiendo en los cafés —cuánto me alegré en aquel momento de haberme traído mi portátil— me pareció demasiado tentadora.

London, here I come.

9

SOLA EN LONDRES

A las once me encontraba ya paseando entre los puestos de Portobello Road Market, el mercado que cada sábado por la mañana tenía lugar en el colorido barrio de Notting Hill. Cientos de turistas paseaban, café caliente en mano, y se detenían a curiosear en los puestos que vendían antiguas alhajas, cámaras de fotos, teléfonos del siglo pasado y preciosas láminas de cuentos infantiles.

Algunos se animaban a entrar a las numerosas galerías de anticuarios que había repartidas por toda la calle, posiblemente también en un intento de resguardarse del frío.

Caminé sin ninguna prisa hasta llegar a The Notting Hill Bookshop, una pequeña librería que según su dueño había inspirado la de la famosa película de Hugh Grant y Julia Roberts, pero que en todo caso me encantaba por la buena selección de libros que tenía, a pesar de ser bastante pequeña. Pasé allí un buen rato y salí con un cuaderno y un par de novelas que prometían bastante.

El resto de la mañana lo pasé escribiendo en Gail's Bakery, una cafetería con grandes ventanales a la calle principal. Me pedí el *chai tea latte* más delicioso que había tomado en mucho tiempo y me lo bebí en la barra, frente al cristal, mientras durante un par de horas continuaba avanzando en mi novela.

Aún me faltaba coger el ritmo de escritura; tenía toda la historia en la cabeza, o al menos la iba construyendo a medida que pasaban las semanas. Mi propia vida me servía de inspiración. Pero me costaba sacar tiempo para escribir. Por eso aquellos días sola en Londres me habían parecido casi un regalo que debía aprovechar.

Cuando quise darme cuenta ya era casi la hora de comer, así que allí mismo pedí algo que me entretuviera el estómago hasta la noche. Aproveché mientras tanto para mirar el móvil, que estaba tristemente inactivo. Es curioso cómo cuando estás esperando un mensaje piensas que, si estás suficiente tiempo sin mirar la pantalla, aparecerá mágicamente cuando vuelvas a mirarlo. Nada más lejos de la realidad; mis amigas no habían vuelto a escribir desde el día anterior y no tenía noticias de Matteo. Tampoco Juan me había dicho nada, ni siquiera que había llegado bien a París.

Me resultó curioso que me doliera más no tener noticias de Matteo que de Juan. En todo caso, aquella noche me acercaría a Covent Garden, aunque había confiado en recibir antes noticias suyas. ¿Habría pensado que estaba loca por dejarle mi teléfono de aquel modo? Sin duda se había dado cuenta ayer de que estaba acompañada... ¿Quizá no me había escrito por eso? Pero tampoco le había inducido a pensar en ningún momento que mi interés por él fuera romántico... Madre mía, me estaba liando yo sola. Dejé todos mis pensamientos paranoicos a un lado hasta la noche y le envié a Juan una foto de mi ordenador, con la ajetreada calle de fondo tras el ventanal.

Para mi sorpresa, contestó al minuto: «Quién fuera ordenador». Sonreí y le pregunté qué tal había ido el viaje: «Bien, pero no puedo hablar ahora. Reunido. Te llamo esta noche. Te quiero».

El corazón se me detuvo un segundo, lo justo para estar a punto de dejar caer el móvil sobre la sopa que me estaba bebiendo. No esperaba que el primer «te quiero» de Juan me fuera a llegar vía mensaje de móvil. Pero a estas alturas de la película ya había entendido que no era un hombre común ni que siguiera los cánones de las relaciones «normales», si es que había tal cosa.

—Vaya, vaya —me dijo Marta, que me llamó a los cinco segundos de haber recibido el pantallazo que acababa de enviarle—. Parece que el tema se pone serio... Y a todo esto, ¿qué hace en París? ¿No estabais en Londres hasta el lunes?

Le conté a Marta la rápida huida de aquella mañana y cómo había decidido quedarme a disfrutar, sola, de la capital británica.

—Y por supuesto no tiene nada que ver con cierto músico italiano que vive en esa ciudad... —Pude ver la ceja de Marta levantándose desde el otro lado del Canal.

—Bueno, quizá me acerque esta noche a Covent Garden, sí... —Dudé si contarle que le había dejado mi móvil escrito en el reverso de un *ticket*, pero al final decidí confesar.

—A ver —me dijo Marta, tras escucharme—. Efectivamente ese chico, si es tan encantador como dices, debe de recibir una media de diez teléfonos (probablemente de tíos y tías) cada noche. No te lo tomes como algo personal —me tranquilizó—. Ahora bien, ten cuidado con lo que deseas... Ya sabes lo que dicen.

Claro que lo sabía. Y en el fondo sabía que estaba jugando con fuego. Me sentía mal por no haberle dicho a Juan ayer que conocía a aquel chico que iluminaba con música los corazones de aquellos que paseaban por Covent Garden al anochecer. Por otro lado, tampoco estaba haciendo nada malo. Aquel chico tenía algo especial, y solo quería conocerle un poquito más.

Tan hipnotizada estaba por su música y su sonrisa que había decidido incorporar a mi novela un personaje inspirado en él. No se me ocurría a nadie mejor para una historia en la que los sentimentos tenían tanta importancia.

Me despedí de Marta, a quien prometí contar todo el lunes en la cena, recogí el ordenador y me dispuse a salir a las calles de Londres. Aún tenía toda la tarde para hacer lo que yo quisiera. Decidí acercarme a uno de mis lugares felices: el barrio de Belgravia, que siempre me había encantado, con ese aire de pueblo dentro de una gran ciudad.

Estuve paseando sin prisa por sus calles llenas de preciosos y encantadores cafés, entré en Belgravia Books, mi librería favorita del barrio, con una preciosa fachada y una fantástica selección de novelas, a pesar de no ser muy grande. Pasé por la casa en la que había vivido Ian Fleming, autor de las novelas de James Bond, y tomé un café y saqué la foto de rigor frente a la llamativa fachada rosa de Peggy Porschen. Recorrí también algunos de sus *mews*, aquellos callejones que había repartidos por toda la ciudad y cuyas casas albergaban antiguamente las caballerizas y las habitaciones del servicio de las viviendas señoriales de barrios como aquel de Belgravia, pero también de Chelsea o Kensington.

Comenzaba a caer ya la noche y a través de algunas ventanas pude ver cómo las familias comenzaban a preparar las mesas para la cena, lo que me devolvió a la realidad y me hizo poner rumbo al hotel para dejar las compras y el ordenador antes de dirigirme a Covent Garden.

Eran ya las ocho y media cuando entraba en la Piazza. Sonreí al ver el inmenso árbol de Navidad que la presidía y que conseguía aplacar siempre al pequeño Grinch que vivía dentro de mí. Las luces parpadeantes de las guirnaldas que adornaban el mercado, como telón de fondo, me habían parecido siempre la estampa navideña más bonita de la ciudad.

Junto al árbol, un par de chicos hacían malabares y trucos de magia para gran deleite de la gente que se arremolinaba a su alrededor; especialmente los niños.

Me dirigí al interior del mercado, atravesándolo hasta llegar al North Hall, pero allí no había rastro de Matteo, así que decidí entrar en Buns and Buns a cenar mientras hacía tiempo. Sentí haber dejado el ordenador en el hotel, pero a cambio llevaba en el bolso la novela que estaba leyendo, *Los naufragios del corazón*, de Benoîte Groult, que saqué mientras me traían el edamame y los *baos* que había pedido.

Como iba sola, me había sentado a la barra del bar, desde donde además podía ver el espacio en el que Matteo estaba tocando ayer —y que esperaba que fuera el mismo hoy, aunque no tenía ni idea de cómo funcionaba aquello, para ser sincera.

Mi intuición no me falló; apenas me estaba terminando el último *bao* cuando le vi aparecer, con su guitarra a la espalda. No tuve prisa en pagar y levantarme. Me gustaba estar allí observándole desde la distancia, sin ser vista. Sacó una cantidad importante de cacharros de su mochila, que fue conectando con diversos cables. Para alguien de letras como yo, aquello parecía ingeniería nuclear. Tan sencillo que lo hacía parecer cuando cantaba y llenaba el espacio con su música... ¡y toda la preparación y los aparatos que llevaba detrás!

Pagué la cuenta y miré el móvil una última vez, por si acaso me había escrito, antes de levantarme y acercarme hasta donde ya hacía sonar los acordes de *Hotel California.*

Discreta, me coloqué en un lateral, camuflada entre la pequeña multitud que interrumpía su paseo para escuchar al chico de la sonrisa bonita que a todos encandilaba con su dulce voz.

Tras apenas un par de canciones, Matteo me descubrió y me obsequió con otra de sus increíbles sonrisas. Cada vez más gente se unía a escucharle y corear algunas de las más populares del momento y también grandes clásicos: *Viva la vida* de Coldplay, *Your song* de Elton John, *Someone like you* de Adele... Por increíble que pareciera, Matteo las hacía suyas e incluso las hacía sonar más bonitas que las originales. ¿O era yo, que le escuchaba con auténtica devoción?

Cuando quedaban apenas diez minutos para las diez de la noche, Matteo anunció que solo tenía tiempo de tocar una canción más. La gente empezó a gritar el nombre de sus preferidas en un intento de que el músico italiano las tocara para ellos. De repente se oyó a alguien pedir *One,* de U2. Un escalofrío me recorrió el cuerpo cuando Matteo me miró antes de contestar al chico:

—No puedo tocar esa, lo siento. —Agradecida, le susurré un *«thank you»* que hizo que me guiñara un ojo antes de volverse hacia el público y decir, para mi sorpresa—: En su lugar, vamos a terminar con una de las canciones más bonitas que conozco, y que quisiera dedicarle a alguien que ha venido a verme por segunda noche consecutiva. Algo debo de hacer bien.

Me sonrió levemente antes de comenzar a tocar los acordes de *Perfect.* Y fue, como el título de la canción, el final perfecto.

La gente comenzó a dispersarse cuando terminó la actuación. Muchos se acercaban a saludarle y darle la enhorabuena. Paciente, esperé sentada sobre uno de los bancos que había frente a Buns and Buns. Saqué el móvil del bolsillo para tomar una foto y enviársela a Marta; para mi sorpresa, vi una llamada perdida de Juan. Pegué un respingo al darme cuenta de que ni me había acordado de él en las últimas dos horas. Eran más de las once de la noche en París. Decidí no devolvérsela y en su lugar enviarle un mensaje: «Perdóname, no oí la llamada con el ajetreo de la calle. Londres está gris sin ti. Pero aprovecho para escribir y reencontrarme con la ciudad. Te llamo por la mañana. Te quiero».

Ale, ahí estaba. Mi «te quiero» natural y espontáneo, aderezado con un pequeño toque de culpabilidad por no decir dónde estaba realmente y por qué no había oído la llamada. Pero no le había mentido; realmente le quería. Me hacía más feliz de lo que nadie me había hecho en mucho tiempo. No solo por los momentos maravillosos que compartíamos y por la cantidad de cosas que había aprendido a su lado. Principalmente porque me había aportado tranquilidad y serenidad, combinadas con haber conseguido que me sintiera protegida, cuidada. Era difícil de explicar, pero era un sentimiento que me había hecho volver a ver la vida en color, después de varios años viviendo en blanco y negro.

En él había encontrado el amor que se siente, pero no se muestra a cada segundo. Yo era una romántica, sí. Pero no empalagosa. No había nada que me horrorizara más que las demostraciones continuas y excesivas (a veces incluso inapropiadas) de afecto, ni los gestos evidentes. Apreciaba mucho más un «te quiero» espontáneo, en un momento (y formato) inesperado, que toda una declaración de amor rebosante de azúcar.

—Esto sí que es una sorpresa.

Levanté la vista del móvil para encontrarme frente a mí con Matteo, que sostenía su guitarra en la mano derecha y me mostraba aquella hilera perfecta de dientes blancos.

—¡Hola! —Me incorporé de un brinco, mientras guardaba mi móvil en el bolso—. Es imposible estar en Londres y no venir a verte tocar. —Le sonreí—. Gran concierto. Cantas de maravilla, de verdad.

—Muchas gracias... ¿Isabelle? —Bueno, al menos parecía acordarse de mi nombre. Barajé sacar el tema del número de teléfono, pero decidí que si no lo decía él era mejor correr un tupido velo. Tampoco quería que se sintiera incómodo.

Le acompañé mientras recogía el complejo despliegue de cables y aparatos electrónicos y aproveché para charlar con él unos minutos. Así descubrí que venía de un pequeño pueblo italiano cerca de Roma y que había estudiado Periodismo en la capital italiana. Al finalizar sus estudios había viajado a Londres con el fin de investigar para su tesis y había terminado por instalarse allí.

Comenzó a tocar la guitarra siendo un niño, inspirado por su profesor de música del colegio, con el que aún seguía en contacto. Él le había animado a intentar labrarse un futuro en el mundo de la música, pero era consciente de que en Italia era muy complicado.

Cuando llegó a Londres, todo cambió; descubrió que la cultura allí no tenía igual. Solo pasear por Denmark Street, llena de tiendas de guitarras, le había hecho enamorarse para siempre de aquella ciudad. Al principio estuvo trabajando en una tienda de vinilos del Soho, mientras intentaba hacerse hueco en el panorama musical. El trabajo le permitió conocer a un buen número de gente de la industria y pronto comenzaron a salirle los primeros bolos en algunos clubes de las afueras de Londres.

Pasados unos años, alguien le habló de las audiciones que se llevaban a cabo para los artistas que querían actuar en Covent Garden. Decidió probar suerte... y lo consiguió. Desde entonces tocaba allí todos los fines de semana por la noche y algún día más entre semana.

Llevaba ya más de dieciséis años en Londres y sabía que ya no regresaría a Italia. Allí había cumplido su sueño y encontrado la vida que quería.

No pude evitar encontrar cierto paralelismo con el camino que yo había emprendido al mudarme a París. También estaba buscando en la capital francesa el cumplir mi sueño. Aunque detrás arrastraba una historia bastante más trágica de lo que presumía que sería la de Matteo.

Ya había terminado de recoger todo cuando me preguntó:

—¿Y tú a qué te dedicas, además de ser librera?

—En realidad soy traductora. Me mudé a París hace poco y decidí buscar un trabajo para relacionarme un poco con la gente. La traducción es una profesión muy solitaria. —Matteo asintió, comprensivo. Y añadí—: Pero también estoy cumpliendo mi sueño. Tú amas la música, yo las letras. Estoy escribiendo una novela.

—Oh, ¡qué maravilla! —Dudé por un momento si debía decirle que había inspirado en él uno de los personajes principales, pero decidí que quizá era demasiado para una primera conversación. Y esperaba que hubiera más.

Matteo ya había recogido todo y parecía listo para marcharse. ¿Podía proponerle hacer algo más? ¿Querría? En realidad, no parecía tener mucha prisa, y eran apenas las diez y media de un sábado por la noche. Pero seguro que tenía planes.

—¿Te apetece ir a tomar una copa? —me sorprendí a mí misma preguntando. Su cara de sorpresa me hizo arrepentirme al instante.

—Lo siento, no puedo. —De repente sí pareció tener prisa por desaparecer—. Pero me alegra haberte visto. Espero que lo pases bien estos días en Londres. Y gracias por venir a escucharme tocar.

Tal y como hizo aquel día en el Jardín de Luxemburgo, me sorprendió con un efusivo abrazo que deseé que durara mucho más de lo que lo hizo. Se despidió y allí me encontré, plantada en mitad del North Hall de Covent Garden, con la estridente música de Buns and Buns de fondo.

Era tarde para llamar a Juan, pero no a Marta. Decidí volver caminando al hotel, a pesar del frío, mientras iba hablando con mi amiga y explicándole con pelos y señales lo que acababa de suceder.

—No entiendo nada —le dije—. ¿Sabes esa sensación, normalmente inequívoca, de que surge la química con alguien? Y no me refiero necesariamente a química amorosa ni sexual —me apresuré a añadir.

—Ajá... —Quizá sí era un poco tarde; Marta parecía estar medio dormida.

—Pues eso. Que es muy extraño. De tener la sensación de poder estar horas hablando, de repente parece que le falta tiempo para salir corriendo.

—¿Y dices que te ha dedicado una canción? —preguntó Marta, que parecía comenzar a espabilarse un poco.

—*Perfect.* Dos veces.

—Ay, me encanta esa canción —suspiró mi amiga.

—Y a mí. Y ahora más... —añadí, con el corazón encogido.

Seguí hablando con Marta hasta entrar por la puerta

del hotel, sin llegar a ninguna conclusión. Pero mi amiga sí tuvo tiempo de soltarme una de sus famosas perlas de sabiduría:

—Mari, solo te digo una cosa. Se desea lo que se sabe que no dura; se quiere lo que se sabe que es eterno —sentenció—. No es mío, es de Rousseau. Y antes de que me digas nada —me interrumpió según empezaba a contestar—, no digo que haya amores eternos ni que el de Juan lo sea; que ya sé que tú no crees en eso. Pero, en todo caso, es mucho más posible que dure —lo que tenga que durar— que una historia con un músico que vive en otro país. Hasta ahí llegamos, ¿no?

—Sí, tienes razón —admití con desgana—. Pero una cosa no quita la otra, Mari. Y a mí ya sabes que me fastidia equivocarme con mis intuiciones. Con este chico me he estrellado, claramente. Se me habrá estropeado el radar.

Marta se rio y nos despedimos. Lo cierto es que estaba deseando meterme entre las sábanas. Me di una ducha caliente para entrar en calor después de la larga caminata hasta el hotel y disfruté del enorme placer de meterse en la cama recién hecha de un hotel. Estuve un rato leyendo con la cálida luz de la lamparita de noche y, cuando empezó a entrarme el sueño, dejé el libro en la mesilla y miré la hora en el móvil. Para mi sorpresa, me encontré con un mensaje: «Glad you enjoyed the music». Junto a estas palabras, un emoticono de un corazón. El mensaje venía de un número inglés y la foto de perfil no dejaba lugar a dudas. Una guitarra, un micrófono, y la sonrisa más bonita que había visto en mi vida.

El domingo estuve todo el día paseando por una de mis zonas favoritas de Londres, Seven Dials, entrando en varios de sus encantadores cafés en los que pasé horas escribiendo. Matteo, con sus sencillas palabras y con su música, me había devuelto la inspiración y las ganas de escribir.

No había mirado la previsión del tiempo, pero casi podía decir que olía a nieve. El cielo estaba blanco. A pesar de mis múltiples viajes a la ciudad, nunca había visto nevar en Londres, y en mi fuero interno estaba deseando que cayeran aunque fueran unos copos.

El frío se metía en el cuerpo y provocaba que te lloraran los ojos. No había llevado guantes y los dedos de las manos se me congelaban tanto que me dolían. Definitivamente no era un día para pasar al aire libre, así que mi plan de ir escribiendo por los diferentes cafés pareció el más acertado.

Uno de los cafés en los que estuve fue el de la librería Stanford's, mi favorita del barrio. Se trataba de una librería de viajes que yo había conocido en su antigua ubicación, muy cerca de la actual, detrás de Covent Garden. La librería tenía una increíble historia, ya que además de vender múltiples guías de viaje de todos los rincones del mundo, contaba con una impresionante sección de cartografía. En el pasado, habían suministrado mapas para las operaciones de la Segunda Guerra Mundial y para los servicios de inteligencia británicos.

Hoy en día, podías acudir allí en busca del mapa del lugar más recóndito del planeta, que era seguro que lo tenían. Pero a mí me fascinaba especialmente su sección de globos terráqueos. Me di una vuelta para admirarlos y lamenté que Juan hubiera regresado a París; le habría encantado aquel lugar. Compré un par de bolas de mundo —en realidad eran una especie de canicas grandes de cristal que me parecieron preciosas—; una para él y otra para mí. Que al menos tuviera un recuerdo de aquel primer viaje juntos, aunque lo estuviera terminando sola.

Había hablado con él aquella mañana cinco minutos antes de que tuviera que meterse en otra de sus interminables reuniones. Estuvo especialmente cariñoso y, a pesar de estar disfrutando de la soledad de aquellos días, le eché de menos. Me propuso cenar el lunes a mi regreso, pero yo ya había quedado con Léa y Marta, por lo que lo pospusimos para el día siguiente.

A mediodía opté por resguardarme del frío en el mejor sitio posible en el West End londinense: un teatro. Saqué una entrada —lo de viajar sola tenía esas cosas, que podías sacar entradas sueltas en el último momento para casi cualquier cosa— para ver *La ratonera*, de Agatha Christie. A pesar de ser la obra de teatro que más tiempo llevaba en cartel —¡en todo el mundo! —, y a pesar de haberme leído absolutamente todas las novelas de la famosa escritora, nunca la había ido a ver, y había llegado el momento.

Como era de esperar, me entusiasmó. Los actores eran magníficos y la trama apasionante, como todas las de la autora.

Eran casi las seis de la tarde cuando salí y ya había anochecido. Un ruido en mi estómago me recordó que aún no había comido nada y decidí hacerlo en Neal's Yard, una de las plazas más encantadoras de Londres, que había descubierto por casualidad hacía unos años y a la que no había regresado. Si mi mente no me engañaba, había allí un pequeño restaurante francés en el que podría sentarme a comer algo mientras escribía un rato más.

Efectivamente, media hora después me encontraba allí sentada frente a una tabla de quesos —mi madre siempre me decía que en otra vida debí de ser ratón— y una deliciosa copa de vino.

De todos modos, estaba tan absorta escribiendo que

en realidad podía haber estado bebiendo un zumo de naranja, que me habría dado igual. De nuevo, las horas pasaron volando. Miré el reloj: las ocho de la tarde. Estaba muy cerca de Covent Garden, apenas a cinco minutos a pie. ¿Podía acercarme a ver a Matteo? ¿Tocaría los domingos? El concepto «tocar el fin de semana» me dejaba claros los viernes y sábados, pero no sabía si también los domingos. Podía asomarme simplemente a ver... Y, si no, regresar al hotel. O regresar directamente.

Mientras daba vueltas una y otra vez a la misma cuestión, sin terminar de decidirme, pagué la cuenta, recogí el portátil y salí a la calle. Estaba aún cerrando la cremallera de mi *tote bag* cuando levanté la vista y me di de bruces con Matteo.

—Voy a empezar a pensar que me estás siguiendo. —Si volvía a sonreírme de aquel modo, terminaría desmayándome.

—¡Te prometo que no! —respondí, azorada—. Llevo todo el día peregrinando por los cafés del barrio escribiendo y refugiándome del frío.

—Sí, la verdad es que es helador —coincidió conmigo—. Ha llegado el momento de sacar mis guantes para poder tocar. —Y me mostró sus manos, con unos mitones que dejaban sus largos y perfectos dedos al aire, pero que al menos calentaban aquellas manos que debían de sufrir lo indecible en el crudo invierno londinense.

—De verdad que no te estoy siguiendo —le repetí—, pero pensaba ir a verte tocar.

—Te vas a aprender todas las canciones de memoria. —Me regaló media sonrisa y me animó a caminar junto a él en dirección a Covent Garden—. ¿Me acompañas entonces?

Asentí y fuimos juntos caminando hacia el mercado. A

mitad de camino empezó a nevar. Primero poco a poco, pero para cuando entramos en la Piazza caían ya unos copos de un tamaño considerable e incluso comenzaba a cuajar. El panorama no podía ser más mágico.

Me despedí de Matteo junto a la Royal Opera House, mientras iba a buscar su amplificador y resto de aparatos al almacén donde los artistas de Covent Garden guardaban sus cosas, y me quedé paseando por la plaza y fotografiando la mágica estampa que tenía frente a mí.

Le mandé a Juan un vídeo de la impresionante nevada junto a un «Ojalá estuvieras aquí» y guardé el móvil en el bolsillo para disfrutar de mi primera vez en Londres bajo la nieve. Me acerqué al Starbucks a por un *chai tea latte* bien caliente y disfruté como una niña paseando entre la gente y escuchando a un espontáneo coro de jóvenes que se puso a cantar villancicos junto al enorme árbol de Navidad.

Al cabo de un rato volví a entrar en el mercado para encontrarme con Matteo, ya preparado para comenzar a cantar. En aquel momento no podía sentirme más dichosa. Me parecía que el tiempo se había detenido y que aquel pequeño espacio dentro del mercado de Covent Garden era el último lugar sobre la faz de la Tierra. Es curioso cómo a veces somos tan sumamente conscientes de que estamos viviendo un momento mágico, inolvidable. Así como tantas otras, aunque estemos en una situación que podría considerarse única pasamos por ella sin darle mayor relevancia, hay otros momentos en que desde el inicio sabemos que no olvidaremos jamás. No tiene que ver con que sea un evento fastuoso ni cualquier efeméride, lo importante es lo que sentimos. Un sentimiento que volverá a nacer en nosotros cada vez que recordemos ese día.

Mientras pensaba en esto, escuchaba a Matteo tocar *All I want for Christmas is you* al tiempo que la gente se volvía loca haciéndole los coros. La verdad es que el poder de la música, como él mismo decía, era increíble. Gente venida desde todos los rincones del mundo se detenía allí, en aquel pequeño espacio de Covent Garden, a cantar a pleno pulmón junto a personas a las que no conocía de nada. Todas las culturas, nacionalidades y edades se daban cita allí para crear aquel momento mágico.

Según me había contado Matteo, los artistas estaban obligados a dejar de actuar a las diez de la noche; eran las normas en Covent Garden. Así que llegada esa hora el nutrido grupo de gente que se había congregado allí en la última hora comenzó a dispersarse. Como siempre tras su actuación, se acercaban hasta Matteo niños que querían chocar la mano con él, chicas que probablemente querían ligar, y gente de todas las edades a felicitarle.

Pacientemente esperé, una vez más, a que Matteo se quedara solo antes de acercarme.

—Es una maravilla escucharte —le dije, mientras él metía la guitarra en la funda—. Mañana regreso a París. Voy a echar de menos estos conciertos nocturnos.

—Muchas gracias —me sonrió—. La verdad es que hace un frío tremendo; no ha parado de nevar. —Los dos miramos hacia la plaza, donde la nieve había cuajado ya bastante—. Pero me encanta venir aquí a tocar. Que la gente, sin haber comprado una entrada, sin estar obligada a quedarse, se detenga porque le gusta mi música y pase aquí una hora escuchándome y cantando. No lo cambiaría por nada.

—Haces magia, Matteo. —Dudé si volver a ofrecerle ir a tomar algo (caliente), pero recordé el cambio de actitud cuando se lo había propuesto el día anterior y desistí—. Me ha alegrado mucho volver a verte.

—A mí también. —Y, sin más, me abrazó. Esta vez el abrazo duró algo más, y llegó acompañado de un dulce beso junto a la oreja, donde susurró—: *I'm so sorry.*

Confundida, me separé de él y le miré. Por primera vez me fijé en que a aquella sonrisa que era capaz de iluminar vidas no acompañaba la luz de sus ojos. Aquellos ojos intensamente azules, que llegaban a parecer negros en algunos momentos, tenían un ligero deje de tristeza. Imperceptible, quizá. Pero ahí estaba.

—Me habría encantado ir a tomar algo contigo —pareció leerme el pensamiento—, pero no puedo.

—No te preocupes. De todos modos, mañana he de madrugar mucho —le tranquilicé, aun sabiendo que de haberme dicho que sí yo habría ido a tomar algo con él, aunque hubiera supuesto dormir dos horas—. Quizá nos veamos en otra ocasión. Si vuelves a París, ya sabes dónde encontrarme.

—¡Lo mismo digo! —me sonrió y la luz de su sonrisa volvió a iluminar sus ojos.

Mientras me alejaba rumbo al hotel para preparar la maleta, recordé algo que había leído hace tiempo en algún lugar: «Se separaron. Ella tomó el camino de la izquierda. Él, el de la derecha. Pero olvidaron algo. El mundo es redondo».

Mi propia experiencia personal me había demostrado, ya en más de una ocasión, que la vida da muchas vueltas. Que puedes despedirte de algo —o de alguien— pensando que es para siempre y, sin embargo, volver a cruzártelo más adelante, en un momento más adecuado. Que las amistades, y los amores, a veces regresan. Mi propia historia con Diego había sido así. Y aunque a menudo me había dolido literalmente el corazón al pensar que habíamos perdido doce años de haber podido estar juntos, siempre supe que las cosas sucedieron cómo y cuándo debían suceder.

Por mucho que me doliera pensarlo, yo nunca había creído en el amor eterno; ni siquiera con él. Y era plenamente consciente de que, de haber vivido más, nos habríamos terminado separando. Ello no obstaba para que hubiera deseado pasar más tiempo con él; que la vida nos regalara unos años más. Haber podido cumplir sueños, viajar a nuevos destinos, descubrir nuevas cosas. Pero a veces lo que convierte una historia de amor en inolvidable es precisamente su fugacidad. El que hayan quedado cosas por hacer, por compartir. Por vivir. Por descubrir.

La vida es una sucesión continua de oportunidades para cumplir sueños y vivir momentos mágicos. Y yo, afortunada como era, estaba viviendo uno de ellos por partida doble. Por un lado, estaba en París, la ciudad que adoraba, con un trabajo que me apasionaba y que me permitía escribir para poder hacer realidad lo que había soñado desde niña: publicar una novela.

Por otro, tras mucho tiempo con el corazón helado, había vuelto a conocer la felicidad y una curiosa combinación de sosiego y mariposas en el estómago junto a Juan. Un hombre que, sin duda, tenía sus cosas, pero me quería, me cuidaba y estaba pendiente de mí. Un hombre culto, con un gran sentido del humor e infinitos conocimientos sobre tantos temas que podíamos pasar horas y horas hablando.

Pero no podía evitar preguntarme a mí misma: si tenía todo aquello... ¿por qué en mi camino hacia el hotel, bajo la mágica nieve que caía sobre Londres, mi corazón se aceleraba pensando en el abrazo de Matteo?

10

—

SUCEDIÓ EN MADRID

Léa y Marta nos esperaban ya en Vagenende cuando aparecí por la puerta del restaurante con Thomas colgado del brazo.

Mi amigo me había llamado esa mañana, en el momento en que yo entraba por la puerta de casa tras un viaje de regreso de Londres no exento de incidentes relacionados en su mayor parte con el exceso de equipaje (demasiadas compras de libros).

—Isabelle, dime por favor que cenamos juntos esta noche —me soltó con su habitual tono dramático de «me han roto el corazón por tercera vez esta semana y solo estamos a lunes».

—Ay, yo te lo diría encantada —me lamenté—. Pero he quedado con Léa y Marta... Y no creo que te apetezca venirte, ¿no?

—¿Bromeas? ¡Soy una chica más! Dime sitio y hora y allí estaré. Bueno, mejor aún, te paso a buscar por casa y así te voy contando por el camino.

Y de aquella forma tan natural, Thomas se unió a nuestra cena. Avisé a las chicas con un mensaje, por si acaso, pero ambas se morían de ganas de conocer a Thomas después de que les hubiera hablado maravillas de él y su belleza espectacular.

Vagenende estaba a cinco minutos de mi casa a pie, pero por el camino a Thomas le dio tiempo a contarme que se había enamorado —otra vez— de un actor de teatro que —esto sí era nuevo para él— le estaba ignorando.

—A ver, Thomas. Siento hacerte descender al mundo de los mortales —le dije, como si le estuviera contando a un niño que no existe Santa Claus—. Pero a veces esto ocurre. Te enamoras de alguien que no siente lo mismo por ti. Se llama amor no correspondido. Y duele.

—¿Y esto os pasa a todos? —Me miró genuinamente sorprendido, y no pude evitar reírme.

—Si, hijo, sí. Te diría que incluso es más habitual que lo contrario.

—Pero ¡qué dices! —Esta vez me miró realmente horrorizado—. ¿Y cómo podéis seguir viviendo? Yo me suicidaría. Dejando una carta de despedida y un bonito cadáver, por supuesto.

—No lo dudo —le dije mientras entrábamos en Vagenende—. Ay, madre, la cantidad de cosas que tengo que enseñarte...

Cuando después de hacer las presentaciones pertinentes, Thomas se fue al baño a lavarse las manos, mis dos amigas se abalanzaron sobre mí.

—Madre del cielo, Mari —me dijo Marta—. Pero si parece un dios griego.

—*I know...* —Sonreí mientras miraba a Léa, que simplemente era incapaz de articular palabra—. Cierra la boca, ¡que te va a entrar una mosca!

—Creo que no miento si digo que es el hombre más guapo que he visto en mi vida —contestó ella, poniéndose incluso colorada.

—Pues, chica, te diré que la belleza (y la simpatía)

aparentemente tampoco son garantía de éxito... Precisamente venía contándome sus problemas de corazón.

En tal momento, Thomas regresó a la mesa. No me había engañado; a los diez minutos era una más de nosotras, y demostró, contra todo pronóstico, dar unos consejos bastante sensatos.

Léa nos estuvo contando las noticias —que no eran pocas— sobre su aventura con Daniel.

—Pero ¿cuánto tiempo exactamente he estado en Londres? —pregunté, sorprendida—. ¿Cómo ha podido ocurrir todo esto?

Daniel, locamente enamorado de Léa —como todos los hombres que habían caído rendidos ante mi preciosa amiga—, había decidido dejar a su mujer de la noche a la mañana e instalarse con Léa en su pequeño apartamento de la Île Saint-Louis. Apenas llevaba allí cinco días.

—Es que han sido unas semanas... —nos contó, con la mirada soñadora—. Sabemos que estamos hechos el uno para el otro. Que queremos pasar todo nuestro tiempo juntos. Simplemente llegó y me dijo que no encontraba el sentido a seguir perdiendo un día más de su vida sin poder compartirlo libremente conmigo.

—Y, claro, se te cayeron las bragas —intervino Thomas, haciéndonos reír a todas con la visión de semejante momento.

—Pues la verdad que sí, es una buena descripción —reconoció Léa—. No lo esperaba para nada. Al menos, no tan rápido. Todas hemos crecido oyendo las típicas historias de los hombres que prometen abandonar a sus mujeres y luego nunca lo hacen.

Asentimos con la cabeza. Y una vez más, habló Thomas, la voz de la sabiduría.

—Si solo esperáramos de esta existencia lo que ya nos

ha sido dicho... ¿Para qué vivir? Yo vivo para que me sorprendan. Para enamorarme cómo y de quién me dé la gana. Vamos, ¡van a decirme a mí cómo tengo que vivir mis historias de amor! —Y añadió, dirigiéndose a Léa—: A ver, ¿tú eres feliz? ¿Esta es la situación que quieres?

Ella asintió.

—Entonces brindemos. —Alzó su copa de vino, que nos apresuramos a chocar.

Pasamos aún un buen rato debatiendo sobre la nueva situación de Léa y los diferentes tipos de relaciones que hay. A priori, el iniciar una relación con alguien casado parece un crimen. Pero, como decía Scarlett Johansson en la película *Qué les pasa a los hombres* —la típica comedia romántica que había visto con mis amigas años atrás y que nos había hecho muchísima gracia—: «¿Qué pasa si conoces al amor de tu vida y ya estás casado con otra persona? ¿Estás condenado a quedarte con ella para siempre, aunque ya no estés enamorado?». Uno pensaría que en el siglo XXI habíamos superado ya todos esos prejuicios. Marta comentó, tampoco exenta de razón, que sí es importante no hacer daño a nadie. El objetivo todos lo teníamos claro y coincidíamos: compartir tu vida con la persona a la que amas. Pero las cosas pueden hacerse bien o pueden hacerse mal. No es necesario herir a la gente. Inevitablemente, esto me llevó a pensar en mi propia situación y en cómo conseguiría gestionar mi corazón dividido y no herir, en el intento, los sentimientos de nadie. Principalmente los de Juan que, tal y como pintaba la cosa, era el que más papeletas tenía; y yo no quería jugar con sus sentimientos, no se lo merecía. Pero el corazón rara vez atiende a razones.

Nos congratulamos de que Daniel hubiera actuado tan rápido, algo efectivamente poco habitual, y nos alegramos infinito por Léa, que tenía en los ojos un brillo especial, que se acrecentaba cada vez que nos hablaba de él y de los planes que tenían.

Compartirían un tiempo el pisito de Léa que, aunque no era muy grande, haría su papel para confirmar si la pareja sobrevivía unos meses. Si lo hacían —ninguno de los dos tenía dudas de que así sería, y lo cierto es que nosotros tampoco—, buscarían algo más grande después del verano.

Por lo pronto estaban disfrutando de la sensación de poder salir a la calle, a pasear, a cenar y poder darse la mano o besarse en público, algo que no habían podido hacer hasta ahora. Incluso estaban planeando su primer viaje juntos.

—¿Y su mujer qué opina de esto? —pregunté—. ¿Cómo se lo tomó?

—Bueno... al principio no muy mal, creo que por el *shock*. Claramente no lo vio venir, cosa que me sorprende. Estas cosas en el fondo siempre se saben, ¿no?

Me estremecí recordando mi propia historia con Diego y opté por callar y dejar que mi amiga siguiera hablando.

—Pero ahora la verdad es que está muy pesada. Le llama y le escribe a todas horas con cualquier excusa. Como no tienen hijos, se tiene que inventar historias de lo más peculiares; desde que no sabe cómo se pone la lavadora (manda narices) hasta que se le ha caído un cuadro de casa, a ver si puede ir a colgarlo. Y así todo el día. Intento no mostrar que me afecta, para no incomodar a Daniel, que ya bastante tiene. Pero la verdad es que no sé cuánto tiempo conseguiré disimular si esta actitud se alarga...

—Bueno, si ves que la cosa no para, tendrás que intervenir —sentenció Thomas—. A ver si al final va a volver con ella.

—¡Thomas! —Le di un golpe cariñoso en el brazo—. No seas agorero. Eso no va a ocurrir. Pero —continué, dirigiéndome a Léa— sí es cierto que a lo mejor deberías hablar con Daniel. Estás en una pareja, tienes todo el derecho a verbalizar lo que te duele o te molesta.

Léa prometió que lo haría y miró a Marta, que estaba especialmente callada. No pude evitar preguntarme si se debía a que era la única de la mesa que estaba casada y quizá por ello le costaba empatizar con Léa y lo hacía más con la mujer de Daniel. Yo misma podría solidarizarme con ella, pensé, habida cuenta de lo que había pasado con Diego y su doble vida. Pero lo cierto es que mi situación actual me hacía empatizar más bien con Léa.

Me prometí a mí misma hablar con Marta más tarde, pero pensé que era mejor hacerlo a solas, así que desvié la conversación.

—Pues yo os tengo que contar cosas de London... —dije al tiempo que pegaba un trago a mi copa de vino.

Con los tres pares de ojos posados en mí durante casi la totalidad de la cena, les relaté cómo había sido ese primer día en la capital británica con Juan, con quien a pesar de haber pasado poco tiempo había vivido momentos mágicos. El experimento había sido un éxito; realmente estaba deseando poder volver a viajar con él y pasar más tiempo juntos.

Pero lo cierto es que no podía quitarme a Matteo de la cabeza, y así se lo conté a mis amigos, que tenían las más diversas opiniones sobre el tema, aunque al final todas convergían en lo mismo: lo de Matteo era una locura, una tontería pasajera que se me olvidaría en cuanto llevara dos semanas sin saber nada de él.

Después de la cena Thomas y Marta se retiraron a casa a descansar y yo decidí acompañar a Léa a la suya andando.

—¡Pero si estás al lado de tu casa! —me dijo mientras se colocaba la bufanda.

—No importa —le contesté—. Me apetece caminar un poco, la verdad. Le he cogido el gustillo en Londres a caminar bajo el frío. Y así charlamos un rato —añadí, sonriendo a esta amiga a quien ya me parecía conocer desde hacía una vida entera a pesar de haber entrado en ella hacía apenas unos meses.

Fuimos hablando de banalidades hasta llegar a la orilla del Sena, momento que eligió Leá para decirme:

—Isabelle, si realmente crees que hay algo especial con ese chico... ve a por ello. —Si no fuera porque me miraba tan seria, me habría echado a reír. En su lugar, simplemente levanté una ceja—. Te lo digo en serio. La vida es muy corta. Quizá lo que yo hice estuvo mal; iniciar una relación con un hombre casado. Anda que no le di vueltas y pensé en recular cada día. Pero si no hubiera apostado por ello, contra la opinión de todo el mundo, no estaría viviendo ahora con el amor de mi vida. Las historias no siempre son perfectas, tú lo sabes mejor que nadie. A pesar de lo que nos venden, no es lo habitual conocer a alguien en el momento perfecto para ambos, estar solteros los dos, vivir en la misma ciudad... Ni siquiera estar en el mismo momento vital.

—¡Sería todo tan fácil! —suspiré.

—¡Y taaan aburrido! —Mi amiga sonrió y me cogió del brazo—. Tú solo imagina por un momento que sale bien. Y, por un momento, imagina que no lo intentas y te quedas toda la vida con la duda de qué habría pasado.

—No vayas por ahí... —le advertí—. Que yo soy muy fácilmente influenciable. Siempre he sido de la opinión de que es mejor un «no» que quedarse con la duda.

—Pues tú misma te has contestado.

—Pero quiero a Juan —le dije, mientras cruzábamos el puente hacia la Île Saint-Louis—. De verdad que sí. Estoy feliz con él. Me da tranquilidad. Me quiere, me cuida. Incluso me sorprende... ¡y muchas veces para bien!

Mi amiga se rio.

—Bueno, y quizá tu destino sea él, no te digo que no. Pero —se detuvo—, ¿y si no lo fuera? ¿Y si cuando te des cuenta el barco de Matteo ya ha zarpado?

Intenté replicar a Léa explicándole que tampoco parecía que la situación de Matteo fuera la idónea, pero a mí me hacía falta poco para animarme y aunque por mi boca salían todo tipo de excusas para dejar las cosas como estaban y seguir con mi vida, mi corazón me decía lo contrario. Tenía el número de Matteo gracias a aquel mensaje que me había enviado. ¿Eso no era una invitación a escribirle? Si Léa supiera el caos que había despertado en mi cabeza...

Dejé a mi amiga frente a su puerta, deseándole una buena noche, y regresé a mi casa atravesando la Île de la Cité, que a aquellas horas estaba casi desierta. Las luces amarillas de las farolas le daban un aire mágico. Jamás me cansaría de esta ciudad. Podría pasar horas y horas caminando por sus calles, a pesar del frío que se te metía hasta los mismísimos huesos.

Disfruté del aire gélido en la cara, que hacía que mis ojos lloraran, y me olvidé de Juan, de Matteo, de Londres, del móvil... de todo. Me dediqué a admirar los hermosos edificios de la ciudad que me había acogido dándome la oportunidad de iniciar una nueva vida. Me sentía feliz, a pesar de la inquietud que me provocaba tener el corazón dividido. Sentir tanto nunca puede ser motivo de tristeza. Con ese pensamiento dando vueltas a mi cabeza caía rendida dos horas después en mi cama.

—¿Qué es eso que suena de fondo? —me preguntó Marta mientras esperaba, paciente, a que terminara de cerrar mis maletas. Miró alrededor en busca del origen de la voz que se oía por todo el apartamento.

—Es Matteo —le contesté, sin atreverme a mirarla. Ya sabía que estaba levantando una ceja—. Desde hace un par de semanas está retransmitiendo en directo sus conciertos en Covent Garden a través de las redes sociales —confesé, señalando hacia la pantalla de mi portátil, que desde el escritorio que había junto al inmenso ventanal nos mostraba a un Matteo sonriente (y helado de frío), que comenzaba a tocar las primeras notas de *Every breath you take.*

—Vamos, desde que has vuelto de Londres, ¿no?

—Sí, más o menos... —Yo también era consciente de ese *timing* tan oportuno—. Ay, Mari. No puedo evitar verle cada día. —Mentalmente agotada ya, me senté sobre la maleta, que por supuesto no cerraba.

—Bueno —mi amiga vino a sentarse junto a mí—, tampoco estás haciendo nada malo. Aunque lo mismo te viene bien desconectar un poquito estos días. —Me sonrió—. Venga, vamos a cerrar tu maleta y nos vamos ya. Apaga ese ordenador, anda.

Nuestro avión a Madrid salía en tres horas. Mi amiga y yo habíamos sacado los billetes hacía tiempo para volver a nuestra ciudad unos días y reunirnos con amigos y familia en Navidad. Mis padres andaban recorriendo el sur de Argentina y Chile hasta finales de enero, pero yo cenaría en casa de Marta en Nochebuena y el mismo día de Navidad regresaría a París para cenar con Juan.

Hasta entonces, nos quedaban dos días completos para

ver a nuestros amigos e ir de compras. Aunque eran jornadas ajetreadas de ventas, Agatha me había insistido en que me marchara.

—Durante años me las he apañado sola perfectamente todas las navidades —me dijo cuando acudí a ella con mis dudas—. Vete y disfruta. Te lo has ganado.

Así fue como Marta y yo nos escapamos a Madrid. Bastien no llegaría hasta el veinticuatro, por lo que preveíamos que iban a ser unos divertidísimos días de solteras.

Y efectivamente lo fueron. Llenamos la agenda de planes sin dejar un solo hueco. Nos reunimos con algunos de nuestros amigos, fuimos a cenar, a patinar sobre hielo, organizamos una sesión en un *spa* del que salimos como si hubiéramos vuelto a nacer y dedicamos dos tardes completas a ir de compras y dejar la Visa transparente. Conseguí durante esos días olvidarme de mis líos sentimentales y casi de mi vida en París, aunque echaba terriblemente de menos la librería y la tranquilidad de las mañanas entre libros, compartiendo las horas con Agatha, Poirot y ese delicioso té inglés que había aprendido a apreciar.

Solo una de las noches, que dormí sola en casa de mis padres, me permití conectarme para ver a Matteo. Había una nueva ola de frío en Londres y sentí una ternura inmensa al verle allí tocando, con la misma ilusión de siempre. Me sorprendí a mí misma pensando que me encantaría abrazarle, besar su nariz roja, y coger entre mis manos las suyas, que estaban parcialmente cubiertas por mitones, para calentarlas con las mías.

De repente mi corazón palpitó como queriendo interrumpir mis pensamientos y llamar la atención de mi cabeza. Habían comenzado a sonar unos acordes que yo ya era capaz de reconocer a la tercera nota: los de *Perfect*. Matteo miraba a la cámara y no quitaba ojo; tan intensa era su mirada azul que por un momento me dio miedo que me estuviera viendo a través de la pantalla. Cosa que evidentemente era imposible. Pero en ese preciso momento, no había en el mundo nadie más que nosotros dos.

Hasta que el sonido de mi móvil interrumpió la magia y el nombre de Juan apareció en la pantalla.

Dejé que la canción de Ed Sheeran sonara de fondo mientras hablaba con Juan sin quitar ojo de la pantalla del ordenador.

Mi novio se había quedado en París a pasar las fiestas y su madre se había desplazado hasta allí, instalándose en su casa.

—Aunque, francamente —me dijo—, no te creas que le veo mucho el pelo. Se pasa el día quedando con viejas amigas y sale a cenar casi cada noche. Tiene más vida social que yo. Al menos creo que mañana me honrará con su presencia.

—Hombre, es Nochebuena... —Sonreí y sentí un pellizco en el corazón recordando que no la pasaríamos juntos. Y que no conocería a su madre, aunque tampoco eso me importaba demasiado—. Dudo que te vaya a dejar solo.

Al cabo de unos minutos de conversación, decidí cerrar el portátil, pues yo misma me di cuenta de que no le estaba haciendo caso a Juan, pendiente de las canciones que tocaba Matteo.

—¿Te acuerdas del juego de las preguntas en Londres? —le dije.

—¡Cómo no! No me digas que tienes más... Venga, dale. —Claramente yo era un libro abierto para él.

—Creo, querido, que toda la vida tendré preguntas para hacerte —le contesté con picardía—. Eres una auténtica caja de sorpresas. Lo sabes, ¿no?

—Déjate de rollos y dispara.

—¿A quién invitarías a cenar?

—Fácil: a ti. Ahora mismo.

Me reí, aunque me sentí halagada e incluso me sonrojé.

—¿Tu última gran decepción?

—Mira, esa es interesante... —Se quedó pensando un rato—. Creo que el que me hayas dejado solo con mi madre en Nochebuena.

Esta vez la risa me salió a borbotones.

—Tú ríete, pero esperaba más de ti. Has huido como una cobarde. Después de esa, que sin duda ha sido la gran decepción de las últimas semanas... La de un tipo de mi equipo. Tenía plena confianza en él y me ha fallado.

Le conocía ya lo suficiente como para saber que no podía preguntar más sobre ese tema, así que cambié totalmente de tercio.

—¿Mejor y peor decisión que has tomado últimamente?

—¿Todas estas preguntas las tienes apuntadas en el móvil o te van saliendo naturales?

—Soy una maestra de la improvisación —mentí, pues, efectivamente, llevaba semanas apuntándome en la aplicación de notas del móvil todas las preguntas que se me ocurrían. Me conocía demasiado bien.

—Claro, claro. Pues a ver. —Me gustaba imaginar su cara mientras pensaba, acomodado sobre el sofá frente a la chimenea—. La mejor, sin duda, empezar a salir contigo. La peor... No haberme ido contigo a Madrid. No me fío mucho de esta amiga tuya... ¿No estaréis ligando con algún madrileño y me abandonarás?

Esta conversación estaba resultando de lo más entretenida... y reveladora. No sé si alguna vez antes Juan se había mostrado tan... ¿enamorado? ¿Más bien celoso? En todo caso, como sabía que lo decía sin maldad alguna y sí con inmenso cariño y respeto, el corazón se me hizo un poquito más grande y la balanza que llevaba semanas dividiéndose entre Matteo y Juan se inclinó más hacia este último. Además de que, siendo como era tan frío y serio normalmente, este tipo de comentarios me hacían mucha gracia.

—Venga, la última, que me tengo que ir —me dijo, interrumpiendo mis pensamientos.

—Vale. —Aproveché y cogí el guante que me tiraba—. Esta es seria. ¿Qué haces cuando no estás conmigo ni en el trabajo? Esas desapariciones tuyas de los fines de semana y algunas tardes...

—Eso, *ma chérie*, te lo vas a tener que ganar —me provocó.

—No me digas que tienes a otra por ahí escondida. O, peor, una familia en otra ciudad.

—Casi, casi —bromeó, o eso esperaba—. Te lo contaré o, mejor dicho, te lo enseñaré, a su debido tiempo.

Y con ese halo de misterio se despidió de mí. A pesar de ese secreto aparentemente inconfesable —al menos por el momento—, me quedé un rato embobada en la butaca de lectura de mi padre, con los pies en alto, mirando al infinito y con una enorme sonrisa en la boca y en el corazón. No me había molestado ni en encender una lámpara y lo único que iluminaba el gran salón era la poquita luz que se proyectaba desde las farolas de la calle a través de los enormes ventanales.

Cuántas horas había pasado yo en aquel salón en esa misma postura, sin hacer nada, mirando al infinito. De niña, de adolescente... Cuando ya estaba en la universidad y volvía de cenar o de fiesta con mis compañeros y me sentaba a comer algo que cogía de la nevera a escondidas mientras recordaba los momentos más destacables de la noche.

Cuando al cabo de un rato de mirar al infinito volví a abrir el portátil, Matteo había terminado de tocar y estaba ya recogiendo. La gente, abrigada casi hasta los ojos, se dispersaba rápidamente, aunque muchos se acercaban a felicitarle. Me gustaba oírle hablar con ellos, darles las gracias por escucharle. Sin embargo, aún me gustaba más verle chocar la mano con los niños y dársela a los adultos; no le vi abrazar a una sola persona. Y sentí que todos esos abrazos que habíamos compartido eran aún más especiales.

El día de Nochebuena Marta me sorprendió con un precioso regalo que se había ingeniado para comprarme a escondidas en una de sus tiendas favoritas de Madrid. Era una maravillosa bufanda infinita de *cashmere* color vino, ligera y abrigadísima, que supe que no me quitaría en todo el invierno.

Mi regalo para ella fue un espectacular bolso que tenía fichado desde hacía meses, que no se atrevía a comprar bajo pena de expulsión de casa por parte de Bastien, que la tenía ya amenazada ante posible introducción de un nuevo accesorio en su pequeño apartamento.

Pensé que si se lo regalaba yo, su marido, que en el fondo era un ángel que solo quería la felicidad de Marta, me utilizaría como excusa para no regañarla.

—Sonríe todo lo que quieras —Bastien se acercó a mí mientras Marta se volvía loca al abrir su regalo—, pero que sepas que en breve va a tener que empezar a guardar sus bolsos en tu piso.

Intentó sonar indignado, pero, por supuesto, no lo consiguió. Brindé con el que consideraba prácticamente mi cuñado y me alegró que Marta hubiera encontrado a un hombre como él. Y viceversa. Los dos habían sido muy afortunados. Mi corazón sintió una pequeña punzada de envidia (sana) y me pregunté si algún día hallaría yo la paz y estabilidad sentimental que ellos habían encontrado. Aunque si era sincera conmigo misma... tampoco estaba segura de quererla. Me conocía muy bien —eran ya casi cuarenta años conmigo misma— y era perfectamente consciente de que la rutina me terminaba aburriendo siempre. No conseguía mantenerme por mucho tiempo en el limbo en el que la mayoría de la gente se acomodaba. Necesitaba más. Esa adrenalina, esa incertidumbre, ese amor apasionado que inevitablemente todas las relaciones que podían llamarse convencionales terminaban perdiendo.

A esto le estaba dando vueltas mientras daba otro trago a mi copa de vino y con la otra mano acariciaba mi suavísima nueva bufanda. De repente, una luz se encendió en mi cabeza y me apresuré a buscar, entre todos los papeles de regalo que había en aquellos momentos tirados por el suelo del salón de los padres de Marta, el papel en el que venía envuelta mi bufanda.

En él encontré los datos de la tienda. Había tenido una idea.

Mi vuelo salía con retraso. Llevaba más de una hora en la puerta de embarque y no me concentraba en nada. Había intentado leer, trabajar, revisar la página web de la librería para hacer algunas actualizaciones... En ninguna de las tareas había sido capaz de invertir más de cinco minutos seguidos. Saqué el móvil de mi bolsillo y volví a leer el *e-mail* de confirmación de compra que me había llegado unos minutos antes. Allí estaba mi pedido: una bonita bufanda, exactamente igual que la mía, aunque en un precioso color azul petróleo, que iba a ser enviada a Londres junto a una nota escrita por mí: «Feliz Navidad, Matteo. Gracias por haber traído luz y música a mi vida, haciéndola mejor. Es maravilloso encontrarse de vez en cuando a alguien cuyo mero recuerdo te hace sonreír. Aunque ninguna sonrisa en el mundo es tan bonita como la tuya. Con cariño, Isabelle».

11

EL LABERINTO DE LOS LIBROS

—¿Vas a decirme a dónde vamos? —pregunté por enésima vez.

—Mi pequeña impaciente... No preguntes tanto y disfruta del paisaje.

Juan sonreía con la vista fija en la carretera mientras nos alejábamos de París rumbo al norte. Tomó mi mano para llevársela a los labios y me dio un beso con ternura. Eso me ayudó a relajarme mientras veía pasar ante mí esos campos verdes que tanto apreciábamos los que habíamos crecido en el sur de Europa.

Hacía días que había regresado a París, pero, salvo la noche de Navidad, que cenamos juntos, Juan y yo apenas nos habíamos visto. Aunque esa vez más por culpa mía que suya.

A pesar de haber pasado ya la Nochebuena, eran jornadas de locos en la librería y había estado prácticamente de la mañana a la noche junto a Agatha vendiendo, ordenando, preparando pedidos y envolviendo regalos. Resulta difícil explicar la emoción que me seguía produciendo que la gente regalara libros. Cómo buscaban el ejemplar perfecto para esa persona especial, el cariño y el interés que ponían en encontrar aquella historia que les cambiaría la vida y se quedaría para siempre en el corazón de su destinatario.

A veces me pedían un bolígrafo para escribir una dedicatoria en el interior y, si era muy afortunada, me la enseñaban. Cuánto amor contenían apenas unas pocas palabras.

Tras varios meses juntos, Juan me había regalado ya muchas novelas y siempre, siempre, me las dedicaba. Por eso me emocionaba ver cómo otras personas hacían lo mismo y me gustaba imaginar lo que sentiría el destinatario al leerlas. Un libro es ya de por sí el mejor de los regalos; un libro que lleva escrito un mensaje de la persona que te lo entrega es la mayor demostración de amor que uno puede recibir.

Sentí una enorme felicidad al regresar a The Red Wheelbarrow Bookstore y reencontrarme con Agatha y Poirot, a los que había extrañado muchísimo. Thomas estaría desaparecido hasta mediados de enero, pues se había ido a pasar unos días a casa de sus padres —por los mensajes que me había mandado, prácticamente de S.O.S., no debían de estar siendo muy agradables— y para compensar, como decía él, se marcharía después una semana a esquiar con amigos. «Aunque si en mi casa el ambiente sigue así, lo mismo me voy a la montaña, pero a despeñarme por un barranco», me había escrito en un mensaje la noche anterior.

En todo caso, aunque hubiera estado en París, apenas habría podido verle. Las largas jornadas en la librería no me dejaban respirar un minuto; comía algo rápido en la pequeña salita de la trastienda y continuaba hasta el final de la tarde, cuando ya caída la noche regresaba a mi apartamento a desmayarme. Feliz, eso sí. Tenía la suerte, además, de que la época de mayor trabajo en la librería coincidía con la época más floja de mis encargos como traductora, pues de lo contrario no sé cómo lo hubiera hecho.

El domingo llegó, finalmente, y Agatha me había obligado a desaparecer. El volumen de trabajo comenzaba a descender, por fin, y mi querida jefa decidió que cerráramos por primera vez en todo el mes y nos tomáramos un par de días de descanso.

Sospeché que, una vez más, Juan y ella habían estado hablando a mis espaldas, pues apenas Agatha me dijo que el domingo y el lunes me buscara otro plan cuando Juan me estaba llamando para decirme que preparara una pequeña maleta para pasar un par de días fuera.

Así que allí estábamos, en un soleado pero gélido domingo de enero rumbo a algún lugar de las afueras de París. Juan había puesto música clásica —su preferida para conducir, decía— y yo dejé volar mis pensamientos mientras nos alejábamos de la gran urbe. Y es que mi mente estaba también a kilómetros de allí. En concreto, en una preciosa plaza de Londres, donde, gracias al número de seguimiento, yo había descubierto el día anterior que la bufanda de Matteo había sido entregada. Como no tenía su dirección, la envié al único sitio que se me ocurrió: Buns and Buns. El paquete llegó al restaurante con una nota en la que pedía que le fuera entregado a «Matteo, el músico italiano que toca por las noches».

Según la empresa de mensajería, un tal Steve había recogido el paquete la tarde anterior, pero la ausencia de noticias de Matteo me hacía pensar que quizá el regalo no había llegado a su destinatario al fin y al cabo. Por la noche no había tocado, con lo que ni siquiera había podido verle.

—Llegaremos en unos diez minutos. —Juan interrumpió mis pensamientos.

—Estupendo —le sonreí—. ¡Me tienes intrigadísima!

—Bueno —por fin se arrancó a hablar—, me pediste que te dijera qué hacía los fines de semana, cuando no estoy contigo. Se trata de algo que me cuesta compaginar con nuestra relación. —Mi interés en la cuestión iba aumentando, a la par que no entendía nada... ¿Tendría una granja de vacas? No parecía que por los alrededores de la salida que acabábamos de tomar hubiera otra cosa, la verdad.

—Tienes otra familia. Lo sabía —bromeé.

—Efectivamente. Y como se me está haciendo difícil ya llevar esta doble vida y no quiero renunciar ni a ti ni a la otra, he decidido que no podía retrasar más el presentaros. *Et voilà!* —Juan detuvo el coche frente a una preciosa casa de campo en mitad de... la nada. Literalmente. No había absolutamente *nada* alrededor.

La casa era sencilla —al menos su exterior—, pero inmensa. Había un pequeño terreno vallado alrededor, que no se podía llamar jardín, pues apenas había nada con vida allí plantado. Me pareció atisbar una mesa y un par de sillas de madera bajo una especie de pérgola en la parte trasera. Pero lo que más llamaba la atención, sin duda, era el tamaño de la vivienda y la altura de sus techos. Me moría de ganas de saber qué misterio se ocultaba allí dentro, pero tuve que esperar a que Juan sacara las maletas del coche y se reuniera conmigo frente al viejo portón de madera que parecía abrirse con una de aquellas llaves que venden a granel en el mercado de las pulgas de París.

—Bienvenida a mi verdadero hogar, querida —me dijo Juan, mientras abría la puerta y, poniendo su mano delicadamente en mi espalda, me animaba a entrar.

El contraste de aquella casa con el apartamento de París era tan sorprendente en el interior como en el exterior. Al traspasar el umbral de la puerta, me encontré en un amplio y sobrio recibidor en el que apenas había un banco y, al otro lado, una mesa con una lámpara. Al fondo había una ventana que parecía dar a la parte trasera de la casa.

En cada lado del recibidor había una gran puerta.

—¿Por dónde quieres empezar? —me preguntó Juan, mientras dejaba nuestras maletas en el suelo, junto a la pared.

—Dime tú —le sonreí—. ¿Dónde están los cadáveres?

—Idiota. —Me besó en la coronilla, en un gesto que me producía siempre una enorme ternura, y abrió la puerta de la izquierda—. Sígueme.

La puerta daba acceso a una pequeña y cálida vivienda, decorada en un estilo muy apropiado para el tipo de construcción. Los muebles eran los típicos de los que uno se deshace en su hogar y termina llevando a la casa del pueblo para que hagan allí su último servicio; un viejo sofá, dos butacas con aspecto de haber vivido mejores tiempos pero que parecían comodísimas para sentarse a leer durante horas frente a la gran chimenea, y un par de mesillas sobre las que reposaban varios libros.

Dos grandes ventanales dejaban entrar la poca luz que había aquel día, a través de unos rayos de sol que apenas alcanzaban para caldear un poco la estancia, que estaba gélida.

Un gran arco, al fondo, daba a una cocina mínima y a la derecha, otra puerta de madera daba paso a otra estancia. Me asomé para descubrir allí un modesto dormitorio con un baño, todo tan rústico como el resto de la vivienda. Me sentí un poco Carrie cuando va a la casa de Aidan en el campo. Yo, como ella, era una chica de ciudad y no acababa de verme en un entorno semejante, pero hice lo posible por disimular. Eso sí, en el fondo rezaba por no verme abocada a pasar allí cada fin de semana.

—Te noto emocionada —me dijo Juan, desde la cocina—. Y aún te falta la peor parte. Ven, anda.

Me hizo una señal para que le siguiera y volvimos al recibidor, donde abrió la otra gran puerta, dejándome pasar delante de él.

Así me encontré, de repente, en una estancia tan oscura que no veía ni mis propias manos, aunque sí podía sentir el eco de las pisadas mientras Juan se alejaba de mí.

—No me irás a encerrar aquí a oscuras, ¿verdad? —pregunté medio en serio medio en broma.

No había terminado aún la frase cuando de repente la gran sala se iluminó y se mostraron frente a mí metros y metros de altísimas estanterías hasta donde la vista se perdía. Podía haber allí miles, no, decenas de miles de libros, perfectamente ordenados, tal y como pude ver cuando, sin cerrar aún la boca de asombro, comencé a recorrer los pasillos ante la divertida mirada de Juan.

Historia de Francia, Historia universal, ciencia, política, ¡botánica!, arte, filosofía, ensayo, literatura... Aquello era un auténtico sueño.

—Pero ¿qué es todo esto?

—El laberinto de los libros. —Juan, que estaba apoyado en una de las estanterías, se acercó a mí—. O así me gusta llamarlo. Mi guarida secreta. Mi refugio. Hace unos años falleció el que fue mi mentor y posteriormente amigo, un profesor magnífico que tuve en el Instituto de Estudios Políticos. Me dejó en herencia su inmensa biblioteca... y esta casa. No tenía hijos y siempre me había dicho que yo sería el único que sabría apreciar este tesoro. Pensé que bromeaba... Pero no. Yo acababa de separarme y la verdad es que me cayó literalmente del cielo. Comencé a pasar aquí cada vez más tiempo y fui añadiendo libros a la colección, que compro en librerías de viejo y ferias del libro antiguo.

El corazón se me encogió al pensar en Diego; no pude evitar imaginar lo bien que se habrían llevado los dos. Sus caracteres —y por lo visto, sus aficiones— eran realmente parecidos. ¿No estaría en el fondo yo buscando inconscientemente un sustituto que me devolviera en cierto modo al amor de mi vida? Aunque en mi defensa diré que no había tenido ni idea de la existencia de este «laberinto de los libros» hasta ese mismo momento.

—Si no te gusta el sitio no tienes por qué volver, ¿eh? —Juan había notado mi cara de tristeza.

—No, no es eso, perdona. Es solo que... me has devuelto recuerdos de otra vida, nada más. —Opté por cambiar de tema—: Así que aquí es donde te escondes los fines de semana cuando no estás conmigo, ¿no?

—Pues sí, la verdad. Habilité el ala del fondo como pequeña vivienda para poder dormir aquí. Y a la mínima ocasión huyo del bullicio de París y vengo a refugiarme entre libros. Es como mi escondite secreto. No es que me avergüence ni mucho menos, pero me gusta mantenerlo para mí. Mira —me indicó con la mano que le siguiera hasta el fondo de la sala, donde se apilaban un montón de cajas—. Todo esto son libros que he comprado y que aún están pendientes de ordenar. Mi manera de evadirme de todo es pasarme aquí las horas buscando a cada libro su sitio en el mundo.

—Bueno, he de confesar que esto es mucho mejor que la cabaña de Aidan...

—¿Cómo? —Juan me miró sin entender. Pero claro,

no podía pretender que conociera las referencias a *Sexo en Nueva York*.

—Nada, que es mucho mejor de lo que me imaginaba. Por un momento, desde fuera, he pensado que aquí dentro había vacas. Sí, sí, ríete, pero yo soy una chica de ciudad. Para sacarme del asfalto solo me puedes atraer con libros.

—Bueno, parece que entonces he acertado. —Juan me atrajo hacia sí y me besó, para después mirarme fijamente a los ojos—. De todos modos, puedes acompañarme cuando quieras, aunque también me encanta venir solo. Ya te digo que es mi lugar, mi refugio. Que sepas que no he traído a nadie aquí antes de ti.

—Intentaré entonces que sea un fin de semana que quieras repetir —sonreí, pícara—. ¿Y cuál es el plan para hoy?

El resto de la tarde transcurrió a toda velocidad. Juan ya me había advertido que el tiempo en el laberinto de los libros pasaba volando, y no mentía. Como si de un *tour* privado se tratara, me estuvo enseñando todas las secciones que había creado, algunas de las cuales aún no estaban completamente ordenadas, y compartimos ideas para mejorar la organización y aprovechamiento de la inmensa biblioteca. Me sentí bien al darme cuenta de que por fin podía aplicar a algo todos los conocimientos que había adquirido gracias a mi trabajo en The Red Wheelbarrow Bookstore.

Dediqué varias horas a una de las cosas que más me relajaban en el mundo, que era ordenar libros por orden alfabético de autor. Era un trabajo mecánico y solitario que me permitía perderme en mis pensamientos y resultaba de lo más agradecido una vez terminado.

—Los ordenas de maravilla —me dijo Juan—. No me mires así, ¡si te cuento lo que me hizo la primera secretaria que tuve...! Cuando le pedí que metiera todos mis contactos en la agenda los grabó como Monsieur *blablablá* o Madame *blablablá* ... Resultado: todos mis contactos estaban en la letra «M».

—¡No te creo! —Se me saltaban las lágrimas de la risa.

—Como lo oyes. Me pareció tan increíble que no pude ni echarle la bronca. Con lo que soy yo.

Pasamos horas absortos en la tarea de colocar libros. Cada uno en uno de los infinitos pasillos del aquel laberinto. De vez en cuando nos cruzábamos en alguno de ellos y Juan me robaba un beso. O hacíamos una pausa que aprovechábamos para beber algo mientras abríamos una caja al azar y nos sorprendíamos con los libros que iban apareciendo.

—Algunos los compré hace tanto que ni los recuerdo —me dijo, estudiando minuciosamente un ejemplar de *El conde de Montecristo* que parecía realmente antiguo—. En otros casos, compro bibliotecas enteras y no sé ni lo que viene en cada caja.

—Es como abrir regalos el día de Navidad —le dije, sonriendo. Y, mirando a mi alrededor, añadí—: De verdad que esto es como un sueño para alguien que ama los libros. ¡Te lo has montado muy bien!

—*Merci, chérie.* Me alegra que te guste. No, si al final acabarás viniendo tú aquí los fines de semana y dejándome abandonado en París... —Puso cara de lástima y no pude evitar sonreír y pensar cómo sería pasar un fin de semana allí de vez en cuando. Aunque no le había mentido y era una chica de ciudad, aquel sitio era un pequeño paraíso.

Por la noche, Juan cocinó una sencilla pero deliciosa

cena, que tomamos en el salón, ya caldeado gracias a la enorme chimenea. Después nos sentamos a leer, cada uno en una de las comodísimas butacas de lectura que había frente al fuego. Aunque he de confesar que me costaba concentrarme. Le veía a él, impecablemente vestido hasta para pasar el fin de semana en este remoto lugar, con las piernas sobre un puf y leyendo *Como polvo en el viento*, de Leonardo Padura, casi sin pestañear, y no podía evitar estudiar su rostro de reojo. Le quería mucho, sin duda. No sabría decir si estaba enamorada, pero desde luego me sentía cómoda con él. Tranquila, querida y cuidada. Era una sensación maravillosa que hacía tiempo que no sentía. El corazón se me seguía acelerando cuando le veía, una sensación que esperaba no perder nunca. Y cada vez que me parecía que comenzábamos a caer en la monotonía, me salía con cosas como esta, que la rompían completamente. No estaba segura de cuánto podría durar aquello, pero estaba dispuesta a disfrutarlo mientras estuviéramos juntos.

—¿Qué está pasando por esa cabecita? —Juan había levantado la vista y me miraba por encima del libro, ahora abierto descansando sobre sus largas piernas.

—Nada, que eres una auténtica caja de sorpresas.

—No lo sabes bien. —Me sonrió, se levantó y me tendió la mano—. Vamos a dormir, anda. Hay una estufa encendida en el dormitorio y te prometo que no vas a pasar frío.

Me guiñó un ojo que prometía mucho más de lo que decía y, sin más, apagamos las luces y nos fuimos a la cama.

Al día siguiente saqué el móvil del bolso cuando íbamos a regresar a París, y me di cuenta de que no lo había mirado en más de veinticuatro horas. Tenía varios mensajes de Marta y Léa en nuestro grupo de WhatsApp, en el que ya empezaban a preguntarse si Juan me había secuestrado. Pero el mensaje que realmente me hizo dar un vuelco el corazón fue uno de Matteo:

«*Ciao, Isabelle!* Gracias por la preciosa bufanda. He estado en casa con un resfriado... demasiado frío estos días. Pero volveré hoy a Covent Garden. Ojalá estuvieras allí».

Le seguía un emoticono de un corazón.

Me pregunté si llegaría a tiempo a casa para poder conectarme a verle. Estábamos a poco más de una hora de París y aún eran las cinco de la tarde. No creía que fuera a tocar antes de las ocho. A pesar de ello, el corazón me estuvo latiendo desbocado durante todo el camino.

A las siete Juan me dejó frente al portal de mi apartamento. Nos despedimos hasta el jueves, cuando habíamos quedado para cenar. Me di cuenta de que nunca lo hacíamos con amigos; ni con los suyos ni con los míos. Lo cierto es que me costaba verle encajando en mi entorno, y tampoco estaba segura de que yo fuera a hacerlo en el suyo. Era como si viviéramos en una burbuja, alejados completamente de la realidad. La única persona de las que me rodeaban que le había visto físicamente era Agatha. Casi la única prueba de que existía en realidad —además del hecho de que aparecía en el telediario y las revistas políticas (que en Francia abundaban) cada dos por tres.

Mientras me daba una larga ducha antes de sentarme a ver a Matteo, me pregunté qué me estaba pasando. Por qué no era capaz de ver un futuro con Juan, a pesar de ser inmensamente feliz junto a él. O eso creía. ¿Se puede ser feliz con alguien y disfrutar de una relación si no eres capaz de ver hacia dónde va? Nunca me había gustado etiquetar las relaciones, pues siempre había creído que cada una era un mundo. Pero al menos era capaz de preguntarme si me veía a futuro con esa persona —aunque no fuera para toda la eternidad, eso lo había tenido siempre claro—, o no. Me veía haciendo vida con él y mis amigos... o no. Y al final eso terminaba siendo bastante determinante.

Sin llegar a ninguna conclusión clara, salí de la ducha, me puse ropa cómoda, me preparé un *chai* muy caliente con canela y según me sentaba en mi sillón de lectura dispuesta a leer hasta que Matteo comenzara a tocar, apareció la notificación en mi teléfono indicando que había conectado la cámara.

Al mismo tiempo, recibía un mensaje del músico italiano que decía: «Extraño verte aquí cada día. Pero te llevo alrededor de mi cuello».

Levanté la vista a la pantalla del portátil, que acababa de conectar, y ahí estaba: con mi bufanda al cuello y esa sonrisa que hacía que mi corazón se detuviera igual que la primera vez.

Estuvo un rato colocando el micrófono y los cables y conectando la guitarra y el amplificador y a los pocos minutos comenzaron a sonar los primeros acordes de la que era ya nuestra canción: *Perfect.*

En aquel momento, sentada en mi apartamento parisino entre los miles de libros que dormían en las estanterías y prácticamente a oscuras, iluminada tan solo por la pantalla del ordenador y la luz de su música y su sonrisa, todo era perfecto.

A *Perfect* le siguieron *Non me lo so spiegare*, *Shut up and dance*, *Valerie*, *Falling slowly* y la canción de *Friends*, con la que todos nos seguíamos emocionando. Aunque uno de los mejores momentos era cuando Matteo cantaba *I've had the time of my life* y siempre había alguna pareja espontánea que se lanzaba a emular el famoso salto de Patrick Swayze y Jennifer Gray en *Dirty Dancing* —por lo general con poco éxito y con algún que otro accidente que solía terminar por los suelos.

Cogí el móvil y le mandé un mensaje: «Deberías hacer un vídeo recopilatorio de todos los momentos *Dirty Dancing*... ¡No tienen desperdicio! Bonita bufanda, por cierto». Y un emoticono guiñando un ojo. A continuación, silencié el móvil y me puse cómoda en el sillón, echándome una manta por encima y dispuesta a pasar las siguientes dos horas disfrutando de la música de Matteo y de la sonrisa más bonita del mundo, que de vez en cuando dirigía a cámara y me volvía a revolucionar el corazón.

Así pasaron las siguientes semanas, entre cenas con mis amigos —Thomas se había incorporado ya definitivamente a nuestro grupo, aunque iba y venía en función de su agitada vida social y amorosa—, algunas noches en casa de Juan y la mayoría en la mía, escribiendo hasta altas horas de la madrugada. La mayoría de los días era Agatha la encargada de abrir la librería, con lo que no tenía que madrugar demasiado y había descubierto que por las noches era mucho más productiva escribiendo.

Había entrado ya en una cierta rutina que implicaba volver caminando desde The Red Wheelbarrow Bookstore, pegarme una larga ducha, ponerme cómoda y cenar cualquier cosa mientras veía tocar a Matteo —los días que tocaba, que eran tres o cuatro a la semana—. Después me sentaba en el escritorio frente al enorme ventanal y me ponía a escribir. Me había dado cuenta de que cuanto más escribía, más me apetecía seguir haciéndolo. Estaba ya tan metida en la historia que me encontraba a menudo a lo largo del día, en los momentos más aleatorios, pensando en los personajes, las escenas... Era mi novela y en ella podía suceder lo que yo quisiera.

Podía vivir una apasionada historia de amor con un músico italiano o una tierna historia con un hombre que me adoraba y que, sobre el papel, lo tenía todo para hacerme feliz. El poder para cambiar mi destino y elegir uno u otro camino lo tenía en mis manos. O, más exactamente, en las teclas del ordenador. Ojalá todo fuera tan fácil en la vida real.

En todo caso, estaba disfrutando mucho del proceso y escribir era mi parte favorita del día. A veces, si me levantaba temprano, me iba a la librería y me encerraba a hacerlo en el pequeño y acogedor despacho que habíamos habilitado en la parte de arriba. A media mañana bajaba con dos tazas de té y charlaba un rato con Agatha.

—Caramba, niña —me dijo mi adorada jefa una de aquellas mañanas—, estoy encantada de tener a una joven promesa escribiendo aquí su primera novela, vaya eso por delante, pero tienes que salir un poco a que te dé el aire. Te estás quedando tan blanca como las páginas de los libros.

—No te preocupes, Agatha. ¡A veces hago planes y todo! —Le sonreí mientras tomaba un trago de un delicioso té que había traído de Londres—. Esta noche ceno con las chicas. Bueno, y con Thomas. Ya sabes que es una más.

—Ay, pues mira qué bien. Y cuánto me alegro por Thomas. Le has dado mucha vidilla desde que llegaste. Creo que amores tenía muchos; buenos amigos, no tantos.

—Me alegra haberle encontrado... ¡Y a ti! Venir a trabajar con semejante compañía no está pagado con dinero.

Lo dije de corazón. Ni en mis mejores sueños había pensado encontrar gente tan maravillosa en París. No hacía falta más que oír a Marta hablar de sus compañeros de trabajo franceses, a excepción de Léa. Ni siquiera su marido, que era parisino de pura cepa, hablaba muy bien de los suyos, salvo un par de ellos. Era una afortunada y lo sabía.

Aquella noche había quedado con Marta, Léa y Thomas en La Closerie des Lilas, uno de mis restaurantes favoritos de la ciudad. Celebrábamos el cumpleaños de Léa y le había tocado a ella elegir sitio. Los cuatro nos pusimos guapos para cenar y salir después a tomar un cóctel por alguno de los históricos bares de Montparnasse.

Léa apareció absolutamente radiante, no solo por el espectacular vestido negro y la cazadora de cuero estilo aviador que estrenaba aquella noche y con la que estaba «cañón», como le dijo el propio Thomas, sino por el estado de felicidad que asomaba por cada poro de su piel.

—Creo que podemos asegurar, sin miedo a equivocarnos, que las cosas van bien con Daniel, ¿no? —le pregunté a mi amiga, a quien debían de dolerle todos los músculos de la cara de tanto como sonreía. Parecía una quinceañera enamorada, lo cierto es que estaba graciosísima.

—Ay, sí —suspiró—, estoy feliz. Llevamos ya casi dos meses viviendo juntos y de verdad que no puedo estar más feliz. Su ex sigue dando la lata, pero creo que hasta él se está hartando y dándole largas. Últimamente le noto más distante respecto a ella y ya prácticamente ni la menciona... ¡No sabéis qué alivio! Llegó un punto en el que parecía que éramos tres en esta relación.

Me mordí la lengua para no verbalizar lo que probablemente estábamos pensando todos: que ya habían sido tres en la relación cuando ella y Daniel empezaron a verse, estando él aún casado.

—En fin, que se ha ido tres días a un torneo de golf y ya le echo de menos, así que distraedme con otras historias, porfa —nos dijo con un pequeño mohín.

Thomas nos relató a continuación con pelos y señales el drama amoroso que estaba viviendo, digno de una película de Almodóvar. El actor del que se había enamorado había resultado ser bisexual y vivía en aquellos momentos con la que era su novia desde hacía varios años en un espectacular apartamento en pleno Marais. Tras la resistencia que había mostrado en un principio, Éric —así se llamaba el chico— terminó sucumbiendo a los encantos de Thomas —como todos—, y en las últimas semanas se habían encontrado varias veces, siempre en la pequeña buhardilla de mi amigo.

—Sé que no me creéis y es normal porque lo digo de todos —nos confesó, con el rostro más serio que de costumbre—, pero le quiero. No solo le quiero; hay una atracción increíble, una conexión como no he tenido nunca con nadie. Me cuesta pensar que esté con una tía, en serio. No entiendo nada.

—Pero ¿habéis hablado de ello? —Marta verbalizó lo que todos estábamos pensando—. ¿Cuál es el plan? ¿La va a dejar? ¿Quiere seguir con ella? Necesitamos más información.

—Sí, en este grupo tenemos lo que se dice pasión por el detalle —le sonreí, cariñosa—. Además, no queremos que sufras.

—*Je sais.* Es que no sé qué deciros. Cuando estamos juntos saltan más fuegos artificiales que el 14 de julio en el Trocadero. Pero tampoco tengo muy claro que quiera dejarla... —Thomas parecía buscar las palabras para intentar decirnos algo que claramente le incomodaba—. A ver cómo os lo explico. Éric es actor. Normalito. Vamos, un cañón y un dios griego que además tiene cerebro, pero sus ingresos no son los de Bradley Cooper. No como para vivir donde vive ni llevar el tren de vida que lleva...

Ninguna de las tres nos atrevimos a intervenir y nos limitamos a mirarle, a la espera de que verbalizara lo que a todas se nos estaba pasando por la cabeza.

—Sí, chicas, sí. Diría que está con ella por interés. Por no decir algo peor.

—¿La has visto alguna vez? ¿Sabemos algo de ella? —preguntó Léa, que parecía genuinamente fascinada con la historia.

—No sé lo que estaréis pensando. No es la típica señorona, para nada. Una chica muy normal. Vamos, normal —y miró a Léa—, como tú. Niña bien, de familia bien, que estudió Historia del Arte y su papá le ha montado una galería en el Marais para que la nena se entretenga.

Imaginé que a Thomas, artista en ciernes, aquello le dolía especialmente. Miré a mi amigo y lo sentí por él. Era cierto que en los casi nueve meses que hacía que le conocía nunca le había visto tan enganchado a nadie, ni que le durara tanto tiempo. Y, para una vez que se enamoraba de alguien, le salía una historia de lo más complicada.

Estuvimos animándole lo mejor que supimos y sugiriéndole que hablara con él, por lo menos para saber qué esperar.

—De todos modos —intervino Léa—, es muy fácil ver las cosas desde fuera. Pero cuando te enamoras..., te da igual todo. Te lo digo por experiencia. Aunque Daniel me hubiera dicho que jamás dejaría a su mujer, no sé si me habría visto capaz de terminar mi historia con él. Estaba completamente ciega de amor; no verlo más me hubiera parecido casi como dejar de respirar.

—Justo —dijo Thomas, sintiéndose comprendido—.

Quizá sea preferible no preguntar. A veces se vive mejor en la ignorancia.

—Ay, yo no puedo. —Esta vez fue Marta la que habló—. Yo necesito saber. Luego ya tomaré las decisiones que considere oportunas, pero para mí es imprescindible tener toda la información.

El camarero se acercó a retirar los platos y tomar nota del postre y, cuando se fue, la conversación se centró en mí.

—A ver, pasión por el detalle —me sonrió Marta—. Te toca a ti ponernos al día, que eres la que más frentes abiertos tiene. Me siento una aburrida con mi anodino matrimonio con Bastien, en serio os lo digo. En cierto modo me da envidia, pero al final del día agradezco volver siempre a casa con mi chico. Cuando está en casa, claro, porque la mitad del tiempo está volando. Pero hasta en eso es perfecto; tenemos tiempo incluso para echarnos de menos y disfrutar un poco de nuestro espacio.

En ese sentido, Marta y yo éramos iguales. Disfrutábamos en pareja compartiendo todas las horas del mundo juntos, según el momento, pero también necesitábamos nuestro espacio. De lo contrario, la relación terminaba por asfixiarnos. Las dos éramos espíritus en cierta medida libres, con numerosas inquietudes y aficiones a las que nos gustaba dedicar tiempo solas. Éramos felices pasando una tarde en casa leyendo o viendo doce capítulos seguidos de *Friends.* O visitando un museo a nuestro aire. O simplemente no haciendo nada. Pero a solas. Nos llevábamos bien con nosotras mismas y la soledad nunca nos había dado miedo. Quizá por eso —pensaba yo— Marta había elegido tan bien a su marido. Porque no lo había hecho desde la desesperación, como tantos casos había visto ya, de pensar que se quedaría soltera. Sino que había elegido conscientemente a aquel que entendía que necesitaba su espacio, lo respetaba, y al mismo tiempo completaba su vida, haciéndola mejor.

Para mí, Marta y Bastien personificaban ese ideal de pareja que yo jamás conocería. Pero que envidiaba como el ateo que envidia a aquellos que tienen fe, y lamenta no poder encontrar consuelo y alivio en ella.

Probablemente fue efecto de los dos brownies que compartimos, o quizá de las dos botellas de vino que nos habíamos tomado en la cena; el caso es que, una vez llegaron los postres, decidí abrir mi corazón a mis amigos y aprovechar para pedirles que opinaran. Eran tan diferentes entre sí que conformaban un buen consejo de sabios, con puntos de vista complementarios, que, a menudo, habían demostrado ser muy útiles.

Así fue como les conté que llevaba semanas prácticamente encerrada escribiendo mi novela. Apenas estaba viendo a Juan, salvo en contadas ocasiones. Nos juntábamos alguna que otra noche para cenar y al laberinto de los libros solo lo acompañaba algunos fines de semana. Había un motivo para ello.

—Matteo toca siempre las noches de los viernes y los sábados —confesé por primera vez en voz alta—. Y si me voy el fin de semana con Juan, pierdo la única oportunidad que tengo de verlo.

Como preveía, se hizo el silencio en la mesa.

—Eso no es muy buena señal, ¿no? —pregunté mirándoles a todos, que se limitaban a arquear las cejas—. Ya lo sé, no contestéis. Dejo de pasar los fines de semana con mi novio para poder ver en la distancia a un chico por el que estoy loca y al que apenas conozco. Estoy para que me encierren.

—Tú lo has dicho —dijo Thomas con cara de circunstancia—. Pero vamos, que lance aquí la primera piedra quien no esté como las maracas y haya hecho locuras similares.

—Es cierto —asintió Marta, mientras metía mano al brownie—. Al final el amor es algo irracional. Y te conozco ya desde hace lo suficiente como para saber que no te conformas con lo cómodo. La rutina nunca ha sido lo tuyo, Mari.

—Correcto. Pero normalmente tengo todo más claro y ahora mismo estoy hecha un lío. A ver —decidí verbalizar todo lo que me había pasado por la cabeza en las últimas semanas—, tampoco es que Matteo me haya dado pie a nada. Parece que tengo que decidirme entre dos posibles parejas y nada más lejos de la realidad... Aunque dejara a Juan, al que no quiero hacer daño, tampoco tengo la certeza de que pudiera haber algo con Matteo. Es más, creo que ahí hay algo que desconozco y que impide que pueda ocurrir nada...

—Y otra cosa, Isabelle —añadió Thomas—: apenas has hablado con este chico, no lo olvidemos. Podría ser tonto.

—¡Thomas! —Le di un cariñoso pero contundente golpe en el brazo que casi hace salir volando el trozo de brownie que tenía en esos momentos en la cucharilla.

—En serio. ¿Qué sabemos de él? ¿Habéis tenido alguna conversación que no versara sobre música o los cuatro datos de información básica sobre cada uno?

Lo cierto era que no, pero tampoco me hacía falta para saber que era un chico tremendamente sensible, generoso y con un enorme corazón. Un chico del que podría enamorarme.

Después de la cena y un par de cócteles en La Coupole, cada uno nos retiramos a casa; yo volví con Marta hasta la nuestra y al despedirnos en el portal mi amiga se dirigió a mí.

—Mari, ya sé que piensas que vivo en la relación perfecta, y la verdad que para mí lo es —me dijo, poniéndome las manos sobre los hombros—. Pero también te digo que envidio tu capacidad de amar y de arriesgar por amor. De no quedarte jamás con la duda. Tu instinto no te ha fallado nunca, ¿no? No te achantes ahora. Y mira que tiene mérito que te lo diga, ya sabes que soy muy fan de Juan.

Tras despedirnos subí a mi apartamento, donde me di una larguísima ducha antes de meterme en la cama con un libro del que no conseguí leer una sola página. Miré el mensaje que Juan me había enviado un par de horas antes: una foto del libro que estaba leyendo —el último de Roberto Bolaño— frente a la chimenea, con una única frase: «Echándote de menos. Pásalo bien con tus amigos. Te paso a buscar mañana para cenar. Tq».

Dejé el móvil sobre la mesilla y me quedé mirando al infinito a través del inmenso ventanal por el que podía ver la luz encendida en casa de Marta. Pensé en las palabras que me había dicho en el portal y tomé, por fin, una decisión. Apagué la luz y me fui a dormir, sintiendo que el peso sobre mis hombros había disminuido ligeramente.

Al día siguiente, en la cena, dejé a Juan.

12

DE LONDRES A PARÍS

Ya estábamos en abril y París estaba más bonito que nunca. El sol comenzaba a calentar a mediodía y Thomas y yo habíamos retomado nuestros pícnics a la hora de comer en el Jardín de Luxemburgo. La vida me sonreía tras unas primeras semanas en las que me costó concentrarme hasta en las tareas más insignificantes. Por fin volvía a ser yo misma y disfrutar de cada momento.

Hacía ya casi tres meses que había roto mi relación con Juan, a quien aquella ruptura pilló completamente por sorpresa y la tomó con una frialdad que no hizo sino reafirmarme en mi decisión. Incluso llegué a pensar que no le había importado tanto. Le dije que le quería, pero que no estaba segura de estar enamorada, y que quizá fuera mejor romper todo contacto durante un tiempo.

—Pero espero de verdad que podamos ser amigos algún día —le dije de corazón, porque así lo deseaba.

Él dijo que respetaría mi decisión y no pude evitar recordar a aquel primer gran amor del que me había hablado y con el que rompió radicalmente cuando se dio cuenta de que ella jamás iba a visitarle a él y no mostraba ningún interés. ¿Me haría a mí lo mismo? ¿Desaparecería para siempre?

Decidí que pasaría lo que tuviera que pasar y que realmente yo no podía hacer nada. Había tomado la decisión que me parecía más honesta, que era no continuar en una relación en la que no estaba cien por cien implicada.

Aunque los primeros días le eché mucho de menos y tuve mil y una tentaciones de escribirle, no lo hice.

—Isabelle —me decía Thomas—, muérdete los muñones si hace falta, pero no le escribas. Si te entran ganas de hacerlo, me escribes a mí. Yo te prometo contestarte con algo simpático que te haga sonreír. Pero, de verdad —mi amigo se puso serio—, no lo hagas. No, salvo que estés completamente segura de que quieres volver. Sino, vas a parecer una veleta.

Mi amigo, por supuesto, tenía toda la razón. Le hice caso. Tanto, que borré el número de Juan de mi móvil para evitar tentaciones. Él tampoco volvió a la librería —una vaga esperanza que yo albergaba— y hasta me sentí un poco mal por haberle hecho perder un cliente a Agatha. Cierto día a mediados de marzo se lo comenté y la respuesta de aquella mujer a la que ya adoraba me sorprendió.

—No te preocupes, querida. Sigue comprando en la librería. —No pude evitar alzar las cejas—. Lo hace a través de esa web tan maravillosa en la que tanto has trabajado. Irónico, *isn't it?*

Y tanto que lo era. No supe si sentirme mejor... o peor. Decidí apartar a Juan de mi mente y empezar a disfrutar de mi vida de soltera. No al estilo que imaginaría la mayoría de la gente, sino al mío. Al que realmente me hacía feliz.

Pasé esos meses trabajando en la librería más horas de las que me correspondían, traduciendo más allá de mis posibilidades y escribiendo hasta la madrugada. Escribiendo mucho. La novela había avanzado rápidamente y apenas me quedaban cuatro o cinco capítulos para terminarla. No veía el momento, aunque al mismo tiempo no quería despedirme de aquellos personajes y aquella historia que tan buenos momentos me estaban regalando.

Por supuesto, seguí viendo tocar a Matteo fielmente desde la distancia. De vez en cuando intercambiábamos algún mensaje, aunque limitándonos a hablar sobre música, el tiempo y cosas de una trascendencia similar.

Fueron varias las ocasiones en las que pensé en irme a Londres a verle por sorpresa. Hasta llegué a sacar un billete de avión que nunca usé, ya que le envié varios mensajes la semana anterior que quedaron sin respuesta, y no me atreví a ir sin saber siquiera si estaba en Londres o se había ido a Italia a ver a su familia.

Yo era una persona que siempre había hecho ese tipo de locuras por amor. Algunas habían salido mejor que otras, pero jamás me había arrepentido de llevarlas a cabo. Sin embargo, por algún motivo, Matteo me importaba demasiado. No quería dar ningún paso en falso, y en aquella ocasión me había instalado en la idea romántica de que si tenía que ocurrir, ocurriría. Él vendría a buscarme. O me enviaría alguna señal. Pero lo cierto es que hasta aquel momento las únicas señales que me llegaban me llevaban a pensar que algo sucedía en su vida que le impedía acercarse a mí. Era una barrera invisible a ojos ajenos, pero que yo era capaz de ver desde el otro lado del Canal.

A menudo le enviaba, sin embargo, alguna canción que creía que sonaría preciosa con su voz y su guitarra, proponiéndole que las incorporara a su repertorio. Me gustó una, en especial, cuya letra me recordó a él, o más bien a lo que él me hacía sentir: *A te*, de Jovanotti.

En nuestros mensajes siempre intercambiábamos palabras cariñosas y yo estaba deseando reencontrarme con él, pero cada vez que creía que había llegado el momento de volar a Londres —como la ocasión en la que había sacado el billete—, de repente dejaba de contestar a mis mensajes. Al cabo de unos días reaparecía... Y así cada semana. No obstante, lo único que conseguía con eso era que cada vez tuviera más ganas de volver a verle. ¿Sería eso lo que buscaba?

Llegué a contarle que él había sido la inspiración para uno de los protagonistas de mi novela, aunque nada de lo que sucedía en ella se asemejara lo más mínimo a nuestra historia. Para mi sorpresa, se mostró genuinamente emocionado y le conmovió enormemente. Me dijo que estaba deseando leerla, aunque no veía yo muy claro cómo, teniendo en cuenta que la estaba escribiendo en español. Pero como me había dicho Léa: «Minucias. Chica, que es italiano, no ruso. Si quiere leerla, lo hará. Además, ¿quién dice que no será un gran éxito y la terminarán traduciendo al italiano o al inglés?».

Aquellas palabras se quedaron resonando en mi cabeza varios días. Lo cierto es que estaba escribiendo aquella novela para mí. Bueno, y para Matteo. No había pensado ni por lo más remoto en la opción de publicarla y que la leyera más gente aparte de nosotros dos, Léa, Marta, Thomas... Y alguien que llegara a ella probablemente por error.

En todo caso, yo continué escribiendo, que era lo que me permitía seguir teniendo a Matteo cerca de algún modo. Aún no sabía que pronto le tendría más cerca de lo que pensaba.

Aquella tarde de mediados de abril había quedado a tomar algo con Marta y Léa en La Maison Sauvage después del trabajo. Pedimos unas copas de vino y unas *frites*

—a petición mía— y después de un rato observando cómo mis amigas intercambiaban miradas entre sí ya no pude más.

—¿Me vais a decir qué pasa o no?

De nuevo esas miradas cruzadas. Silencio. Sonrisas. Habló Marta.

—A ver, Mari. ¿Te acuerdas del superlanzamiento ese que te comenté que iba a organizar la editorial para la última novela de David Mercier?

David Mercier era un joven escritor francés de lo más misterioso. Había comenzado a escribir pasados los treinta e iba a novela por año, cada vez con más éxito. No utilizaba las redes sociales y apenas concedía entrevistas, lo que por supuesto provocaba que el interés por su figura fuera en aumento. Ahora llevaba tres años sin publicar y se esperaba que su nueva novela fuera el mayor fenómeno editorial del año. Hasta Agatha había encargado para la librería un número inusual de ejemplares.

—Sí, claro —respondí, sin entender muy bien qué tenía que ver aquello conmigo.

—Bueno —esta vez fue Léa, que no podía aguantar más, la que se lanzó a hablar—, pues han decidido que van a hacer un mega fiestón en un palacete de Le Marais.

—¿Y va a ir? —pregunté sorprendida.

—Sí, ya ha confirmado. —A Léa, por algún motivo, aquello le parecía lo de menos.

—¡Pues invitadme! Sabéis que me encanta cómo escribe... ¡Es de los pocos autores de los que me he leído todos los libros! Además —añadí, sonriente—, por fin voy a poder estrenar aquel vestido un poco putón que me compré contigo, Marta, cuando acababa de llegar a París. ¿Te acuerdas?

—¡Hombreee...! —Mi amiga sonrió y a continuación

pegó un respingo—. De hecho, es el vestido que debes ponerte. Porque hay algo más.

Lo que vino a continuación no lo esperaba, y fue, probablemente, el momento más feliz de los últimos meses. Marta y Léa me explicaron que la editorial había alquilado un palacete con jardín para organizar en él la fiesta y que estaban buscando a algún grupo o músico que ambientara la velada. A mis amigas, por supuesto, les había faltado tiempo para pensar en Matteo.

—¿Crees que querría? Pagan bastante bien —añadió Léa—. Están tirando la casa por la ventana con esta fiesta... Además de los honorarios le pagarían el traslado hasta París. Lo que no tengo claro es el tema del alojamiento. —Miró a Marta interrogante.

—Seguro que se podría arreglar. —Y dirigiéndose a mí, dijo—: ¿Quieres preguntarle? Solo si te apetece. Pero me da la sensación de que ahí hay *some unfinished business* y hasta que no lo resolváis de la manera que sea no vas a poder avanzar. Además, viviendo en países distintos no va a haber muchas oportunidades como esta...

Mis amigas, cuyos ojos estaban posados en mí y cuya sonrisa apenas podían contener, esperaban mi respuesta. Por supuesto, tenían razón en todo y tuve claro que tenía que ofrecérselo a Matteo. Al fin y al cabo, quizá no querría venir y ahí se terminaría todo.

Aquella misma noche al llegar a casa, después de varias copas de vino con mis amigas y separarme de Marta en el portal bajo la promesa de decirle algo sobre el tema al día siguiente, escribí a Matteo. Un mensaje que, como todos los mensajes importantes, escribía y pulía primero en la aplicación de notas del móvil hasta dejarlo perfecto:

«Ciao, Matteo! Dos de mis amigas trabajan en una editorial que va a montar una fiesta en un palacete de París para el lanzamiento de un nuevo libro. Están buscando a alguien que pueda tocar esa noche y he pensado en ti. No sé si te interesaría, y no te quiero poner en una situación incómoda. Cuando puedas me dices. Espero que todo vaya bien por Londres; echo de menos las noches en Covent Garden escuchando tu música... *Baci*».

Releí el mensaje varias veces después de enviarlo, y dejé el móvil sobre la mesilla, con la firme intención de no volver a mirarlo hasta la mañana siguiente.

Cuando a las ocho de la mañana miré la pantalla, un mensaje destacaba sobre los demás: «Cuenta conmigo. Contando los días».

Las siguientes semanas transcurrieron a toda velocidad y, aun así, mucho más despacio de lo que me habría gustado. El tiempo en París estaba loco: tan pronto lucía un sol espléndido que permitía comer en una terraza como comenzaba a diluviar de tal modo que Thomas y yo teníamos que salir saltando sobre los charcos del Jardín de Luxemburgo a mitad de nuestro pícnic.

Pero estaba tan feliz ante la inminente llegada de Matteo a París que todo me parecía bien. Cada semana llevaba flores frescas a la librería, hacia donde me dirigía sonriendo por el camino a todos aquellos con quienes me cruzaba. Entablaba largas conversaciones con los clientes, preparaba deliciosos tés para Agatha y para mí e incluso les llevaba alguno a Thomas y a su huraño jefe.

No paraba de hacer cosas en todo el día, como si algo me impidiera estar quieta. Cualquier cosa antes que sentarme a observar lo lento que pasaba el tiempo. Incluso comencé a cocinar (cosas sencillas, eso sí). Vivía en un estado de perpetua felicidad, realmente sin motivo, puesto que nada había cambiado salvo el hecho de que volvería a ver aquella sonrisa. Pero no había promesa de nada. Matteo llegaría el día antes de la fiesta y se alojaría durante dos noches en un pequeño hotel cerca del Jardín de Luxemburgo.

El día acordado lo pasaría en el pequeño palacete ensayando, pero la noche de su llegada me había ofrecido a ir a buscarle al hotel para llevarle a cenar y el día después de la fiesta lo pasaríamos también juntos hasta su regreso a Londres a última hora de la tarde.

Tenía unas ganas inmensas de que llegara aquel momento y no podía ocultarlo. Al igual que las embarazadas, que mueren de ilusión por ver la cara de su bebé y dicen disfrutar también enormemente del tiempo de embarazo, yo estaba viviendo este período como una dulce espera, en un estado de felicidad casi infantil del que no quería despertar.

Finalmente, el 23 de abril llegó y con él la sonrisa más bonita del mundo, que aterrizaba en París con su guitarra y la expectativa de pasar unos días inolvidables en la capital francesa. O eso quería pensar yo. Ofrecerme a recogerle en el aeropuerto, dado que no tenía coche, me pareció un poco demasiado, además de que la editorial le había facilitado un vehículo para trasladarle hasta el hotel. Así que directamente quedé con Matteo en recogerle allí a las ocho para ir a dar un paseo y cenar. Me había costado elegir sitio; no quería que fuera un lugar ni muy formal, ni muy romántico ni muy turístico.

Terminé decidiéndome por Le Relais de l'Entrecôte, una apuesta arriesgada dado que solo tenían un plato en la carta; o, mejor dicho, ni siquiera había carta. El plato estrella, el único que servían, era un espectacular entrecot con una deliciosa salsa de pimienta y unas patatas fritas de esas que me llevaban por el camino de la perdición, todo ello precedido de una ensalada con nueces aderezada con una sabrosa vinagreta.

El único inconveniente era que no aceptaban reservas y solía haber cola, pero entre semana no tendríamos mucho problema. Tras cerrar la librería, invertí unos buenos veinte minutos en arreglarme en la trastienda para gran gozo de Agatha, que se estaba divirtiendo de lo lindo.

—Tengo que reconocer que siento un poco de lástima por Juan —me dijo, mientras observaba cómo me maquillaba frente al espejo—, pero te pones muy graciosa cuando estás tan ilusionada.

Tras obtener su visto bueno al modelito escogido, salí corriendo hacia el hotel. Llegaba unos minutos tarde y además di un rodeo mayor del necesario para evitar pasar por delante de casa de Juan. Aquella noche no quería sorpresas inesperadas; no al menos de las desagradables.

Cuando llegué al hotel, Matteo me esperaba sentado en la recepción leyendo una revista en cuya portada (¿en serio estaba pasando esto?) aparecía el Presidente francés junto a varios miembros de su equipo, incluido Juan. Cualquiera diría que mi exnovio quería estar presente a toda costa en mi noche mágica.

Matteo levantó la cabeza de la revista en tal momento y me dedicó una de sus maravillosas sonrisas. De inmediato se me pasaron todos los males. Me saludó con un caluroso abrazo y nos dirigimos hacia el restaurante dando un agradable paseo.

Diría que los dos estábamos un poco nerviosos al principio y la conversación versó sobre los temas más socorridos: cómo estaban siendo aquellos días en Covent Garden, mi trabajo en la librería, algunos encargos curiosos de traducciones y poco más. Le pregunté si había seleccionado ya las canciones que tocaría en la fiesta al día siguiente y me confirmó que sí, a falta de cerrar la lista definitiva con la editorial por la mañana, pero no me quiso adelantar nada.

—Prefiero que sea sorpresa. —Sonriéndome, añadió—: Igualmente te sabes ya casi todo mi repertorio, me parece a mí...

Me sonrojé pensando en la cantidad de noches que había pasado escuchándole tocar desde la placidez de mi apartamento, viéndole a través de la pantalla y deseando estar allí. Ahora le tenía frente a mí, en carne y hueso, y estaba tan nerviosa que apenas lo estaba disfrutando.

—¿Te gusta vivir en París? —La pregunta me pilló desprevenida y medité bien la respuesta.

—Me gusta quién soy cuando estoy en París, como diría un amigo —contesté, recordando a Máximo—. En Madrid me había instalado en una rutina que no acababa de llenarme, pero es que, para empezar, la rutina no es lo mío. Antes de venir aquí, viví unos años bastante duros —le expliqué, sin entrar en detalles— y simplemente me estaba dejando llevar por la corriente. No podía dejar pasar la oportunidad de instalarme en una ciudad que me enamoró desde la primera vez que la vi. Y lo cierto es que no me ha decepcionado en absoluto. Aquí soy otra persona.

—Te entiendo perfectamente. —Matteo asintió con la cabeza, al tiempo que me cogía del brazo para evitar que un coche me atropellara al cruzar el Boulevard Saint-Michel—. Me pasa lo mismo con Londres. En Italia llevaba una vida que me gustaba, tampoco me puedo quejar. Pero mi sueño era vivir de la música y tenía claro que allí no iba a conseguirlo. Que sería siempre un *hobby*, pero no mi sustento financiero. La primera vez que visité Londres, supe que era allí donde debía estar. Y a día de hoy lo sigo pensando. Allí soy quien quiero ser. Vivo de mi música y encima tengo la oportunidad de conocer a gente maravillosa.

Me sonrió y yo creí morirme. ¿Cómo podía ser que con casi cuarenta años aún me temblaran las piernas ante un chico, como si fuera una adolescente llena de hormonas?

Continuamos hablando sobre Londres y París hasta que llegamos al restaurante donde, como era de suponer, había una pequeña cola, aunque no tuvimos que esperar más de cinco minutos.

A pesar de mis temores iniciales, y recordando las palabras de Thomas —¡maldito Thomas!— advirtiéndome que el chico podría ser tonto, descubrí que no solo no lo era en absoluto, sino que tenía una cultura muy superior a la mayoría de la gente que había conocido y una gran conversación.

Matteo era un gran lector y, aunque nuestros gustos diferían un poco, encontramos muchos puntos en común. También nos reímos de nuestras diferencias: él doblaba la esquina de la página para señalar por dónde se había quedado leyendo, a mí aquello me parecía un sacrilegio; yo no soportaba subrayar los libros y él hacía tantas anotaciones que a veces había en las páginas más texto suyo que del autor.

A los dos nos encantaba, sin embargo, pasar horas en las librerías de segunda mano y en los mercados de libros. Me habló de algunos de Londres y yo prometí llevarle al del Parque Georges Brassens si algún día volvía en fin de semana.

De la literatura pasamos a la música, comentando los conciertos a los que habíamos ido de jovencitos y comparando gustos que resultaron, estos sí, muy similares. Me comentó que tenía una inmensa colección de vinilos y que para él eran su tesoro. Siempre tenía puesta música en casa y siempre estaba aprendiendo nuevas canciones. Le escuchaba, embobada, pensando en lo refrescante que resultaba oír a alguien hablar de su pasión, de su sueño. Lo bonito que era compartir aquello con otra persona. Por un momento mi mente viajó en el tiempo y recordé a Diego y su pasión por los libros antiguos. Aquello era parte de lo que me había enamorado de él. Igual que la pasión de Juan por su trabajo y por su refugio, el laberinto de los libros. Pero la de Matteo era totalmente diferente; nada tenía que ver con libros raros y antiguos, aunque también le gustaran. Su pasión era la música. Me estaba descubriendo un nuevo mundo, uno con banda sonora. Aquello me tenía hipnotizada.

—Háblame de tu novela. —Matteo interrumpió mis pensamientos mientras nos servían el café—. ¡Me tienes intrigado!

—Bueno, espero que no tardes mucho en poder leerla —le sonreí, misteriosa—. Aún me queda un poco y no pienso contarte nada antes de que esté acabada. Solo que me inspiraste para volver a escribir en un momento en que tenía la novela atascadísima y, en agradecimiento, uno de los protagonistas está inspirado en ti.

—¡Vaya! De verdad que es un honor —dijo, mientras se llevaba la mano al corazón—. No creo que uno aparezca todos los días en una novela. ¿Cuánto de realidad y cuánto de ficción hay en la historia? ¿Y en mi personaje? ¡Algo me tendrás que adelantar, no me dejes así...! Al menos háblame de tu vida de escritora...

Matteo se mostró genuinamente interesado en mi proyecto y me pidió que le contara cada detalle, desde cómo había nacido mi pasión por la escritura hasta cómo iba a ser la portada del libro. Ni mis propias amigas habían mostrado tanta curiosidad, aunque me apoyaban a diario en mi idea.

A Matteo le esperaba un intenso día de preparación, ensayos y concierto al día siguiente, por lo que decidimos no retirarnos demasiado tarde. Después de cenar le acompañé dando un paseo de vuelta al hotel.

Me encantaba pasear de noche por las callejuelas de París e intentar intuir lo que ocurría dentro de aquellas casas de grandes ventanales.

—¿Sabes? —me contestó Matteo cuando se lo dije—. A mí me encanta subirme por la noche en Londres al piso de arriba de los autobuses y mirar por las ventanas de las casas iluminadas. Ver cómo la gente prepara la cena, recibe a sus amigos o juega con sus hijos. Es como si me dejaran ver un trocito de su vida.

Continué caminando a su lado, conteniendo las ganas de cogerlo de la mano. En aquel momento eché de menos fumar —lo había dejado muchísimos años atrás—, aunque solo fuera por tener las manos ocupadas en algo. Con todo, mi fuerza de voluntad bastó para llegar sin contacto alguno hasta la Rue de Vaugirard, donde se encontraba el hotel.

Nos quedamos de pie el uno frente al otro, pero recordé el momento extraño en Covent Garden y no tuve el valor de hacer nada. Fue Matteo el que se acercó a mí y me abrazó. Me arropó con dulzura durante varios segundos entre sus brazos. Aunque al principio yo me mantuve ligeramente nerviosa, enseguida me relajé y me dejé envolver, deseando que no terminara nunca.

—Muchísimas gracias por una noche perfecta —me susurró al oído—. Una cena deliciosa, y eso que soy vegetariano.

—¡No! —Me separé de él, horrorizada—. ¿Por qué no me lo has dicho?

No hizo falta que contestara, porque para entonces estaba ya riéndose viendo mi cara de pánico.

—Es broma, es broma... No te enfades.

—¡Tonto! —Le di un pequeño golpe cariñoso en el brazo y puse mi mejor cara de compungida—. Casi me matas del disgusto.

—*Scusa.* La tentación era demasiado grande. —Me obsequió con una de aquellas sonrisas que impedía que pudiera enfadarme, jamás, en la vida, por nada, con él.

—Estoy deseando escucharte cantar de nuevo —le sonreí—. Es mucho mejor que verte a través de una pantalla.

—¡Espero no decepcionar!

—Estoy segura de que no. Ve a descansar, anda, que mañana te espera un día duro. Después de la fiesta, si te apetece, nos podemos tomar algo para celebrarlo.

Para mi tranquilidad, esta vez no hubo cara de susto, sino una preciosa sonrisa... y un cálido beso en la mejilla, que me estuvo ardiendo durante horas.

—*Good night.*

Después, Matteo desapareció dentro del vestíbulo.

Menos de veinte horas más tarde, Marta se encontraba medio desnuda en mi casa —igual que yo—, mientras se probaba una interminable colección de modelitos, entre los suyos propios y algunos que había cogido de mi armario. Entretanto, yo ya me había maquillado y me peleaba con la plancha del pelo en el baño, intentando domesticar la melena que debía haberme cortado ya hacía unas semanas.

Cuando terminé, bajé la escalera procurando no matarme provocando que Marta se quedara clavada donde estaba, con la mitad de un vestido por arriba y la mitad de otro subiendo por sus piernas.

—Madre mía, Isabelle. Estás preciosa —me dijo mi amiga, con la boca abierta—. Si me hubieras hecho caso y hubieras estrenado ese vestido para salir a cenar con Juan, ahora estarías casada con él, ya te lo digo.

—¡Idiota! Si salgo a cenar a cualquier sitio decente con este vestido lo más normal es que acabe detenida por escándalo público. —Me reí, observando el generoso escote con el que no terminaba de sentirme cómoda—. Me alegra tener ese efecto en ti. A ver si tengo el mismo en Matteo y consigo que por fin se lance.

—En esta historia hay algo raro... —concedió Marta—. A ver si conseguimos descubrirlo esta noche. O no, pero que al menos te lleves una alegría para el cuerpo. Podemos seguir viviendo felizmente en la ignorancia.

—¡Anda! Pero ¿no eras tú la que decía que siempre necesitabas saber?

—Bueno, Mari, depende del contexto. —Me miró seria—. Y no te tomes esto a mal, pero esta no es una relación que parezca muy viable, con cada uno viviendo en un país distinto. Y para darte una alegría tampoco hace falta que sepamos su número de pasaporte ni si tiene una mujer en cada puerto.

—En fin, ya veremos. —Me encogí de hombros, resignada pero dispuesta a pasar una noche maravillosa. Era increíble lo que subía el ánimo encaramarse a unos tacones de vez en cuando—. ¿Dónde está Léa, a todo esto? ¿No habíamos quedado en ir juntas desde aquí?

—Sí, pero me mandó un mensaje hace un rato —contestó Marta mientras miraba el móvil—. Un poco raro, por cierto. Que había tenido un pequeño incidente y que nos vería allí directamente.

—Bueno, espero que no sea nada grave. Además, por fin vamos a conocer al famoso Daniel, ¿no?

—¡Correcto! La verdad que tengo curiosidad por estar cerca de este hombre que ha hecho que a Léa no se le haya borrado la sonrisa de la boca desde hace meses. Debe de tener agujetas en la cara.

Sonreí y recordé a nuestra amiga. Su amor por Daniel no había disminuido un ápice desde que él se instaló en su casa, jamás la habíamos visto tan feliz. Sí, yo también tenía curiosidad por conocer al culpable.

Milagrosamente, media hora después estábamos en el coche conducido por Bastien rumbo al palacete. A nuestra llegada, el marido de Marta nos dejó en la puerta mientras se iba a aparcar. Una hilera de antorchas flanqueaba el camino de acceso y por todos lados aparecía gente guapísima —mira que son atractivos los franceses— luciendo sus mejores galas. A pesar de mi vestido, y de la seguridad de saber que me había esmerado con el maquillaje, me sentí pequeñita.

Marta comenzó a saludar a conocidos —de la editorial, supuse— y yo le hice una seña y me adentré hacia el jardín en busca de Matteo. No me hizo falta indagar mucho porque en cuanto accedí al interior escuché aquella voz que ya era capaz de reconocer en casi cualquier lugar.

Sonaban los acordes de *Thinking out loud* mientras unos camareros elegantemente vestidos comenzaban a pasar casi de puntillas entre la multitud que empezaba a ocupar el jardín, ofreciéndoles copas de vino, zumos y refrescos.

Matteo aún no me había visto y quise disfrutar de aquellos segundos antes de que reparara en mi presencia para observarle. Dos chicos le acompañaban en el escenario. Aunque no creía que les conociera ni que hubiera tocado con ellos antes, lo cierto es que formaban un buen conjunto y el resultado era una melodía contundente pero agradable, sobre la que era fácil mantener una conversación.

No pude pensar en nada más porque en aquel momento Matteo me vio e, inclinando levemente la cabeza en mi dirección, me sonrió. Como respuesta, alcé la copa de vino blanco que acababa de coger al vuelo a un camarero que había pasado junto a mí.

Intenté localizar a Léa sin éxito y al final opté por observar la llegada de los invitados desde un rincón junto a una mesa repleta de canapés, pues no había comido nada y estaba hambrienta. Al cabo de unos minutos apareció el homenajeado y reconozco que me impuso. Era la primera vez que estaba tan cerca de un escritor al que admirara tanto y mi primer impulso fue acercarme y preguntarle cómo podía escribir aquellas historias tan maravillosas. Pero me contuve para no avergonzar a mis amigas, que al fin y al cabo trabajaban con él. O para él, en todo caso.

No era el único escritor: reconocí varios rostros más cuyas novelas publicaba la editorial de Marta y Léa. También a algún periodista. Eché de menos a Thomas, que con su faceta maruja habría sido capaz de reconocer a la totalidad de personajes famosos en aquella fiesta. Pero por primera vez había conseguido convencer a Éric para pasar la noche en su casa y ni la promesa de ver a Brad Pitt en persona habría conseguido sacarle de su buhardilla.

Al cabo de unos minutos, Matteo dejó de tocar y alguien de la editorial subió al escenario para tomar la palabra.

—Veo que llego justo a tiempo. —Bastien apareció a mi lado en el preciso momento en que daba comienzo la presentación del libro.

—No me digas que has tardado todo este rato en aparcar —le dije, sorprendida.

—Isabelle, querida, cómo se nota que no conduces en París. Ni se te ocurra hacerlo —añadió, alzando las cejas mientras cazaba al vuelo una copa de vino, tal y como yo había hecho unos minutos antes.

La intervención del director de la editorial resultó muy interesante; pero aún más lo fue la presentación que hubo a continuación, en la que durante la siguiente media hora los allí presentes pudimos disfrutar del privilegio de escuchar a uno de los escritores franceses de mayor éxito del siglo XXI.

El tiempo pasó volando, cuando quise darme cuenta, David Mercier se había bajado del escenario y Matteo se preparaba para comenzar a tocar de nuevo. El corazón me dio un vuelco cuando creí reconocer los acordes de la canción que yo le había enviado apenas unas semanas antes: *A te.* Nuestras miradas se cruzaron mientras su melódica y profunda voz entonaba una letra que para mí quedaría ya para siempre vinculada a él.

Por unos instantes me sentí como si estuviera viviendo en un sueño; esa letra, esa música, esa voz... Una iluminación mágica que conseguía que el jardín de aquel palacete en el centro de París pareciera un castillo sacado de un cuento de hadas. Aquellos ojos azules que, en la oscuridad, iluminada únicamente con las antorchas y unos focos escondidos entre la vegetación, parecían casi negros. Aquella sonrisa que moría por sentir entre mis labios...

—Mari, ¿has visto a Léa? —Marta interrumpió mi momento mágico.

—La verdad es que no —admití mirando a mi alrededor—. La estuve buscando un rato al llegar, pero no di con ella. Es un poco raro, ¿no? ¿La has llamado?

—No, esperaba que tú la hubieras visto o hablado con ella.

—Voy a llamarla a ver. Es capaz de haberse quedado en casa celebrando la presentación con Daniel. —Saqué el móvil del bolsillo y busqué su número. El teléfono sonó varias veces hasta que, según me pareció, rechazó la llamada. Repetí la operación, por si se había confundido de tecla al descolgar, pero obtuve el mismo resultado.

—Qué raro... —me dijo Marta cuando se lo conté—. Bueno, yo os tengo que dejar, que el deber me llama. Vamos, me llama mi jefe. Vuelve a intentarlo más tarde y me dices, porfa. —Marta dio un rápido beso en la mejilla a su marido y desapareció entre la multitud.

—Llama a Léa dentro de un rato, pero antes mira un poco a tu chico, que el pobre no te quita ojo —me dijo Bastien, sonriendo mientras señalaba discretamente a Matteo, que en aquellos momentos cantaba *La vie en rose* con un divertido acento mezcla de varios idiomas.

Pasé la hora siguiente disfrutando de la música de Matteo, que nos deleitó también con algunas canciones italianas, como *Non me lo spiegare*, que en sus labios sonaba incluso mejor que en los de Tiziano Ferro. También disfruté charlando con Bastien, a quien cada vez apreciaba más.

En un momento dado la música en vivo fue sustituida por otra grabada que un DJ se encargó de pinchar desde algún rincón del jardín, para que los músicos pudieran tomarse un descanso. Matteo vino directo a mí y me dio un cariñoso beso en la mejilla, que me hizo enrojecer de inmediato. Efectivamente, parecía que seguía teniendo quince años.

Presenté a Matteo a Bastien, quien le felicitó por la buena selección de canciones. Ambos charlaban animadamente sobre música cuando noté el móvil vibrar en mi minúsculo bolso de fiesta. Lo saqué e inmediatamente vi en la pantalla el mensaje de Léa: «Daniel me ha dejado. Ha vuelto con su mujer».

De repente, Matteo, Bastien, las luces, la gente a mi

alrededor... Todo dejó de existir. Aquello requería medidas urgentes. Sin decir nada a los chicos salí corriendo en busca de Marta y le comuniqué que nos íbamos inmediatamente a casa de Léa. Le mostré el mensaje. La fiesta había terminado para nosotras.

Mientras Marta se excusaba con su jefe alegando algún tipo de indisposición, yo volví a buscar a Matteo, que se estaba preparando en aquel momento para subir de nuevo al escenario. Le dije que tenía una urgencia y había de marcharme, pero que a la mañana siguiente pasaría a buscarle por el hotel para disfrutar juntos de su último día en París.

—No te preocupes por nada —me dijo, posando su mano en mi mejilla—. Te estaré esperando.

No hay persona en el mundo que pueda imaginar lo que me costó separarme de él en aquel momento. Pero acudir al rescate de una amiga cuando está pasando un mal trago era algo que para mí había sido siempre innegociable. Así que cogí mis cosas y me dirigí junto a Marta a la Île Saint-Louis.

Mientras salíamos del palacete podía oírse de fondo una preciosa melodía y una letra que ya me sabía de memoria: *Perfect.*

13

AMORES QUE VAN Y VIENEN

Veinte minutos después, Léa nos abría la puerta de su apartamento hecha un mar de lágrimas.

—Madre mía, Isabelle —me dijo, mirándome de arriba abajo—. Me siento como Miranda cuando se pone de parto y le fastidia a Carrie su última noche con Big. —Un sollozo la interrumpió—. Estás preciosa. Lo siento mucho.

—Pero qué dices, boba... —Me lancé a abrazarla y Marta hizo lo propio. Cerramos la puerta y fuimos a instalarnos en el precioso salón que parecía sacado de una revista.

Marta se acercó a la cocina, que estaba integrada en la misma estancia, y se dispuso a preparar tres infusiones. Mientras Léa se iba al baño a recomponerse un poco, yo me dediqué a recoger los pañuelos de papel que había tirados por la mesa del centro y eliminar en la medida de lo posible todo rastro de tristeza.

Unos minutos después Léa nos contaba lo sucedido.

—Tonta de mí —suspiró, acurrucada entre las dos en el sofá—. Lo veía más tranquilo, no hablaba ya nunca de su mujer, pensaba que ya había quedado todo atrás... No supe intuirlo. Volvió a mediodía de un torneo de golf en Normandía en el que ha estado cuatro días, y así, sin más, se sentó aquí en el sofá junto a mí y me dijo que esto no podía ser.

Marta y yo guardamos silencio y la animamos a beber un poco de la infusión y seguir hablando.

—Me dijo que su mujer le había estado insistiendo mucho para volver a intentarlo y que realmente él no quería hacerle daño... —Alzó los ojos al techo—. Se ve que a mí sí.

—No lo creo, Léa —la interrumpí—. De verdad. No creo que te quiera hacer daño. Si no te quisiera no lo habría dejado todo por ti, pero quizá es más cobarde de lo que parecía...

—No lo entiendo, de verdad. —Mi amiga seguía sollozando—. ¡Si ya había hecho lo más difícil!

Ante esto, ni Marta ni yo pudimos decir nada. Estuvimos las tres un rato en silencio, acariciando la espalda de Léa mientras su corazón se rompía en mil pedazos.

Qué terrible es sufrir por amor, pensé. Duele, siempre, como la primera vez. Con los años sabes que de eso no morirás, que el tiempo lo cura todo. A pesar de ello, duele igual. No importa que la relación haya durado dos años, diez, o dos meses. Cuando ha habido un amor tan intenso, los pulmones se quedan sin aire y el alma se resquebraja. Solo quieres meterte en la cama, dormir y despertar semanas después, cuando todo haya pasado. Entonces, abres los ojos y durante unas décimas de segundo no lo recuerdas. Y eres feliz. Hasta que de repente vuelve a ti y el corazón se rompe de nuevo.

Duele cuando le pasa a uno mismo, y duele cuando ves sufrir por ello a alguien que quieres, y sientes la impotencia de saber que en ese momento lo único que puedes hacer es estar a su lado, cogerle la mano y prepararle infusiones calentitas. Acompañarla en lo que es un pequeño duelo.

Marta y yo decidimos llevárnosla a dormir a mi casa. No queríamos dejarla sola allí, y en mi apartamento cabíamos las dos. Por la mañana yo me iría a recoger a Matteo para pasar juntos esas últimas horas y Marta bajaría para quedarse con Léa.

Ayudamos a nuestra amiga a preparar una pequeña maleta, para que pudiera quedarse conmigo unos días. En ningún momento soltamos su mano. Ese trago lo pasaríamos juntas. Hasta que volviera a sonreír. Porque lo haría.

A las nueve en punto de la mañana me encontraba en el vestíbulo del Hotel Trianon para recoger a Matteo. Léa aún dormía cuando salí de casa y Marta se había quedado velando su sueño intranquilo.

—Lo siento —le dije a Matteo a modo de saludo—. No me he podido ni arreglar un poco... —Señalé mis zapatillas, mis vaqueros desgastados y mi sencilla camisa de rayas azules y blancas—. Ha sido una noche larga... Crisis de chicas.

—*«Darling, you look perfect...»* —me dijo Matteo, abrazándome y entonando la letra de la canción—. Espero que todo esté bien.

—Más o menos... Ya te contaré. —Obsequiándole con mi mejor sonrisa, le dije —: ¿Listo para conocer mi París?

—Lo estoy deseando.

Apenas pudimos pasar ocho horas juntos, pero fueron las más bonitas en mucho, mucho tiempo.

Comenzamos desayunando en Eggs & Co, un minúsculo local en una pequeña bocacalle de la Rue de Rennes. Como hacía bastante bueno, nos sentamos en una de las mesas de la terraza, si aquello podía llamarse así, pues eran básicamente dos mesas colocadas casi en equilibrio sobre la estrechísima acera de enfrente, de modo que casi tenías que tener un pie en la calzada. El simpático golden retriever de los dueños se tumbó junto a nosotros, probablemente a la espera de que le cayera algo cuando llegara la comida.

A pesar de lo peculiar del sitio, a mí me encantaba desayunar o tomar allí el *brunch* siempre que podía, y a Matteo le encantaron los huevos benedictinos y el zumo que pedimos. Nos habíamos visto apenas tres veces y tampoco se puede decir que hubiéramos hablado mucho, pero la sensación de familiaridad no desaparecía.

Nos faltaba tiempo para hablar y a la vez disfrutábamos de maravillosos silencios en los que nos limitábamos a mirarnos y sonreír.

Después del desayuno nos fuimos caminando hasta la orilla del Sena y cruzamos el río por el Pont des Arts. Recordé mi primer beso allí con Juan y no quise detenerme, no quería que nada arruinara aquel día. Llegamos al Museo del Louvre y paseamos por los patios interiores y los arcos bajo los que un músico tocaba el saxofón.

Continuamos la ruta hacia los jardines del Palais Royal, donde nos sentamos en unas sillas junto a la fuente y estuvimos charlando durante casi dos horas mientras nos bebíamos un café que habíamos cogido por el camino.

Sentía una enorme curiosidad por lo que Matteo hacía durante el día. En Covent Garden tocaba solo por las noches, y ni siquiera todas. ¿En qué ocupaba su tiempo el resto de las horas? Decidí atreverme a preguntar, animada por la paz y el silencio del parque y lo cómoda que me sentía en aquel momento junto a él.

—De lunes a jueves doy clase en una pequeña escuela de música en Brixton a niños cuyas familias carecen de recursos —me explicó.

—¿En serio? —le miré, sorprendida—. Tienes un gran corazón. ¿Te lo había dicho ya? ¿Qué edad tienen los niños?

—Hay de todo: los más pequeños tienen seis años, y los hay hasta de dieciséis. Algunos tienen mucho talento... ¡No te lo creerías!

—Seguro que tú has contribuido a ello. ¿Cuánto tiempo llevas allí?

—Uf, ya he perdido la cuenta. —Pareció hacer memoria—. ¿Unos cinco años? Empecé yendo una vez a la semana y ahora voy siempre que puedo. De lunes a jueves e incluso algún viernes antes de ir a Covent Garden. Lo disfruto mucho, no lo dejaría por nada del mundo.

Por las mañanas, me dijo, se dedicaba a componer —su sueño era grabar un álbum propio algún día— y a ensayar nuevas canciones para sus conciertos en Covent Garden. Y de vez en cuando tocaba en fiestas y eventos privados.

—Como el de ayer —le dije—. Estuvo muy bien, de verdad. Marta me ha dicho que en la editorial quedaron muy contentos y que si vuelven a hacer algo similar te llamarán.

—Por mí, encantado —me sonrió y me acarició suavemente la mejilla. Cerré los ojos.

—*A te*; preciosa canción... —le dije, aún con los ojos cerrados para sentir todo el calor de su mano.

—No era fácil, ¿eh? —protestó—. He estado ensayando desde que me la enviaste, que lo sepas.

—Fue perfecta.

Lamenté que las sillas estuvieran lo suficientemente separadas como para que fuera imposible besarse. Tendría que haber elegido un banco para sentarnos. Tímidamente acerqué mi mano a la suya y, afortunadamente, no la apartó. Nos quedamos así en silencio, mirando la hipnótica agua de la fuente durante un buen rato.

—Vamos, anda. Que aún me queda mucho París por enseñarte.

Matteo me siguió, obediente, y fuimos caminando hacia la Galerie Vivienne, mi favorita de París. Ello se debía en parte a que allí se encontraba la peculiar Librairie Jousseaume, en la que nos detuvimos a bucear un rato entre las cajas de libros que había sobre las mesas y a mirar las originales postales.

Matteo me propuso un juego; comprar cada uno una postal con una cita —había decenas de ellas—, sin que el otro la viera. Nos las entregaríamos al despedirnos aquella tarde. Acepté el reto y en unos minutos había elegido la mía: *«Paris est tout petit pour ceux qui s'aiment d'un aussi grand amour»*, de Jacques Prévert. Le pedí un bolígrafo al amable dependiente y por detrás escribí: «Matteo, tú haces París más bonito. Haces Londres más bonito. Haces todo más bonito. Espero que volvamos a encontrarnos».

Guardé la postal en el bolso y esperé a que Matteo saliera con la suya, que introdujo en el bolsillo de su cazadora.

Atravesamos la galería y continuamos caminando por la Rue Vivienne hasta llegar al Bouillon Chartier, donde íbamos a comer.

Por el camino seguimos hablando, como si sintiéramos la necesidad de aprovechar aquellas horas que nos quedaban para conocernos. Para saber todo el uno del otro. Para decidir qué pasaría después. No sabía a dónde nos estaba llevando aquello, pero tampoco tenía la sensación de que lo supiera él. Lo único que tenía claro era que había algo en él, en su vida, que no quería o no podía contarme. Fuera lo que fuese, había impedido que en Londres hubiera accedido a tomar algo conmigo, cuando era evidente que nuestras muestras de cariño hacían ver que ambos queríamos más.

Intentando aliviar un poco la presión que parecía recaer sobre nuestros hombros, le estuve contando lo sucedido la noche anterior y le expliqué por qué había tenido que salir corriendo de la fiesta.

—Como la Cenicienta —me sonrió.

—¿No era esa a la que despertaban con un beso? Porque la parte buena del cuento me parece que me la he perdido.

—No, querida, esa era la Bella Durmiente. —Se rio, me abrazó por el cuello, y me besó el pelo. Aquello era una tortura.

Nos sentamos a la mesa y, mientras esperábamos por la comida, decidí seguir con mi relato y contarle la historia de Léa y Daniel. Me interesaba su opinión, como hombre, por si nos podía arrojar luz sobre algo que ninguna de las tres acertábamos a entender. Por otro lado, tal vez hablar sobre la vida personal ajena le hiciera revelar —aunque fuera por accidente— algo de la suya. Funcionó... solo en parte.

Tras haberle explicado los pormenores de la tormentosa relación de Léa y Daniel, Matteo se puso serio, bebió de su copa de vino y reflexionó antes de arrancar a hablar.

—La situación de Daniel no es fácil —me dijo—. No creo que no quiera a tu amiga, pero cuando llevas tiempo con una persona, aunque ya no estés enamorado, de algún modo la quieres. Y nadie desea hacer sufrir a alguien a quien quiere. Los hombres, además, somos más cobardes que vosotras para eso, aunque no lo creas.

—Supongo que tienes razón —reflexioné—. ¿Sabes? Mi amigo Thomas está en la misma situación... De hecho, no le conociste ayer en la fiesta porque estaba con Éric, su chico, que a su vez vive con una chica... Madre mía. Tengo que meditar más sobre la vida sentimental de mis amigos. —También aproveché para dar un trago al delicioso vino que nos habían servido—. La única que tiene una relación normal es mi amiga Marta, felizmente casada con Bastien.

—Un hombre muy majo, por cierto —me interrumpió Matteo—. Me encantó conocerle. Tuve una época de niño en la que soñaba con ser piloto.

Sonrió y, tras un breve silencio, me miró fijamente. Sus ojos eran de un azul tan intenso que me obnubilaban. ¡Cuánto deseaba perderme en ellos...!

—Así que todos tus amigos tienen relaciones peculiares... ¿Y tú?

—¿Yo? —La pregunta me pilló desprevenida. Con las horas que llevábamos hablando, era la más personal que me había hecho—. Pues ni peculiar ni no peculiar... No estoy con nadie.

—¿Y el hombre que estaba contigo en Londres? —Así que sí que vio a Juan. ¿Quizá no me llamó por eso? Ya era tarde en todo caso para hablar de aquello. Los días de Londres parecían pertenecer a otra vida.

—Aquello se terminó. —No conseguí sostenerle la mirada y decidí lanzarme, ya que él había dado el primer paso—. ¿Y tú? ¿Estás con alguien?

—Sí.

La respuesta cayó como si el hermoso techo de aquel restaurante se hubiera desplomado de lleno sobre la mesa. Guardé silencio porque me pareció la mejor opción y porque realmente no sabía cómo continuar aquella conversación. Si cuando Thomas decía que se vivía mejor en la ignorancia...

El camarero vino a salvar el momento trayéndonos la cuenta y salimos del restaurante rumbo a la última parada del día. Decidí que no íbamos a estropear las últimas horas que pasaríamos juntos, así que me propuse olvidar el pequeño detalle de que ese chico que había puesto mi vida del revés tenía pareja. Estábamos en París, solos, con un día precioso y aún un par de horas por delante.

—Vamos a aprovechar el tiempo que nos queda —le dije, cogiéndole del brazo—. Te voy a llevar a uno de mis lugares favoritos de la ciudad.

Tomamos el metro en Grands Boulevards y fuimos hacia el este de París, cerca del precioso Parque de Buttes-Chaumont.

—Este parque es una maravilla —le dije a Matteo, señalándoselo desde la acera de enfrente—. Pero el verdadero tesoro está aquí. Sígueme.

Subimos un gran tramo de escaleras frente al parque y llegamos a uno de mis rincones secretos de la ciudad. Lo había descubierto hacía ya años y apenas lo había compartido con nadie. Se trataba de la Butte Bergeyre, un pequeño reducto en lo alto de una colina, en la que apenas había cuatro callecitas salpicadas de casas que parecían sacadas de un cuento. Las cuatro calles convergían al final en el Jardín Bergeyre, donde los vecinos tenían un huerto y un viñedo del que sacaban cada año unas ciento diez botellas de Chardonnay y Pinot Noir.

Le iba contando todo esto a Matteo mientras él sonreía admirando las preciosas casas con sus jardines. Cuando llegamos al final de la calle, se quedó tan sorprendido como yo unos años atrás. Frente a nosotros se alzaba majestuoso, a lo lejos, el Sacre-Coeur. Las vistas eran increíbles y aún lo era más poder disfrutarlas en la soledad y el silencio de aquel rincón que casi nadie conocía.

—Y dime otra vez, ¿cómo descubriste este lugar? —me preguntó sorprendido Matteo.

—Ya te dije que París era la ciudad de mi vida. —Me encogí de hombros—. Llevo años recorriendo sus calles y todos sus rincones. Y si hay algo que París puede ofrecer son escondites secretos como este.

Nos miramos a los ojos durante unos segundos que parecieron minutos y deseé que fueran horas. Matteo se acercó lentamente a mí y me abrazó. Apoyó su cabeza sobre la mía y en esa postura nos quedamos admirando la vista durante lo que pareció una eternidad y a la vez un suspiro.

Nos despedimos en el vestíbulo del hotel, donde ya le esperaba el coche que le había puesto la editorial para trasladarle hasta el aeropuerto. Como habíamos acordado, le di mi postal y él me dio la suya, acompañada de algo más.

—¿Qué es esto? —dije, sorprendida, al coger la pequeña caja que me entregaba.

—Algo para que me recuerdes —me dijo, misterioso, para darme a continuación un delicado beso en los labios antes de meterse al coche.

Me quedé en la acera, incapaz de moverme, y saqué con cuidado la postal, de un azul petróleo —similar al de la bufanda que le había regalado—, sobre el que estaba escrita una cita de Séneca: «No nos atrevemos a muchas cosas porque son difíciles, pero son difíciles porque no nos atrevemos a hacerlas». Sonreí.

Pensé que aquella sencilla frase escondía la explicación tanto para la situación de Thomas, como para la de Léa y la nuestra propia. ¿Alguno de nuestros tres amores vencería el miedo a lo difícil y se atrevería a intentar ser feliz? Quizá no lo sabríamos nunca.

Di la vuelta a la postal y encontré, al menos, la respuesta a nuestro caso: «He pasado dos días maravillosos contigo en París. Eres una persona muy especial, Isabelle. Ojalá pudiera darte más. De verdad, ojalá pudiera. Lo siento muchísimo». Ahí estaba el adiós de Matteo. La imposibilidad de que nada ocurriera entre nosotros.

Abrí la caja que acompañaba a la postal con los ojos empañados por las lágrimas, a través de las cuales vi un colgante en forma de clave de sol, acompañado de un sencillo anillo. Desde luego iba a ser difícil no recordarle con aquello. El colgante era precioso, me lo puse enseguida. También el anillo, que sorprendentemente me quedaba perfecto. Me recompuse un poco y emprendí el camino de regreso a casa.

De camino pasé por la librería, donde Agatha estaba ya cerrando.

—¿Te echo una mano? —asomé la cabeza con cuidado para no asustarla.

—Pero mi niña, si estás hecha un trapo... —Agatha vino corriendo hacia mí y me abrazó como haría una madre, consiguiendo que las lágrimas que me había venido aguantando todo el camino brotaran libres y sin control.

Agatha me dejó llorar a gusto y me acompañó hasta una silla. Cerró la librería, apagó las luces del techo y me preparó un té.

—Supongo que tu chico de la sonrisa bonita se ha ido —aventuró.

—Sí, y creo que para siempre —respondí encogiendo los hombros—. Pero no te preocupes por mí, de verdad. Vas a pensar que soy una dramática con tanto amor que va y viene en apenas unos meses... ¡Vaya empleada te has buscado! —le sonreí entre mis lágrimas.

—No seas boba, ¡me has devuelto la vida! —Enseguida reculó—. No me alegro de tus lágrimas, ¿eh? Pero qué bonito es también sufrir por amor... Eso significa que hay amor. Y el amor tiene una forma peculiar de buscarnos hasta que nos encuentra. La vida da muchas vueltas, cariño. Lo que es para ti, será para ti, pase lo que pase y por difíciles que parezcan las circunstancias. Y lo que no lo es, ni aunque lo tengas a mano. Mira qué cerca tenías a Juan... y fuiste tú quien le apartaste.

—Ay, no me lo recuerdes... En todo caso —le dije, terminándome el té y levantándome—, estaré bien. Lo sé. Me quedaré con lo bonito de esta historia. Si hay alguien que sabe que la vida da muchas vueltas esa soy yo. Y si hay alguien que sabe de historias breves e intensas... También soy la persona que buscas.

Sonreí de nuevo a Agatha y me sequé las lágrimas. Le di un fuerte abrazo y las gracias por estar siempre cerca para consolarme y la ayudé a terminar el cierre, tras lo cual ella puso rumbo a su casa seguida por el fiel Poirot, y yo a la mía.

El cuerpo me pedía llegar y meterme en la cama para dormir durante dos días seguidos, cuando recordé que Léa estaba instalada en mi casa. Vaya pareja íbamos a hacer, dos corazones rotos compartiendo techo. Como aquello requería medidas urgentes, pasé a comprar un par de botellas de vino y unos bombones.

Cruzaba la calle buscando las llaves en el bolso cuando oí a alguien gritar mi nombre a mi espalda. Una voz que hacía mucho que no oía. Me quedé clavada en mitad de la calle y giré la cabeza lentamente. Y allí estaba él, sentado en la terraza de Le Chai, con una cerveza y un periódico sobre la mesa. Vestido, como siempre, de forma impecable, como si acabara de salir de la ducha diez minutos antes.

—¿Qué haces aquí? —Mi voz sonó más borde de lo que hubiera querido.

—Esperarte —me dijo Juan, levantándose.

—¿Desde cuándo? —Recordé que yo había salido muy temprano aquella mañana. ¿Llevaría allí todo el día?

—Unas horas. Subí a tu casa, pero no estabas.

—¿Has subido a mi casa? —pregunté sorprendida.

—Tranquila, Marta no me dejó pasar de la puerta —me dijo levantando las manos en son de paz—. Simpática tu amiga, por cierto.

—No es eso, había alguien más en casa —le dije, sentándome a su lado.

—No me digas que ahora le dejas tu piso de picadero. —Juan alzó las cejas, sorprendido.

—¡No! ¿Qué dices? —Aquella conversación estaba siendo muy extraña, meses después de vernos por última vez—. Bueno, da igual. ¿Qué querías?

—¿Podemos subir a hablar a tu casa?

—No creo que sea una buena idea. Además, realmente hay alguien dentro —le dije, esperando que me creyera—. Mi amiga Léa está pasando unos días conmigo.

—¿Puedo invitarte a cenar, entonces?

Me estaba empezando a sentir mal por el pobre hombre, que llevaba horas esperando por mí sin saber cuándo iba a aparecer. Pero yo estaba mental y físicamente agotada y lo único que quería era entrar en casa y sentarme junto a mis amigas con un bol de palomitas, los bombones y las botellas de vino, para hacer un maratón de *Sexo en Nueva York.*

No tenía yo la cabeza en ese momento para charlas profundas con Juan y así se lo hice saber lo más delicadamente que pude. Le propuse dejarlo para el día siguiente y, resignado, aceptó pasar a recogerme a la salida del trabajo.

Cuando por fin subí la escalera hasta mi apartamento me parecía que habían pasado dos días desde que había salido de allí por la mañana. Mi corazón parecía a punto de romperse a causa de tantas emociones —unas buenas, otras malas, algunas sorprendentes— y todo lo vivido en las últimas horas me parecía irreal. Pero abrir la puerta y encontrar allí a Marta y Léa esperándome, preparando una deliciosa cena a juzgar por el olor, me levantó el ánimo al instante.

Aquel precioso apartamento, mis amigas... Incluso con el corazón hecho añicos, me sentí enormemente querida. Fue la vez que más en casa me sentí. Por fin había hecho de París mi hogar. Toqué instintivamente con la mano la clave de sol que colgaba de mi cuello y cerré la puerta, dispuesta a contarles cómo había ido mi día, y dispuesta a escuchar a Léa hablar de sus sentimientos por Daniel hasta la madrugada. Aquella era mi casa y ellas eran mi familia.

14

EL PASADO VUELVE

Tardé un rato al día siguiente en decidir cómo vestirme. Iría directamente de la librería a cenar con Juan y por un momento barajé llevarme ropa para cambiarme en la trastienda, pero realmente no quería que pareciera que me había preparado para una cita romántica, porque no lo era.

Así que simplemente me puse tan mona como puede vestirse una para ir a trabajar, me recogí el pelo en una coleta, me abroché mi colgante en forma de clave de sol —el anillo no me lo había quitado ni para dormir— y me dirigí caminando hacia mi segunda casa. Aquel día me tocaba abrir a mí y cuando llegué me encontré en la puerta con Thomas, que estaba también a punto de abrir su librería.

—*Bonjour, chérie!* —me saludó cariñoso—. Comemos luego, ¿no?

—¡Claro! Aunque no sé si vamos a tener rato suficiente como para que te cuente todo lo que me ha pasado en estos dos días —le dije, con una sonrisa triste.

—¡Pues anda que yo! —Su sonrisa, en cambio, no era triste en absoluto, lo que me hizo sospechar que su noche con Éric albergaba alguna sorpresa.

Quedamos en vernos más tarde y ponernos al día durante nuestro tradicional pícnic en el Jardín de Luxemburgo.

La mañana transcurrió tranquila, con pocos clientes y mucho tiempo para ordenar y pensar. ¿Qué querría Juan? ¿Por qué había vuelto a aparecer de repente? Estuve reflexionando acerca de lo que había sentido al verle. Desde luego el día anterior había sido un día de emociones intensas. Había pasado unas horas maravillosas junto a Matteo, para descubrir, finalmente, que tenía pareja y que no podría ocurrir nunca nada entre nosotros. A pesar de ello, no podía dejar de pensar en él. Pero debía hacerlo. ¿Podríamos ser amigos, quizá? No, aquello no tendría buen final. Pero ¿tenía que tener un final? Dios mío, me estaba volviendo loca.

Me puse a revisar el orden alfabético de la sección de novela extranjera y recordé el laberinto de los libros. Aquel refugio secreto cuyas puertas me había abierto Juan. Me teletransporté a aquel primer fin de semana juntos allí y sonreí. Tenía que reconocer que Juan era un compañero maravilloso. Me sentía cómoda junto a él. Tranquila. Me proporcionaba una seguridad y una sensación de hogar como no había sentido desde Diego. Pero la chispa del principio, esas mariposas que sentía en el estómago cada vez que entraba en la librería, habían ido desapareciendo con el paso de los meses. No habían ayudado sus continuas desapariciones, desde luego, ni el hecho de que termináramos viviendo en una especie de burbuja que hacía que la relación pareciera irreal. Pero no podía negar que le había querido mucho... y le seguía queriendo.

El corazón se me encogió un poco al recordar el encuentro del día anterior y lamenté haber estado tan seca con él. Decidí que aquella noche sería más amable. Al fin y al cabo, yo siempre había querido que quedáramos como amigos. No quería perderle. ¿Lo conseguiríamos?

Estaba dándole vueltas a todo aquello cuando Poirot entró como un balín y se encaramó a mi pierna, pidiendo su ración de mimos. A veces movía el rabo tan rápido que me daba miedo que se hiciera daño.

—¡Buenos días! —saludé a Agatha, que entraba por la puerta—. ¿Qué tal ha ido vuestra mañana?

—Buenos días, querida —me contestó mientras dejaba unas bolsas tras el mostrador—. Divinamente. Hace un día espléndido, ideal para dar un buen paseo. ¡Creo que hasta he cogido algo de color! ¿Has quedado hoy con Thomas para ir al parque?

—Sí —dije mirando el reloj—. De hecho, en quince minutos.

—Me parece estupendo. Yo me quedaré hasta la hora de cerrar, así que si quieres ya no vuelvas. ¡Tú eres la que necesita coger más color de las dos!

Sonreí mientras admiraba la piel casi transparente de mi menuda jefa británica, a través de la cual era capaz de distinguir sus venas. Para ser española, yo no era especialmente morena de piel, pero desde luego le sacaba a Agatha varios tonos.

Antes de irme, le dejé un té preparado y le dije que volvería para escribir allí toda la tarde. Aunque no le dije que había quedado con Juan después, prefería estar allí escribiendo, acompañada, antes que estar en casa dándole vueltas a la cabeza.

—Ay, cuando te cuente... —me dijo Thomas mientras cruzábamos la Rue de Médicis camino del Jardín de Luxemburgo—. No te lo vas a creer.

—Ponme a prueba. Tampoco te vas a creer tú mi día de ayer... ¡Ni cómo acabó!

—¿Perdonaaaa? —De repente, Thomas me echó las manos al cuello—. ¿Puedes empezar explicándome de dónde ha salido este colgante? No creo que haya sido un regalo de tu Ministro o lo que sea...

No pude evitar reírme. Thomas era de esas personas que tenían el don de hacerte sonreír en cualquier situación, incluso en los momentos más tristes. Estaba segura de que llegado el caso sería incluso capaz de arrancar una carcajada a alguien en un funeral.

De camino hacia el parque fui contándole mi maravilloso día con Matteo y el giro inesperado del encuentro con Juan por la noche.

—O sea, que el Ministro ha vuelto... —me dijo mientras nos sentábamos en un rincón junto a la gran fuente que había frente al majestuoso edificio del Senado.

—Bueno, no sé muy bien lo que quiere. Si te digo la verdad, no esperaba volver a saber de él. —O no tan pronto, pensé—. En todo caso, esta noche saldré de dudas. Hemos quedado a cenar. ¡Mañana te contaré!

—Este quiere volver. —Thomas enarcó una ceja y pegó un mordisco a su sándwich—. Así que ve pensando en lo que vas a decirle.

No quise decirle a Thomas que la idea se me había pasado por la cabeza. Había tenido demasiado tiempo para pensar aquella mañana. Pero realmente no me veía volviendo con él... ¿O sí? ¿Fueron alguna vez buenas las segundas partes? Desde luego, la que había vivido con Diego lo había sido. Pero en este caso, ¿no estaría volviendo con Juan solo porque sabía que Matteo tenía pareja y no podría pasar nada entre nosotros?

—Ay, no quiero comerme ahora la cabeza con eso —le dije, en un intento por cambiar de tema y apartar a Juan de mi cabeza por primera vez en todo el día—. Cuéntame tú... ¿Qué tal tu noche loca con Éric?

Le miré esperando oír todo tipo de detalles sobre una

noche fabulosa, pero no fue aquello lo que siguió. Lo que prometía haber sido una noche de amor y pasión había terminado en drama. Vaya pareja habrían hecho él y Léa aquella noche, pensé.

Resultó que el motivo por el que Éric había decidido ir a pasar la noche a la buhardilla de Thomas no era otro que contarle que su novia estaba embarazada. Thomas, que ya llevaba un par de días digiriendo la noticia, me lo estaba contando como si me estuviera resumiendo la trama de la última serie que había visto, pero yo no salía de mi asombro. La gente realmente tenía vidas sentimentales muy complicadas.

—¿Y qué va a hacer? —le pregunté. La verdad que el pobre Éric, sin conocerle, me estaba empezando a dar mucha pena. Atrapado en una relación de la que quería salir, enamorado de otra persona y, encima, ahora con un embarazo (no deseado, había de suponer) de por medio.

—Pues dice que va a hablar con ella; quiere dejar la relación.

La expresión de mi amigo tampoco era de especial ilusión.

—Bueno, ¿no era eso lo que querías? —pregunté sorprendida.

—Voy a ser sincero: lo quiero muchísimo. Es más, estoy enamorado. ¡Yo! Y disfruto con él como no lo he hecho con nadie antes. —Hizo una pausa dramática tras la que se pronosticaba un gran «pero»—. Pero... ¿realmente funcionaríamos como pareja? Si estuviera libre, si los dos lo estuviéramos y pudiéramos tener una relación normal, ¿sería igual de bonito? ¿Igual de intenso? ¿No nos convertiríamos en una aburrida pareja normal, como tantas otras? Realmente me convertiría en lo que ya tiene...

—Hombre, exactamente en lo que tiene... una novia

embarazada... Yo diría que no —bromeé, en un intento de hacerle sonreír—. Pero eso me ha recordado a una novela que leí hace poco: *Historias de mujeres casadas.* Creo que te gustaría.

Bromas aparte, lo cierto es que podía entender a Thomas. En el fondo, era el pánico que siente toda persona cuando una relación que funciona bien según está se dispone a afrontar un cambio. En teoría para mejor, pero nunca nadie te ofrece garantías. Es como cuando alguien se muda por amor; ¿y si no sale bien? Habrás dejado atrás toda tu vida por una historia que finalmente no resultó ser lo que creías. O —lo que me parecía aún peor— si es la otra persona la que se muda... ¿Cuánto tardas en dar el paso de dejar la relación, después del enorme sacrificio que la otra persona ha hecho por ti, dejando atrás familia, amigos, hogar?

Yo lo tenía claro.

—Thomas —le dije poniendo una mano sobre la suya—. Nunca te quedes con la duda. No te lo perdonarías. Si él está dispuesto a arriesgarse por ti, y está en una situación mucho más complicada, hazlo tú por él. Lo peor que puede ocurrir es que no salga bien. Pero no tendrás que estar el resto de tu vida pensando en qué habría pasado. Tienes la oportunidad de ser feliz. No la desaproveches.

Mi amigo suspiró como solo suspiran las princesas de los cuentos y supe que le había convencido. Terminamos nuestra comida hablando de la nueva exposición que iba a montar Thomas en una galería del Marais —en la que tenía puestas grandes esperanzas, pues algunos coleccionistas y cazadores de nuevos talentos habían empezado a mostrar interés por su obra— y de banalidades que nos distrajeron de nuestros dramas personales.

Pasé el resto de la tarde escribiendo en la planta de arriba sin levantar la cabeza del ordenador. Apenas me quedaban dos o tres capítulos para terminar el primer borrador y estaba ansiosa por llegar al final de una historia cuyo desenlace estaba construyendo sobre la marcha. Me gustaba aquella sensación de que los personajes hubieran cobrado vida propia y fueran ellos los que me estuvieran guiando en su camino hacia un final que aún desconocía.

Las horas se esfumaron deprisa y para cuando quise darme cuenta eran las siete. Agatha asomó la cabeza por la puerta para decirme que Juan me esperaba abajo. Esto fue acompañado de un levantamiento de ceja, dado que había olvidado completamente comentarle mi encuentro con el «Ministro», como lo llamaba Thomas.

—Ay, Agatha, perdona —le dije mientras recogía el ordenador y mis cosas para salir—. Mañana te lo explico todo, te lo prometo. Pero no te imagines cosas raras, que simplemente apareció ayer de repente y hablamos cinco minutos.

Me despedí de ella con un abrazo y bajé a encontrarme con Juan. Para mi sorpresa, el corazón me latió más rápido de lo habitual al verle allí de nuevo, en el mismo lugar donde nos habíamos conocido, impecablemente vestido y con esa intensa mirada que tan nerviosa me había puesto en nuestros inicios. Iba a ser una larga noche, sin duda.

Media hora después me encontraba cenando con él en Girafe con unas espectaculares vistas a la Torre Eiffel.

—Bueno, ¿qué tal te va todo? —me preguntó después de que nos sirvieran el vino, que iba a ser muy necesario aquella noche.

—Bien, no me puedo quejar, la verdad. Trabajando mucho, pasando tiempo con las chicas y con Thomas y escribiendo sin parar.

—Es cierto, tu novela. ¿Qué tal la llevas?

—Casi terminándola...

—¿De verdad? —me preguntó sorprendido, cosa que no supe cómo interpretar—. Me alegro mucho. Espero que me dejes leerla.

—Ya veremos... —le sonreí justo en el momento en que llegaba nuestra comida a la mesa.

El resto de la cena fue muy agradable. Mis expectativas para aquella noche eran tan bajas que se estaba cumpliendo una de las máximas que Thomas repetía continuamente: «Expectativa cero, sorpresa máxima».

Pasamos más de dos horas hablando sobre nuestras lecturas más recientes, comparando impresiones sobre libros que ambos habíamos leído, recomendándonos algunas series o películas vistas en los últimos meses y comentando anécdotas diversas. Le pregunté por el laberinto de los libros y me dijo que seguía yendo siempre que podía.

—Es el lugar donde encuentro paz. Mi refugio. Pero creo que los libros te echan de menos —me dijo con una sonrisa que, si bien no era la de Matteo, me llegaba al alma y consiguió ablandarme.

—¡Espero que no me lo hayas desordenado!

—Para nada. ¡No me atrevería! —me dijo mirándome de una forma que de nuevo me hizo sentir alguna mariposa en el estómago.

Llegaron los postres y con ellos el motivo real por el que Juan había querido verme.

—Tengo algo que contarte —me dijo, misterioso—. Prefería que te enteraras por mí antes que por la prensa.

—¿Aún no me conoces? No leo la prensa. Aunque —añadí, recordando algo de repente— el otro día te vi en la portada de una revista, junto al Presidente y no sé quién más.

—Ni idea... —me dijo sin darle mucha importancia—. Sería antigua. En todo caso, volviendo al tema: he dimitido.

—¿Cómo? —Eso sí que no me lo esperaba.

Juan me contó que el día anterior había presentado su dimisión y abandonado su puesto en el Ministerio del Interior.

—¿Ahora estás sin trabajo? —No entendía nada.

—No exactamente —continuó—. Me han ofrecido otro puesto: Director del Instituto de Estudios Políticos. Bueno, director y profesor. Impartiría algunas clases.

—¿Y qué vas a hacer?

—He aceptado.

—¿Crees que te vas a poder adaptar a ese ritmo de vida? Estás acostumbrado a uno muy diferente. —No pude evitar recordar aquellos meses que pasamos juntos, en los que Juan trabajaba dieciocho horas al día, teniendo que estar siempre localizable e incluso interrumpiendo nuestro fin de semana en Londres para regresar a París de forma inmediata, en un viaje que ahora me parecía a años luz de ese precioso restaurante.

—Lo he hecho precisamente por eso. —Juan soltó de repente la copa de vino y estiró los brazos para coger mi mano entre las suyas—. Isabelle, tú me enseñaste a valorar lo importante que es la vida personal, el compartir el tiempo con alguien con quien estás a gusto. Que no todo es trabajo y que hay que vivir cada día como si fuera el último. No quiero perder ya un solo día más sin vivirlo como yo quiera.

—Bueno... —No sabía si aquello era una pregunta ni sabía muy bien qué hacer con mi mano, atrapada entre las suyas—. Es efectivamente mi filosofía desde hace tiempo. Aunque no era consciente de habértela contagiado, la verdad.

Por supuesto, Juan no se detuvo ahí. Como bien había pronosticado Thomas, me pidió que le diera otra oportunidad.

—Mi vida era más bonita cuando la compartía contigo —me dijo.

—No es que fuera más bonita, Juan, es que vivíamos en una burbuja.

—Que tú rompiste, querida, te recuerdo.

—No la rompí —protesté y aproveché para recuperar mi mano—. Se terminó el oxígeno que había dentro.

Nos quedamos en silencio durante unos segundos que parecieron minutos. Miré a los ojos de aquel hombre al que tanto había querido y sentí una punzada en el corazón. Hacía apenas unas horas le estaba diciendo a Thomas que se arriesgara, que no dejara de intentarlo, que no se quedara con la duda. ¿Y qué debía hacer yo ahora? ¿Seguir mi propio consejo o hacer como que no iba conmigo? Decidí tirar por la calle de en medio.

—Seamos amigos —le propuse—. Volvamos a vernos.

Juan se echó hacia atrás en su silla, resignado. Como un niño al que le han prometido algo que no van a darle.

—No seas así —le dije—. No puedes pretender reaparecer en mi vida tres meses después como si no hubiera ocurrido nada.

—¿Has conocido a alguien? —De repente se le ocurrió aquello que hasta ese momento no le había cruzado la cabeza y sentí que sería capaz de leer mi expresión de culpabilidad a través de mis ojos.

—He conocido a mucha gente —le tranquilicé—. Pero no estoy con nadie, si es lo que quieres saber. Eso no cambia nada. Mi propuesta sigue siendo la misma: seamos amigos, compartamos tiempo. Veamos dónde nos lleva.

Juan pareció vacilar unos instantes, pero terminó aceptando. Creo que realmente no vio otra salida posible.

En términos generales, yo no era una persona que creyera en segundas partes —salvo raras excepciones—, pero lo que le había dicho a Thomas era cierto: tampoco era una persona a la que le gustara quedarse con la duda.

En todo caso, no iba a precipitarme. Pensé que me vendría bien pasar algún tiempo sola. Hacer cosas juntos, igual que las hacía con el resto de mis amigos —incluso, por qué no, hacer algún plan con Marta y Léa y que por fin se conocieran—, pero tener mi espacio y decidir si quería volver con él cuando realmente supiera que lo estaba haciendo porque lo quería y no por huir de la soledad ni como premio de consolación por el fin de la historia con Matteo.

Eran más de las diez de la noche cuando Juan me dejó frente al portal de mi casa, con la promesa de hacer algo juntos el fin de semana. Entré en el apartamento de puntillas, temiendo despertar a Léa. Cuál fue mi sorpresa cuando me la encontré sentada en el salón, con una copa de vino, un libro y una cámara junto a ella.

—¿Qué haces despierta a estas horas? —le pregunté—. ¿Tú no trabajas mañana?

—Me he cogido el día libre —me dijo, excitada como una niña que va a hacer novillos—. ¡Tengo noticias!

—Madre mía —suspiré, sirviéndome una copa de vino y sentándome junto a ella—. No sé si puedo soportar muchas más hoy.

Antes de que me sorprendiera con sus novedades, le conté mi comida con Thomas y la posterior cena con Juan. Lo cierto es que el día había cundido mucho. Y aún no había terminado.

—Y ahora cuéntame tú, venga —le dije, sonriendo—.

Que cualquier cosa que te haya cambiado el humor de esta manera debe de ser buena.

Brindamos con nuestras copas de vino y Léa comenzó a contarme cómo el verme tan entregada a mi novela le había hecho abrir los ojos y recuperar una afición que creía olvidada, con la que pensaba llenar sus días de ahora en adelante: la fotografía.

—Mi padre es un gran aficionado a la fotografía —me contó mi amiga—. Me regaló mi primera cámara cuando era apenas una niña y me enseñó todos los trucos que le había llevado años aprender. Nunca se dedicó a ello profesionalmente y creo que tenía miedo de que sus conocimientos desaparecieran con él. Durante unos años puse en práctica todo lo que me enseñó. Era una época en la que viajaba muchísimo. Fui comprándome cámaras cada vez mejores hasta que, cuando mi padre vio la calidad de mis fotografías, me regaló la joya de la Corona: una Leica.

—¡Guau! —exclamé, sorprendida. Mi padre también había hecho sus pinitos como fotógrafo (debía de ser algo propio de los hombres de aquella generación) y era perfectamente consciente del precio que tenía una cámara como esa.

—Sí, probablemente fue el mejor regalo que me hizo. —Se encogió de hombros mientras me mostraba la cámara que estaba junto a ella, sobre el sofá. La Leica.

—¡Eres la chica de la Leica! —le dije, cogiendo la cámara con el mismo cuidado que si fueran las joyas de la Corona británica.

Léa se rio y sentí tanta felicidad al verla sonreír de nuevo que la invité a seguir contándome sus planes con aquella cámara. La conversación se alargó hasta pasadas las dos de la mañana. Mi amiga me explicó que, durante años, una vez que empezó a trabajar en la editorial, había relegado su afición a la fotografía a un segundo o tercer plano. La Leica había permanecido todo ese tiempo guardada en un cajón. Pero había llegado la hora de rescatarla.

—Necesito llenar mi tiempo con algo que me apasione. Que me llene como a ti la escritura —me dijo—. Daniel ha dejado un hueco muy grande en mi vida, y no quiero caer ahora en un vacío del que sé que me costaría mucho salir. Jamás he estado tan enamorada de un hombre, Isabelle.

—Lo sé, guapa —le dije abrazándola al sentir cómo sus ojos se llenaban de lágrimas—. Pero te prometo que también esto pasará.

Esto último lo dije con un nudo en la garganta, pensando en si también en mi caso pasaría y sería capaz de despertarme algún día sin pensar en Matteo.

Y así se fueron a dormir aquella noche dos amigas con un corazón herido, pero llenas de ilusiones y nuevos proyectos: una novela, una nueva carrera como fotógrafa y, sobre todo, una amistad que sería capaz de soportar el peso de cualquier piedra que nos encontráramos en el camino. De eso estaba segura.

15

SEGUNDAS OPORTUNIDADES

La primavera se había instalado no solo en París, sino también en mí. De la noche a la mañana, todo parecía haberse colocado en su sitio y, tras unos meses viviendo en una montaña rusa constante, me había llegado el sosiego de la alegría moderada.

Desde que Juan se había incorporado a su nuevo puesto en el Instituto de Estudios Políticos, apenas diez días después de la noche en que me lo había contado, su día a día cambió drásticamente. De repente se encontró con más tiempo libre del que había tenido jamás, apenas trabajaba los fines de semana y hasta el carácter le había cambiado. No es que antes fuera especialmente huraño, pero sí andaba en una especie de tensión permanente que le impedía relajarse y divertirse.

Aunque me mantuve firme y volvimos a vernos solo como amigos, lo cierto es que estaba disfrutando mucho con él. Para disgusto de Thomas, algunos días me iba a buscar a Juan a su despacho en la Rue Saint Guillaume para ir a comer juntos. Sentados en alguna terraza, me hablaba, como un niño que acaba de cambiar de colegio: sobre los profesores, los alumnos, las materias que estaba impartiendo... Incluso un día me invitó a subir a su despacho y me hizo una visita guiada por el edificio.

Otros días quedábamos por la tarde y nos íbamos a pasear sin rumbo por la orilla del Sena, deteniéndonos, como al inicio de nuestra relación, en los puestos de los bouquinistas en busca de tesoros.

Los fines de semana los alternábamos entre ir al Mercado de las Pulgas y al de libros del Parque Georges Brassens o a descubrir nuevos lugares de la ciudad, como el Canal Saint-Martin, donde él no había estado jamás.

Otros, se iba al laberinto de los libros, animado por mí, y yo aprovechaba para ver a mis amigos. También para ver tocar a Matteo, de quien no había vuelto a saber nada desde su regreso a Londres. Pero aquello no se lo había confesado a Juan —de hecho, él ni siquiera sabía de su existencia más allá de haberle visto tocar la noche del Covent Garden—, tampoco a mis amigos. Era mi pequeño secreto. Un dolor que sufría en la soledad de mis noches los fines de semana, cuando luchaba contra mis ganas de escribirle.

Yo seguía llevando el anillo y el colgante que me había regalado, pero no tenía manera de saber si él me recordaba. Hacía ya demasiado calor para llevar la bufanda que le regalé y, aunque seguía tocando *Perfect* con sus profundos ojos azules mirando fijamente a la cámara, no era tan osada como para pensar que se dirigía a mí.

Ver esa sonrisa, escuchar aquella voz, se había convertido en mi droga, en un sentimiento del que no podía —¿o no quería?— desengancharme.

Por lo demás, sin embargo, podía decirse que mi vida era casi perfecta. Cada mañana iba a la librería con la misma ilusión con la que lo hacía un año antes. Seguía escribiendo mi novela, aunque cada vez me costaba más sacar tiempo para ello. Y volvía a tener el apartamento para mí sola, ya que Léa había vuelto a su casa tras un par de semanas.

—Está siendo divertido esto de compartir piso como cuando éramos jovenzuelas, pero creo que ya me toca volver —me dijo un día mientras nos tomábamos el café en la luminosa cocina que me seguía enamorando cada mañana.

—Sabes que puedes quedarte todo el tiempo que quieras.

—Lo sé y te lo agradezco. Pero aún somos amigas y, si me quedo mucho más, vamos a acabar como el rosario de la aurora. —Se rio—. En serio, me han venido fenomenal estas semanas. Pero estoy mucho mejor, y tengo una nueva ilusión. Estoy deseando salir a la calle y retratar París, su gente... Llenar mi tiempo de cosas bonitas que me ayuden a no pensar en él.

—No solo te van a ayudar a eso —le dije, sincera—. ¡Te van a llevar al éxito!

En aquellas semanas había tenido ocasión de ver las fotografías que Léa había hecho simplemente por los alrededores de mi apartamento —incluso dentro de él—, y me habían impresionado muchísimo. Tenía un ojo especial para ver la belleza, captarla, y conseguir transmitir profundos sentimientos a través de una sencilla imagen. Mi amiga era una artista y yo sin saberlo. Si al final tenía razón mi madre y de todo lo malo sale algo bueno...

Aquella tarde ayudé a Léa a recoger sus cosas y la acompañé de vuelta a casa. No quise dejarla sola. Daniel no había vuelto a dar señales de vida, pero yo no tenía del todo claro que no hubiera dejado alguna carta o cualquier cosa en su apartamento. No fue así, pero me quedé a cenar con ella y no me fui hasta que se acostó. Era el fin de una etapa y el comienzo de una nueva. Deseaba con todas mis fuerzas que fuera feliz, se lo merecía.

Mientras regresaba a casa caminando pensé en Daniel, en cómo estaría y si sentiría que había tomado la decisión correcta. ¿Se habría arrepentido? ¿Echaba de menos a Léa? Al fin y al cabo, la quería tanto como para haber dejado a su mujer prácticamente sin mirar atrás. No conseguía entender por qué había vuelto con ella después del paso que había dado, que era realmente el más difícil. Mi mente saltaba inevitablemente de Daniel a Matteo, a quien tampoco había logrado entender. ¿Por qué no me había dicho antes que tenía pareja? ¿Cómo de felices eran? ¿Cuánto tiempo llevaban juntos? ¿Realmente me había imaginado esa corriente de sentimientos y de intensa atracción que había entre nosotros? Me negaba a creerlo. Me había besado —aunque fuera fugazmente— al despedirse cuando vino a París. Aquello tenía que significar algo.

Había comenzado ya el mes de junio cuando, tras una cena en el Buddha Bar, Juan y yo decidimos atravesar la Place de la Concorde y dar un paseo por la orilla del río para aprovechar el buen tiempo. La noche estaba envuelta en un aura mágica; la cena en uno de mis restaurantes favoritos de la ciudad, unas vistas magníficas de la Torre Eiffel y los barcos deslizándose delicadamente por el río. Parejas a bordo que cenaban y brindaban con la mirada puesta en algunos de los edificios más bellos de la ciudad. Y Juan y yo caminando en silencio el uno junto al otro.

Era, sin embargo, un silencio cómodo, un silencio que era hogar.

Juan me pidió que le hablara de mis amigos. Quería conocerlos, me dijo. Aquello sí que era una novedad.

Comencé hablándole de Marta, con quien creí que se llevaría mejor, y explicándole cómo nos habíamos conocido y cómo nuestra amistad había sobrevivido a los años y a las fronteras.

—Marta es de las mejores cosas que me han pasado en la vida. Jamás me ha fallado. Es ese tipo de personas que siempre están ahí. Aunque no las veas. Sabes positivamente que nunca te dejarán en la estacada.

Le divirtió mucho mi descripción de Thomas, sobre el que no quise entrar muy en detalle en lo que a su vida personal se refería. Aún no había resuelto el triángulo amoroso en el que se encontraba inmerso y preferí esperar un poco. Juan no me parecía el tipo de persona que le juzgaría, pero nunca se sabe.

Por último, le llegó el turno a Léa, sobre la que sí que le conté todo.

—Me interesa tu opinión. —Con una punzada en el corazón, recordé cómo le había hecho esa misma pregunta a Matteo unos meses antes—. ¿Qué demonios le pasó a Daniel?

—Es difícil saberlo, aunque apostaría por un ataque repentino de cobardía. Miedo a perder la comodidad de lo conocido y miedo a que Léa se cansara de él, una vez que pudieran tener una relación normal, y terminar solo. ¿No ha vuelto a saber nada de él? —me preguntó, extrañado.

—Absolutamente nada. —Negué con la cabeza—. Eso sí, ella se sigue acordando de él cada día. Tendrías que ver sus fotos. Ni siquiera le he querido decir nada, porque no sé si ella misma lo ve. Pero él está en todas ellas.

—¿Es fotógrafa? —me preguntó Juan, confundido—. ¿No trabajaba con Marta en la editorial?

—Sí, lo de la fotografía es un *hobby*, aunque, créeme, si vieras sus fotografías pensarías que se dedica a ello profesionalmente. Está intentando hacer de ello su modo de vida para compaginarlo con su trabajo en la editorial, pero, como todo lo artístico, imagino que es difícil. Mira el pobre Thomas el tiempo que ha tardado en empezar a darse a conocer...

—Si quieres puedo ayudarla —le miré interrogante—. Conozco a mucha gente, bien posicionada, que se pasa el día organizando eventos sociales. Muchos de ellos contratan fotógrafos.

—¿Lo harías? —le pregunté, conmovida.

—¿Por ti? —Juan detuvo sus pasos y me miró de frente, sujetándome con delicadeza por los brazos—. ¿Aún no te has dado cuenta de que haría cualquier cosa por ti? Y por quienes son importantes para ti, añado.

Nos quedamos en silencio unos segundos.

—Sí —susurré.

—Dile que me llame.

—No, no —le interrumpí—. O sea, sí, le diré que te llame. Pero no te estaba diciendo que sí a eso. —Lo miré fijamente y esbocé una sonrisa—. Sí a que volvamos a intentarlo.

Juan tardó unos segundos en entender lo que le estaba diciendo. Cuando lo hizo, una inmensa sonrisa iluminó su rostro. No me besó inmediatamente, sin embargo. Me atrajo hacia él y me envolvió en un fuerte abrazo que estuvo a punto de dejarme sin respiración. Allí, enterrada en el hueco de su abrazo, me sentí en casa.

—Estás heladita —me dijo mientras me ponía su chaqueta por encima.

Tenía la piel de gallina, pues la noche comenzaba a refrescar, pero ni siquiera me había dado cuenta. En aquel momento me sentía exactamente en el lugar en el que debía estar. Matteo y su increíble sonrisa parecían a años luz de allí, pertenecían ya a otra vida. Aquella era una puerta que debía cerrar ya, para abrir otras nuevas que me brindaran la oportunidad de ser feliz.

La noche elegida para presentar a Juan a mis amigas fue la de mi cuarenta cumpleaños; una fecha especial, sin duda. Era un domingo y nosotros habíamos vuelto aquella tarde de pasar el fin de semana en el laberinto de los libros, a donde le había acompañado por primera vez desde nuestro reencuentro.

Fuimos a su casa a ducharnos y cambiarnos y nos dirigimos hacia Le Procope, un restaurante que siempre me había gustado y en el que Juan había insistido en invitarnos a cenar.

—Me toca; soy el más próximo en edad al restaurante —me dijo—. Vosotras sois más de la generación de Kong y esos *rooftops* modernos. Este es más de mi época.

No pude evitar reírme ante la exageración de Juan, que apenas tenía nueve años más que yo. Le Procope había sido fundado en 1686, lo que lo convertía en el restaurante más antiguo de la ciudad. Me fascinaba. Tenía un encanto especial y una increíble historia detrás, con clientes tan ilustres en su haber como Rousseau, Voltaire, Diderot, Robespierre, Victor Hugo o Benjamin Franklin, que redactó en este restaurante parte de la Declaración de Independencia de los Estados Unidos. ¡Lo que habrían visto y oído las paredes de aquel local! Me pareció el lugar perfecto para celebrar mi cumpleaños.

Las chicas, que nos esperaban ya sentadas bebiendo sendas copas de vino blanco, se levantaron al vernos entrar.

—¡Feliz cumpleaños, Mari! —me dijo Marta mientras me daba un cariñoso abrazo al que se unió Léa.

Juan carraspeó junto a mí.

—Bueno, chicas, os presento por fin a Juan.

—Un placer —dijo Léa, tendiéndole la mano en un gesto que me recordó a las damas del siglo XIX y que me hizo sonreír—. Quería darte las gracias en persona.

Juan había mantenido su promesa y había ayudado a mi amiga a conseguir varias sesiones de fotos en fiestas privadas, incluso en eventos culturales. Como era de prever dada la calidad de sus fotos, enseguida se había corrido la voz entre los círculos de la alta sociedad parisina y Léa fantaseaba incluso con la idea de dejar su trabajo en la editorial para dedicarse a tiempo completo a la fotografía.

—Las gracias te las he de dar yo, créeme —le dijo Juan, con una sonrisa mientras nos sentábamos a la mesa—. Todo el mundo queda tan encantado con tu trabajo que se sienten en deuda conmigo por la recomendación. Está bien esto de que a uno le deban favores.

Tengo que reconocer que estaba bastante nerviosa. No todos los días presenta una a su novio a sus amigas. Pero la cena no pudo empezar mejor y constituyó un fiel avance de lo que fue el resto de la velada.

Juan demostró ser el perfecto compañero. Se interesó —genuinamente, además— por el trabajo de mis amigas, sus vidas y sus aficiones. Igual que todos los hombres —¿qué les pasaba exactamente con los aviones?, ¿tenían alguna frustración oculta?—, quedó fascinado por el trabajo de Bastien. Escuchó pacientemente a Léa contarle su historia con Daniel e hizo los comentarios adecuados; criticó su cobardía, pero no se metió con él tanto como para que a Léa le doliera. Habían transcurrido ya unos meses, pero mi amiga no había superado aún aquella historia. En secreto, nos confesó, seguía esperando que volviera a por ella.

—Juan, por Dios —le rogó Marta—, preséntale a algún amigo guapo y rico, que la trate como la princesa que es y la elija siempre a ella. ¿Te viene alguien a la mente?

—¡No necesito a ningún hombre rico que me mantenga! —protestó Léa con un mohín—. Yo ya soy rica. Lo que quiero es al hombre al que amo. Y ese es Daniel.

No sabía si reírme por el comentario o llorar. Era cierto que la familia de Léa nadaba en la abundancia y no necesitaba el dinero en absoluto, pero me partía el corazón oírla hablar de Daniel con el mismo amor con el que lo hacía al principio de su relación. En mi mente comencé a hacer un listado de los amigos solteros y divorciados de Juan y a organizar una cena en su casa. No perdíamos nada por intentarlo.

Interrumpió mis pensamientos mi móvil, vibrando sobre la mesa. Miré discretamente la pantalla y allí estaba la notificación de cada fin de semana por las noches: «Matteo está transmitiendo en directo». Rápidamente lo cogí y me excusé para ir al baño.

Una vez allí, puse mi dedo tembloroso sobre la notificación para escucharle, aunque fuera unos segundos. No tenía mucho tiempo, pero el corazón se me encogió cuando al aparecer Matteo en la pantalla, pude escuchar nítidamente cómo cantaba *A te*, nuestra canción. Fueron solo quince segundos. No pude seguir escuchando. Supe que esa canción era para mí —¿sabría que era mi cumpleaños?— y supe que tenía que terminar con aquello o me volvería loca. Deshabilité las notificaciones y tomé la firme decisión de no volver a ver sus vídeos. La distancia había sido siempre, para mí, el olvido, pero aquello no era distancia, era tortura: verle cada fin de semana, cantando maravillosas canciones con esa voz que acariciaba el alma y aquella sonrisa de la que me había enamorado como una niña.

Apagué el móvil y regresé a la mesa, donde me encontré a Juan, Léa y Marta riendo hasta las lágrimas. Los observé desde lejos y decidí que no podía estar en mejor lugar en aquel momento. Ni nunca. Eran mi vida, mi familia. ¿Por qué se me pasaba siquiera por la cabeza estropearlo?

Conseguí apartar todo aquello de mi mente y disfrutar de la cena, que fue un éxito. El amor de todos nosotros por la literatura nos dio mucho juego, por supuesto. A mis amigas les encantó oír hablar del laberinto de los libros, al que prometimos llevarlas un día. Ellas, por su parte, prometieron invitarnos al próximo evento de la editorial.

—Aunque quizá el próximo gran evento sea el lanzamiento de la novela de Isabelle.—Marta me miró y alzó su copa para brindar.

—¿Qué dices? —Sonreí, avergonzada—. Ni siquiera sé si me la publicarán.

—Como no nos has dejado leerla —interrumpió Léa—, ¡es difícil opinar! ¿Tú tampoco la has leído?

Esto último lo dijo dirigiéndose a Juan.

—Ni una línea —protestó este—. Vamos, por no saber, no sé ni el título. Vuestra amiga dice que hasta que no la termine no piensa soltar prenda.

—Todo llegará. No me presionéis.

Me sentía halagada por el interés que mostraban, pero al mismo tiempo estaba aterrorizada. ¿Y si no les gustaba lo que había escrito? ¿Y si en realidad no escribía bien? ¿O la historia no tenía interés más que para mí? Siempre había pensado que la primera persona en leerla sería Agatha, pero lo cierto es que no sabía muy bien qué hacer con aquel manuscrito que aún no había terminado. El final se me estaba atascando. Y es que era verdad que en mi novela podía pasar lo que yo quisiera, pero... ¿Qué quería que pasara?

Tras la cena acompañamos a Léa al Boulevard Saint

Germain a coger un taxi y Marta, Juan y yo volvimos caminando a casa.

Cuando entramos por la puerta de mi apartamento, me sentía feliz. Aquella noche dormí plácidamente en sus brazos, sin separarme ni un centímetro de él.

Por la mañana Juan se fue muy temprano. Tenía clase a primera hora, le gustaba así. Decía que de ese modo tenía el resto del día libre para organizar temas más de gestión, reunirse con su equipo y coordinar actividades. Ya que me había despertado igualmente, decidí darme un capricho y empezar bien el día, bajando a desayunar a Le Chai antes de irme a la librería. Aún quedaban un par de horas para abrir y no veía el momento de sentarme en la terraza del café de enfrente con mi *latte*, mi barrita con aceite y la novela que me estaba leyendo, *A la luz del amanecer*, de Agnès Martin-Lugand, que me estaba resultando sumamente reveladora. Y que tenía que recomendar a Léa, pensé mentalmente. Se iba a sentir muy identificada con la protagonista.

De camino hacia la puerta me detuve a abrir el buzón, donde había una única carta. Una carta que llevaba sello inglés. Una carta que no me atrevía a coger. Me quedé mirándola como si fuera a hablarme, pero era incapaz de reaccionar. Solo una persona podía escribirme desde Londres. Y solo una persona podía ser tan sensible como para, en el siglo XXI, seguir escribiendo cartas.

Abrí el sobre con todo el cuidado del que fui capaz. No me di cuenta de lo que estaba sintiendo hasta que una lágrima cayó sobre la escueta nota que había en el interior, junto a un billete a Londres: «Tú me llevaste a París. Déjame traerte a Londres. Doy un concierto en Sky Garden el próximo fin de semana. Me encantaría que vinieras. Y que pasaras el fin de semana conmigo. Matteo».

16

DE PARÍS A LONDRES

Hacía mucho tiempo, durante un viaje a París con una antigua amiga, me había comprado un cartel que colgó durante años de la pared de mi habitación: «Las locuras son las únicas cosas de las que nunca nos arrepentimos». Una frase de Oscar Wilde que siempre había guiado mis actos, principalmente los amorosos.

Eran pocas las locuras de las que me había arrepentido a lo largo de mi vida; pesaban sin embargo más los arrepentimientos por no haber llevado a cabo algunas de las que pude cometer.

A esto se sumaba que, a veces, una no es consciente de las amigas que tiene hasta que estas se lanzan a acompañarte en cualquier locura sin pestañear. Y esas eran las mías.

Por eso el viernes me encontraba en el Eurostar camino de Londres, acompañada por Léa y Marta, poco más de una semana después de haber recibido la carta de Matteo. No me avergüenza reconocer que no dudé ni un solo segundo cuando leí la nota. Tenía que ir. Puse un mensaje a mis dos amigas en el que simplemente les envié una foto de la carta de Matteo y un escueto «¿Me acompañáis?». Su respuesta llegó a los pocos minutos: *«We're in!»*.

Y así fue como se gestó un fin de semana de chicas en

Londres. Marta estaba deseando volver a una ciudad en la que había vivido de joven, y aportaba a la escapada un espléndido descuento de Bastien que nos había servido para reservar dos habitaciones en el maravilloso Henrietta Hotel, en pleno Covent Garden, a un precio casi irrisorio.

—¿Para qué nos vamos a ir más lejos, si sabemos que el sábado estaremos allí viéndole tocar? —me dijo mi amiga, sin más—. No nos vamos a ir a Earl's Court, Mari.

Sonreí; Marta sabía que era mi barrio favorito para alojarme siempre que viajaba a Londres. La idea de dormir en pleno Covent Garden me parecía como de otra galaxia. En un hotel que, además, siempre me había parecido precioso, y cuyo restaurante había visitado en alguna ocasión.

Léa, por su parte, se unió emocionada a la expedición británica junto a su Leica. Aunque, como buena parisina, Londres no la volvía loca, sí reconocía que algunos de sus barrios eran preciosos y muy fotogénicos, motivo por el cual decidió aprovechar para hacer una buena sesión de retratos de la ciudad con la perspectiva de poder venderlas o hacer algo con ellas a su regreso.

Yo, por mi parte, le había dicho a Juan que las chicas y yo llevábamos tiempo planeando pasar un fin de semana juntas fuera y que Londres nos había parecido una buena idea a las tres. El pobre no solo me creyó a pies juntillas, sino que me animó a irme con ellas y pasarlo en grande. Creo que nunca me había sentido tan mal.

Pero tenía claro que debía hacer aquel viaje para no quedarme con la duda, para tomar una decisión de una vez por todas.

A media mañana estábamos ya en King's Cross St. Pancras, la estación más bonita de Londres, cuyas esculturas me volvían loca. La gente se acercaba hasta allí para ver la tienda y el andén de *Harry Potter*, yo iba para admirar durante largos minutos la preciosa escultura The Meeting Place, una figura de nueve metros de alto que representaba a una pareja ¿encontrándose?, ¿despidiéndose? en la estación. Era la escultura más romántica que yo había visto jamás.

En el hotel nos separamos; Léa y Marta compartían habitación y —por lo que pudiera pasar—, yo me alojaba sola en otra. Dejé allí a mis amigas, que iban a ducharse y salir a comer algo por la Piazza, y yo mandé un mensaje a Matteo, con quien había quedado para comer en un acogedor restaurante francés llamado Mon Plaisir.

Saqué un modelito más informal que el que me había traído para el concierto de aquella noche, me recogí el pelo y me fui a su encuentro, más nerviosa que cualquiera de las otras veces que nos habíamos visto.

Cuando llegué, Matteo me esperaba sentado a una mesa junto al cristal. Ya desde fuera me dio la impresión de que estaba igual de nervioso que yo. Entré en el restaurante y se acercó a mí tímidamente para darme un abrazo. Su sonrisa, sin embargo, consiguió hacerme sentir en una nube.

Nos sentamos y pedimos unos mejillones y unas *frites* para compartir. Y vino blanco, por supuesto. Aquello nos ayudaría a relajarnos un poco.

—No estaba seguro de que fueras a venir.

—¡Pero si te escribí en cuanto recibí la carta! —protesté—. No dirás que te hice esperar.

—Ya, Isabelle, pero la carta llevaba unos días viajando... Sí que tuve que esperar tu respuesta.

—*Touchée.* Bueno, no puedo decir que no me sorprendiera. —Bajé la mirada, tímida—. No pensaba que volvería a saber nada de ti, la verdad.

—Lo siento. —Ahora fue él quien posó la mirada sobre las *frites* que nos acababan de dejar en la mesa—. Lo siento de verdad. Aquel último día en París fue... maravilloso. Debí ser más claro contigo, pero no quise estropear algo que para mí había sido mágico.

—También para mí. —Me armé de valor (¿quizá era el vino?) y alargué la mano por encima de la mesa para posarla sobre la suya. Matteo no la apartó.

Le miré a los ojos mientras el pulso de mi corazón se aceleraba tanto que temí que lo oyera. Sentí sus dedos entrelazarse con los míos y tuve claro que prefería no comer si ello significaba separar nuestras manos.

Afortunadamente para mi estómago, en aquel momento llegó la camarera con nuestros *moules* y tuvimos que dejar hueco para la enorme cazuela. A pesar de los nervios, ambos teníamos hambre y nos abalanzamos sobre la comida.

Decidí relajar un poco el ambiente y preguntarle por cosas cotidianas, como su música, cómo había pasado esos últimos meses o si seguía dando clase a los niños de Brixton. Me contó que los primeros meses del año eran muy flojos, pero que, de nuevo, Londres estaba muy animado y lleno de turistas, que cada fin de semana había mucha gente en Covent Garden. Disfrutaba enormemente y se notaba; me estuvo contando anécdotas acaecidas durante las últimas semanas, como cuando apareció la tripulación de un submarino y se pusieron todos a cantar *Yellow Submarine* junto a él, o varias escenas divertidas con la canción de *Dirty Dancing.*

Me explicó, además, cómo funcionaba el tema de los artistas callejeros en Covent Garden, tema del que yo no tenía ni idea, aunque suponía que algo debía de haber detrás cuando el nivel claramente no era el de cualquier calle de cualquier ciudad del mundo. Había grandes músicos de todos los estilos y también artistas y bailarines que hacían auténtica magia.

Todos ellos pasaban un *casting*, según me contó Matteo, que permitía garantizar un buen nivel de actuaciones cada día en la Piazza y en el interior del mercado. Aquello era todo un mundo, y me encantó escucharle hablar sobre ello. Me contó también que vivía en una casita en Kynance Mews, una preciosa calle en el barrio de Kensington. Me contuve para no preguntarle cómo era posible que viviera en uno de los lugares más caros de Londres. Creo que nadie que yo hubiera conocido en mi vida vivía más cerca de la zona cuatro de metro, eso o compartían un piso de cuatro habitaciones con cinco personas más.

¿Cómo era posible que Matteo pudiera permitirse aquello? La pregunta me pareció la típica impertinencia que mi madre me hubiera prohibido decir en voz alta —con toda la razón— así que evité verbalizarla. Pero debo de ser tan transparente que Matteo me lo leyó en la cara.

—Supongo que te estarás preguntando cómo puedo permitirme vivir ahí, y además sin compartir casa. —Levantó una ceja y me atravesó con sus profundos ojos azules. Pero no estaba molesto.

—No tienes que explicármelo, de verdad —le sonreí, tranquilizadora.

—Pero quiero. —Esta vez fue él el que puso su mano sobre la mía—. Heredé la casa de mi abuelo. Tenía una relación muy estrecha con él; nos adorábamos. Me apoyó siempre en mi sueño de ser músico, pero creo que, a juzgar por lo que me dejó, debía de pensar que me moriría de hambre. —Sonrió con tristeza al recordarle. Se notaba que lo hacía con inmenso cariño—. Él había tenido una industria textil durante más de cuarenta años en la que fabricaba camisas para marcas como Gucci, Roberto Cavalli o Armani. Todo esto antes de la deslocalización de las empresas hacia Asia. Ganó muchísimo dinero. Cuando la crisis comenzó a llegar al sector ya le tocaba jubilarse, así que no le afectó demasiado. Era, además, un hombre de finanzas y había invertido bien todo el dinero que había ganado durante esas cuatro décadas.

—¿Y por qué se compró una casa en Londres? —pregunté, curiosa—. ¿Venía aquí a menudo?

—No, esa es la mejor parte. —Matteo sonrió de nuevo y yo creí desmayarme ante esa perfecta hilera de dientes blancos—. Ninguno sabíamos de la existencia de esta casa. Mi abuelo ni siquiera había puesto jamás un pie en Londres. Él sabía que era mi sueño venir a esta ciudad a buscarme un camino que me llevara a vivir de la música y se adelantó. Murió cuando yo tenía veinticuatro años. Una vez que se abrió el testamento y descubrimos esto, cogí las maletas y me vine a instalarme aquí. Era mi señal para luchar por lo que siempre había querido.

—Qué historia tan bonita. —Apreté su mano—. Y qué generoso tu abuelo.

—Sí que lo era. La familia fue siempre lo más importante para él. —Pude notar que a Matteo se le empañaban los ojos y decidí permanecer en silencio para dejarle recordar, sentir. A los pocos segundos, continuó con su historia—. La casa es muy peculiar. En realidad, es perfecta. No me puede gustar más. Me encantaría que la vieras.

—¡Claro! Cuando quieras. —Sonreí a medias, pues no pude evitar pensar en la existencia de aquella pareja misteriosa que había caído sobre mí como una losa en París. ¿Seguiría existiendo? ¿Viviría allí?

En aquel momento nos trajeron la cuenta, que me apresuré a pagar.

—Encima de que me has invitado a venir... —le dije, cogiendo la factura—. ¡Es lo menos que puedo hacer!

Matteo miró el reloj.

—Tengo que pasar por casa a coger la guitarra. El resto del material lo tengo ya allí. Si quieres puedes acompañarme y te la enseño. —Me miró interrogante y, ante mi silencio, continuó—. Vivo solo. Compartí la casa con la que era mi pareja hasta hace unas semanas. Pero ya se terminó.

Me hubiera encantado en aquellos momentos ver mi cara en un espejo. Aunque la sonrisa de Matteo fue suficientemente elocuente.

—¿Y no crees que podías haberme dicho esto antes? —Quise mostrarme indignada, pero estaba tan feliz en aquel momento que era imposible disimularlo.

—¿En la carta? Estas cosas se dicen a la cara. —Acto seguido se levantó y me tendió la mano—. ¿Vamos?

Seguí a Matteo hasta el metro de Covent Garden, donde cogimos la Piccadilly Line hasta Gloucester Road. En apenas veinte minutos nos encontrábamos en un pequeño y mágico rincón que me pareció la calle más bonita de Londres: Kynance Mews.

Aquellos *mews* no eran como los demás. Tenían algo especial. Un gran arco daba paso a una sucesión de pequeñas casas extremadamente cuidadas. El silencio era ensordecedor. Apenas se distinguía, en la distancia, el sonido de algún coche que avanzaba lentamente por la calle principal.

Cuando Matteo se acercó a la que era sin duda la casa más bonita de la calle estuve a punto de desmayarme. Una exuberante vegetación cubría casi por completo una fachada de ladrillo marrón en la que destacaban unos inmensos ventanales con unas contraventanas en color azul turquesa. El contraste de colores era de una belleza extraordinaria. Completaba el conjunto un farolillo que dotaba a la casa de un aura de cuento de hadas del que yo no quería salir.

—Matteo, ¡es preciosa!

Una sonrisa de orgullo iluminó su rostro.

—Me alegra que te guste. Yo me enamoré de ella en cuanto la vi. He intentado cuidarla para que se mantenga siempre igual de bonita. Creo que a mi abuelo le habría encantado.

—No tengo la más mínima duda —le dije casi sin poder cerrar la boca ante la impresión que me producía que mi músico italiano viviera en aquella preciosidad de casa.

Como bien me había dicho Matteo, la casa no era muy grande —al menos la planta baja, que es lo que podía ver en aquel momento—, pero era espectacular. Por las ventanas entraba la luz a raudales —toda la luz que puede haber en Londres—. Las paredes eran de un blanco inmaculado, y de la gran pared del salón colgaban guitarras de diversos estilos y colores, además de numerosos vinilos. En el otro lado, para mi sorpresa —aunque ya sabía que era un gran lector—, una inmensa librería llena de lo que parecían libros de segunda mano que creaban un cálido ambiente. Cuando me acerqué a mirar algunos títulos pude confirmar que Matteo era amante de la literatura clásica, con numerosas obras de Proust, Victor Hugo, Edgar Allan Poe, Cortázar, Charles Dickens y Oscar Wilde, entre muchos otros. No estaban excesivamente ordenadas —sentí una pequeña punzada en el corazón al recordar a Juan y el laberinto de los libros, tan ordenado gracias en parte a mí—, y se entremezclaban con obras de Cormac McCarthy, Paul Auster y varios autores italianos, la mayoría de los cuales no conocía.

Mientras exploraba la biblioteca, Matteo se sentó en una preciosa butaca azul, junto a una de las ventanas, y comenzó a tocar la guitarra.

Reconocí al instante la melodía de *Better together*, la preciosa canción de Jack Johnson, un artista que había descubierto durante un viaje a Hawai con Elena, mi mejor amiga del colegio, muchos años atrás. En pleno mes de enero habíamos decidido atravesar medio planeta para pasar una semana en aquel paradisíaco archipiélago y recorrer sus islas con la música de Jack Johnson sonando en el coche.

—¿Siempre hablas con canciones? —le pregunté, girándome hacia él.

—La escritura es tu idioma; la música es el mío. —Se puso en pie y se acercó a mí—. Por cierto, ¿cómo va esa novela? No me has contado nada. En realidad, no me has dicho nada de ti. Supongo que básicamente porque yo no he callado.

—No te preocupes. Tendremos tiempo de hablar —le dije, caminando hacia la cocina, abierta sobre el salón—. No me voy hasta el domingo por la tarde.

Matteo me devolvió la sonrisa y me besó la frente, cogiéndome de la mano. Miró el gran reloj en forma de vinilo que estaba colgado sobre la cocina y fue a la planta de arriba, donde supuse que se encontraba el dormitorio. No subí tras él porque, francamente, no respondía de mis actos.

—Tengo que salir ya, me esperan para los ensayos y las pruebas de sonido —me gritó desde arriba—. Déjame cambiarme y nos vamos. ¿Has quedado con las chicas?

—Sí, vamos a pasar la tarde por el Soho y luego nos iremos hacia allá. Ve tranquilo. Estaré bien —le dije mientras me acercaba a las ventanas para admirar las vistas de la tranquila calle adoquinada—. Aunque estuviera sola, aquí estaría de maravilla. Es Londres.

Matteo bajó en aquel momento, guapo como nunca le había visto, con un pantalón negro y una bonita camisa azul sobre la que se estaba poniendo una cazadora de cuero.

Tuve que quedarme pegada a la ventana para contenerme y no besarle. Pero sabía que tenía prisa y no era el momento. Nuestro momento llegaría pronto; ahora ya estaba segura.

Cogió la guitarra y ambos nos dirigimos a la puerta. Cuando me disponía a abrirla, Matteo la bloqueó con la mano, me apoyó contra ella y me besó. En aquel momento perdí toda noción de tiempo y espacio. Si alguien me hubiera preguntado en aquel instante cómo me llamaba, hubiera sido incapaz de contestarle. Lo único que sabía es que no quería salir nunca más de aquella casa.

Pero evidentemente había que hacerlo. Matteo tenía un trabajo y yo dos amigas. Nos separamos poco a poco. Nos faltaba el aire. Si afinaba el oído, era capaz de escuchar nuestros corazones. Despacio, puse mi mano sobre su pecho. Y sentí sus latidos desbocados. Nos quedamos inmóviles durante unos segundos hasta que nuestra respiración se calmó un poco y, sin decirnos palabra, salimos a la calle.

Nos separamos en el metro de Holborn, desde donde yo me iría caminando al encuentro de mis amigas y él tomaría la Central Line hasta el Sky Garden. Matteo me indicó que nuestros tres nombres estaban en la lista y que nos esperaba allí por la noche.

—Por fin conoceré a la famosa Léa.

—¡Sí! Te tengo que contar muchas novedades desde la última vez que nos vimos, pero ahora vete o llegarás tarde.

—Le di un suave beso en los labios, le sonreí y me dirigí hacia las escaleras mecánicas para salir del metro. No me di la vuelta, aunque lo estaba deseando. Ahora tocaba pasar una maravillosa tarde con mis amigas en el Soho londinense, paseando, viendo tiendas y tomando unos cócteles antes del concierto.

Llamé a Marta, que me dijo que estaban terminando de comer en Buns and Buns. El corazón me dio un vuelco. Juan. Aquel viaje a Londres, mil años atrás. Aquel hombre que me quería, que había cambiado de vida —en parte por mí, si es que debía creerle—. Que me cuidaba, que era generoso conmigo y más cariñoso de lo que jamás habría creído posible en un hombre como él. Una persona con la que compartía aficiones, lecturas, paseos y fines de semana disfrutando de placeres tan sencillos como ordenar libros o pasar horas leyendo frente a la chimenea. Y, no menos importante; compartíamos ciudad.

Me detuve antes de entrar en el restaurante, al fondo del cual ya veía a mis amigas sentadas, cerca de la mesa que habíamos ocupado Juan y yo aquella noche. ¿Era posible querer a dos personas a la vez? ¿Cómo se tomaba una decisión así? Lo único que tenía claro en todo aquel lío es que no quería hacer daño a nadie. Menos aún a Juan que, con sus cosas, tan bien se había portado siempre conmigo. Pero tampoco quería perder la oportunidad de ser feliz con quien hacía latir mi corazón como lo había hecho Matteo hacía apenas unos segundos.

¿Sería, sin embargo, algo pasajero? ¿Una tontería que se me pasaría nada más volver a París y ver a Juan? De nuevo, me estaba volviendo loca. Decidí concentrarme en pasar una buena tarde con mis amigas y dejar que las cosas fluyeran como tuvieran que fluir. Forzar las cosas nunca había llevado a ningún lugar bueno.

—Oye, pues era verdad que este restaurante está fenomenal —me dijo Léa a modo de saludo—. ¡Hemos comido de maravilla!

Sonreí y me senté junto a ellas, que ya me miraban interrogantes mientras Marta hacía una seña pidiendo la cuenta al camarero para poder irnos.

—Tenía pareja. —Me divertí manteniendo un poco el suspense—. Ya no la tiene. Hemos ido a su casa después de comer y me ha besado. ¡Nada más! —interrumpí a Marta que ya estaba dispuesta a preguntar todo tipo de detalles—. Pero, chicas, estoy hecha un lío.

Mi cara de angustia debía de ser real, porque Léa me abrazó, cariñosa, y me dijo que no lo pensara.

—No tienes que decidir nada ahora. Aunque hayamos venido por Matteo, es un fin de semana de chicas y vamos a disfrutarlo. Mira, he visto una camiseta antes en una tienda que decía *«Less drama, more pasta»* y he estado a punto de comprártela; me ha parecido muy apropiada para ti y tu amor italiano. —Me reí y pensé que tenía que buscar aquella camiseta. A continuación, Lea se puso seria y añadió—: Que sepas que yo he recibido un mensaje de Daniel mientras comíamos.

La miré como si me hubiera dicho que un ovni había aterrizado sobre la Piazza mientras degustaban sus *buns.*

—¿Perdona? ¿Y qué te ha dicho? —Señalé su móvil, sobre la mesa—. ¿Se puede ver?

—Claro.

Léa me alargó el teléfono mientras Marta me miraba con una cara de circunstancia que no entendí muy bien pero que me explicaría más tarde sin duda.

«Léa, necesito hablar contigo. Dime por favor si podemos vernos. Donde sea, cuando quieras. Te echo de menos, chiquitina». Madre mía. Mi amiga se merecía un premio por no estar llorando en ese momento. Y me parecía que yo había vivido emociones fuertes en las últimas dos horas.

—No le he contestado. —Léa me sacó de dudas, y deslicé el dedo por la pantalla para comprobar que efectivamente allí no había nada—. Y no lo pienso hacer hasta que volvamos. ¿Que el corazón me ha dado un vuelco? Pues sí. Pero siento que ahora tengo la sartén por el mango, por decirlo de algún modo. Ya no tengo todos los huevos en la misma cesta; la fotografía me está dando muchas alegrías, llenando mis horas. Sé que puedo ser feliz con otras cosas y otras personas. —Nos sonrió a las dos—. Y no pienso permitir que arruine mi fin de semana. He silenciado el chat con él y hasta el lunes no pienso abrirlo. ¡Anda, vámonos! —Se puso en pie y nos hizo una seña animándonos a hacer lo mismo—. Londres nos espera. Compras, cócteles, amigas y fotos. ¿Creéis de verdad que necesito drama ahora mismo?

Salí de Buns and Buns siguiendo a mis amigas rumbo al Soho fascinada ante la actitud de Léa, que me parecía una mujer nueva. Era pequeñita, pero en aquel momento me pareció una roca. Delicada pero fuerte como un huracán. Me dio la sensación de que tenía que aprender mucho de ella. Dejar un poco de lado el drama y disfrutar de la vida y de aquel magnífico fin de semana que teníamos por delante. Al final pasaría lo que tuviera que pasar, y yo no iba a poder hacer nada por evitarlo.

Lo que sí tenía claro es que jamás me iba a arrepentir de haber hecho aquel viaje. Pasara lo que pasase, decidiera lo que decidiese, sería yo, y nadie más, quien habría elegido. Como en mi novela.

17

UN CONCIERTO EN LAS NUBES

La tarde por el Soho con mis amigas fue tan divertida que el viaje hubiera merecido la pena ya solo por ella. Léa tenía toda la razón: era nuestro momento. El momento de disfrutar y dejar el drama a un lado.

Estuvimos haciendo algunas compras y tomando unos cócteles en Kingly Court. Paseamos por Berwick Street, llena de tiendas de vinilos, en una de las cuales le compré a Matteo el de *Bohemian Rhapsody*, canción con la que solía terminar sus conciertos y que había sido desde siempre uno de mis temas favoritos. Me pareció un detalle bonito y pensé que le gustaría.

A media tarde regresamos al hotel para dejar las compras y cambiarnos.

—¡Madre mía! —me dijo Marta al verme en el *lobby*, donde nos habíamos encontrado para coger un taxi que nos llevaría hasta Sky Garden—. Vamos a darlo todo, ¿no?

Me reí al ver cómo me miraba de arriba abajo. La verdad es que yo solía vestir siempre muy informal y el cambio era bastante drástico. Quitando la noche de la fiesta de la editorial, mis amigas no me habían visto arreglarme tanto en un año, ni siquiera para salir a cenar con Juan.

Aquella noche me había puesto un precioso mono negro de tirantes, aunque la noche londinense me había obligado a ponerme una cazadora por encima, que pensaba quitarme en cuanto subiéramos al espectacular mirador en el que iba a tocar Matteo. Como únicas joyas, el anillo y el colgante en forma de clave de sol de los que no me separaba nunca.

Llegamos justo a tiempo. En el momento en que se abrió la puerta del ascensor en la planta treinta y cinco y nos adentramos en el jardín público más elevado de la ciudad, a ciento cincuenta y cinco metros de altura, empezamos a oír los primeros acordes de la guitarra.

El escenario estaba situado frente al espectacular mirador con vistas a toda la ciudad, iluminada ya a aquellas horas. El lugar era mágico, sin duda alguna, y a ello contribuía la suave voz de Matteo de fondo, cantando *Night changes*.

Nos dirigimos a la barra para pedir algo y nos acercamos a disfrutar de la música. Matteo inclinó la cabeza al vernos y nos dedicó una de sus espléndidas sonrisas.

—Pues sí, chica —me dijo Léa—, no me extraña nada que te hayas enamorado de esa sonrisa. ¡Qué barbaridad!

Me ruboricé y, sin apartar la vista de Matteo, pensé en las palabras de Léa ¿Estaba realmente enamorada? Si lo pensaba bien, apenas conocía a aquel hombre. Casi había aprendido más sobre él ese día que en los meses previos. ¿No sería un simple capricho? ¿Y Juan? ¿No era esa relación mucho más sensata? Pero ¿cuándo me había gustado a mí lo sensato? ¿No había pasado mi vida buscando el *«ridiculous, inconvenient, consuming, can't-live-without-each-other-love»*, del que hablaba Carrie en aquel famoso capítulo de *Sexo en Nueva York*?

Una vez más, decidí apartar todos aquellos dilemas de mi mente y disfrutar de la noche junto a mis amigas. Lo cierto es que el tiempo pasó volando y, cuando Matteo dejó de tocar, salí a la terraza a disfrutar de las vistas y del silencio sobre la ciudad de Londres. Estaba apoyada en la barandilla, con la carne de gallina por la brisa que soplaba allí arriba, cuando dos manos rodearon mi cintura por detrás y sentí un beso en la nuca que me erizó aún más la piel.

—*Sei bellissima stasera* —me dijo en italiano, haciendo que quisiera desmayarme en sus brazos. Realmente yo tenía que haber nacido en el siglo XIX. Lo mío era el drama romántico.

Nos quedamos así un buen rato, viendo los barcos navegar por el Támesis, bajo el Shard iluminado y el Tower Bridge que tanto me había gustado desde niña.

Fue otro de esos momentos, como el de la Butte Bergeyre en París mirando el Sacre Coeur, en los que deseé con todas mis fuerzas que el tiempo se detuviera.

Recuerdo segundo a segundo el resto de la noche, cómo nos sentamos junto a Léa y Marta en unos de los sofás que había dentro y nos tomamos unos cócteles mientras charlábamos como amigos de toda la vida. Recuerdo el camino de regreso al hotel, cómo Marta y Léa se despidieron antes de irse a dormir con la promesa de encontrarnos en el vestíbulo a las diez para desayunar e ir a pasar la mañana a Notting Hill. Recuerdo cómo Matteo subió conmigo a mi habitación. Recuerdo segundo a segundo las horas que siguieron.

Recuerdos que no quise compartir con nadie porque eran solo nuestros. Pero sí diré que recuerdo amanecer en sus brazos sintiéndome la mujer más feliz sobre la faz de la Tierra.

Marta y Léa nos esperaban ya en el salón del desayuno y no pude evitar reírme al ver su expresión cuando me vieron entrar seguida de Matteo, que fue directamente a servirse un café. Falta nos hacía.

—Mari —me susurró Marta con cara de circunstancia—. Ya puedes darle esquinazo en algún momento a lo largo de la mañana para contarnos qué ha pasado esta noche.

—Marta, hija —le dijo Léa—, eso ya te lo cuento yo sin necesidad de dar esquinazo a nadie. Solo digo que menos mal que no teníamos habitaciones contiguas. Y tú —me dijo amenazándome con el cuchillo con el que estaba extendiendo la mantequilla sobre su tostada—, ni se te ocurra sentirte culpable, aunque por tu cara diría que ni se te ha pasado por la cabeza. Para cuando se te pase, recuerda el lema de este viaje: «Cero dramas. Vive y sé feliz.

—A la orden. *Hakuna matata.* —Sonreí y me llevé la mano a la sien, como un soldado, para sentarme a continuación a la mesa, hacia la que ya se dirigía Matteo con dos cafés y un plato lleno de tostadas.

—Buenos días, chicas —saludó—. ¿Qué planes tenemos?

Me encantó que se sintiera tan cómodo con mis amigas. Le sonreí mientras untaba una de las tostadas con mantequilla, gesto al que contestó guiñándome un ojo. Nuestra cara de sueño era tan evidente como la felicidad que irradiaba nuestra mirada.

Después del desayuno nos fuimos a Notting Hill. Era día de mercado en Portobello Road y Léa quería aprovechar para hacer unas fotos en el que decía que era el barrio más fotogénico de la capital.

Pasamos una mañana deliciosa entre puestos de antigüedades con viejas cámaras de fotos que Léa estudió detenidamente y, por supuesto, también librerías. Lutyens & Rubinstein, con sus libros colgando del techo, era de mis favoritas. Tampoco faltó la visita de rigor a The Notting Hill Bookshop, donde compré una bonita libreta y alguna cosa más de papelería. Por último, nos dirigimos hacia St Lukes Mews, donde se había rodado la famosa escena de la película *Love Actually* en la que Andrew Lincoln se declara a Keira Knightley con unos bonitos mensajes escritos en unos carteles.

Era un rincón precioso y tranquilo, invadido cada cinco minutos por grupos de turistas que querían fotografiarse frente a la casa rosa habitada por la actriz en la película. Pero entre grupo y grupo nos quedábamos allí solos y Léa pasó un buen rato sacando fotos, mientras los demás imaginábamos cómo sería vivir en aquel lugar, seguramente un remanso de paz que les fue arrebatado de la noche a la mañana tras el éxito del largometraje.

Antes de marcharnos del barrio tomamos en Gail's Bakery uno de sus deliciosos *chai tea lattes.*

Mis amigas querían ir después al mercado de Spitalfields y quise dispensar a Matteo de nuestra compañía; suponía que habría cumplido ya con su cupo de horas rodeado de un grupo de mujeres tan locas como nosotras y que estaría cansado después del intenso día anterior.

—Ni se te ocurra por un momento que pienso separarme de ti —me contestó, como si le estuviera proponiendo irse en un viaje espacial a la Luna—. *Spitalfields, here we come.* Igualmente, hace años que no voy. Y tus amigas son muy majas, de verdad. —Me sonrió, tranquilizador, y me pasó el brazo por los hombros.

Al llegar al popular mercado cubierto del Este de Londres fuimos directamente a comer. Lo hicimos en un lugar llamado Players Social, donde compartimos varias raciones de «comida guarra», como la llamaba Diego —y que tanta gracia me hacía—, para pasar después a tomar unas cervezas mientras jugamos unas partidas de billar —por supuesto, ninguno tenía ni la más remota idea, lo cual fue garantía de echarnos unas cuantas risas— y al ping pong, que se nos dio algo mejor.

Pasamos el resto de la tarde paseando entre los variopintos y peculiares puestos del mercado, y terminamos en la tienda de Inspitalfields, donde mis amigas arrasaron y yo conseguí contenerme lo justo. Me enamoré de una colección de cuadernos artesanales, hechos a mano, cuyas cubiertas eran las portadas de novelas clásicas. Antes de que pudiera darme cuenta siquiera, y con la complicidad de mis amigas, Matteo me regaló uno.

—¡Pero bueno! —le dije, llevándome la mano a la frente—. Si yo te compré un regalo ayer y se me ha olvidado dártelo.

—Será porque alguien te distrajo anoche... —Me sonrió mientras yo abría el cuaderno que había sido envuelto con un maravilloso papel que, como siempre, me daba pena romper.

Matteo había elegido *Breakfast at Tiffany's*, de Truman Capote, con una delicada portada en rosa pastel. Lo abracé contra mi pecho y le di las gracias, mientras me animaba a que lo abriera. Había escrito una dedicatoria en su interior. «Para que tomes notas para tu novela. Que la historia que escribas sea tan bonita como la nuestra».

—Imposible —le dije acariciando su rostro y mirando esos ojos tan azules en los que quería perderme.

Era ya hora de volver a Covent Garden, donde Matteo comenzaría a tocar en una hora, así que pusimos rumbo a nuestro hotel, donde había dejado su guitarra. Aprovechamos para dejar las compras del día y, mientras Matteo se iba a tocar, las chicas y yo nos sentamos a cenar en la terraza de Buns and Buns, desde donde podíamos escucharle y verle.

Ese fue el momento elegido por Juan para llamarme. Desde que había llegado a Londres la mañana anterior apenas le había mandado un par de mensajes para decirle que lo estaba pasando muy bien con las chicas, a lo que él me había contestado alegrándose —¡*ouch*!— y diciéndome que había aprovechado para escaparse al laberinto de los libros. Cogí la llamada, pero utilicé como excusa el alto volumen de la música para colgar rápido. No me sentía nada cómoda y prefería hablar con él cuando regresáramos a París.

Ni siquiera sabía qué decirle, ni sabía qué pasaría con Matteo cuando nos separáramos. Si era realista, aquella historia no podía continuar. ¡Vivíamos en países distintos!

—Estoy escuchando tus pensamientos a través de la música de Matteo —me dijo Léa—. Déjalo ya, chica. No a Juan. Ni a Matteo —aclaró ante mi cara de susto—. Deja la comedura de tarro. *And enjoy.* Mira lo bien que vamos a cenar —señaló la amplia variedad de *buns* que había ya sobre la mesa— y disfruta de la música. ¿No está cantando vuestra canción?

Efectivamente, sonaban las primeras notas de *A te* cuando nuestras miradas se cruzaron.

Madre mía, no sé a quién quería engañar. No podría salir de aquella historia jamás. Mi corazón estaba cautivo de la sonrisa de aquel músico italiano y yo estaba atrapada para siempre.

Tras el concierto, Matteo se fue a guardar la guitarra, el amplificador y los ciento veinticinco cables al almacén y vino a sentarse con nosotras. Todos estábamos agotados, por lo que no alargamos demasiado la velada. Había sido uno de esos días perfectos que uno sabe que recordará siempre, por mucho tiempo que pase. De esos momentos que —eso nunca se lo confesaría a Léa— una foto jamás podría capturar. Lo mejor de la vida se guarda en el corazón y solo puede verlo y revivirlo quien lo sintió. Quien estuvo allí.

Aquella noche la pasé en casa de Matteo, pues a la mañana siguiente había prometido acompañarle a la escuela de Brixton, donde daba clase. Los niños iban a ofrecer un concierto y él estaba nervioso. Marta y Léa aprovecharon para irse a Camden a dar una vuelta y quedé con ellas directamente por la tarde en el hotel para irnos juntas a la estación y regresar a París en lo que pronosticaba que iba a ser un viaje dramático, a pesar de lo que dijera Léa.

Pero ahora estaba allí, desayunando en la cocina de Matteo vistiendo una de sus camisetas —siempre había querido hacer eso, que me parecía tan de película—. Para mi sorpresa, me preparó unas tortitas con fruta y un zumo de naranja recién exprimido. Cuando bajé la escalera el olor a café recién hecho impregnaba ya toda la casa.

—Si me tratas así no me voy a ir nunca de aquí —le dije.

—Es la idea —se sentó frente a mí y por un momento pensé en cómo sería amanecer así cada día.

«Isabelle, de nuevo, céntrate. Esto no va a ocurrir. No seas loca, cómete las tortitas y disfruta de las últimas horas con este chico que probablemente no volverás a ver. Y ve pensando en el tren de vuelta qué le vas a decir a tu novio, que por otro lado es un hombre maravilloso y no se merece lo que le estás haciendo».

Recordé de nuevo la frase de Scarlett Johansson en *Qué les pasa a los hombres*: «¿Qué pasa si conoces al amor de tu vida y ya estás casado con otra persona?». Aquella frase se me había quedado grabada a fuego cuando vi la película. No porque tuviera nada que ver con mi vida en aquel momento, sino porque me parecía una situación terrible.

Y aquí me encontraba yo, años después, en la peor de las pesadillas. Yo no estaba casada, eso era cierto; pero tenía una relación con un hombre maravilloso al que realmente quería. La culpabilidad me estaba ahogando por momentos.

Me di cuenta entonces de que Matteo no me había preguntado nada sobre mi situación sentimental, a pesar de que habíamos pasado largo rato hablando aquella noche. Probablemente asumía que haberme plantado en Londres sin pestañear como respuesta a su invitación implicaba que yo era una persona tan íntegra como él y que de haber tenido pareja no habría traspasado una línea que ya habíamos dejado muy atrás.

—Tengo que decirte algo. —Realmente tenía que sacar aquello de dentro de mí de alguna manera. Físicamente me estaba empezando incluso a encontrar mal, a pesar del delicioso desayuno. Matteo me miró y me partió el alma tener que estropear aquel momento tan perfecto—. ¿Recuerdas al hombre con el que vine a Londres hace unos meses?

Matteo asintió con la cabeza y, por su mirada, juraría que lo vio venir. Sus habitualmente brillantes ojos azules parecían apagarse cuando algo le entristecía o le preocupaba. No habíamos pasado mucho tiempo juntos, pero le iba conociendo poco a poco.

—Volví con él hace unos meses. Sigo con él, de hecho. —No encontraba excusa alguna que me absolviera de algo de culpa—. No pensé que volvería a saber nada de ti. Que no quiere decir nada. ¡Ni quiero descargarme de culpa! Es horrible lo que estoy haciendo.

Sin darme cuenta, una lágrima se deslizó por mi rostro. Matteo, que no había pestañeado siquiera durante aquel rato, alargó la mano y la secó. Acto seguido, se levantó, rodeó la isla de la cocina y se sentó junto a mí.

—No llores —me dijo mientras cogía mis manos, abrazándolas con las suyas, con aquellos dedos larguísimos que tan delicadamente se deslizaban por la guitarra—. Nadie es perfecto, créeme. Y quien esté libre de pecado que tire la primera piedra.

No me atreví a continuar hablando por miedo a lo que vendría a continuación. Yo regresaba a París aquella tarde y no habíamos hablado de qué pasaría después. Era una conversación que estábamos evitando y que yo temía: a saber lo que pasaba por su cabeza. Nos quedamos un rato en silencio hasta que miré el reloj y le recordé que debíamos irnos.

—No puedes fallar a tus niños. —Le sonreí a través de mis lágrimas.

—Vamos. —Me abrazó contra su pecho—. Me apetece mucho que vengas conmigo.

Ver a Matteo acompañando con la guitarra a los niños, su cara de orgullo y la de felicidad de aquellos pequeños que habían encontrado en la música un refugio frente a todas las penurias que seguramente pasaban, me conmovió muchísimo.

Aun a riesgo de sonar condescendiente, me sentí orgullosa de él. En aquellos días —y noches— de conversación había descubierto más cosas además de su trabajo voluntario en Brixton enseñando música a estos niños. Cada año, en su cumpleaños, tocaba para recaudar fondos para alguna causa solidaria, algo que repetía cada vez que había alguna catástrofe en algún rincón del mundo o que alguien acudía a él pidiendo su ayuda. Jamás decía que no. Matteo tenía un gran corazón y no podía disimularlo. Trataba de explicarme que él era un privilegiado y tenía la obligación moral de ayudar a los demás siempre que tenía ocasión.

Era su manera de devolverle al mundo un poquito de esa suerte que había tenido él.

Era tan humilde que le costaba hasta contarlo; y yo sentí que pasara lo que pasara entre nosotros, había conocido a una persona extraordinaria que ya había cambiado mi vida para siempre.

El resto de la mañana pasó volando y terminamos comiendo algo rápido en el restaurante de mi hotel, a la espera de que Marta y Léa volvieran de Camden. Cuando lo hicieron, recogieron sus maletas, se despidieron efusivamente de Matteo —quien les había conquistado, según me confesaron después— y salieron a la calle discretamente para dejar que nos despidiéramos a solas.

También aquella despedida me la guardo para nosotros. Solo diré que le di —por fin— el vinilo de *Bohemian Rhapsody*, con una postal en la que le daba las gracias por uno de los mejores fines de semana de mi vida. La postal la había comprado en The Notting Hill Bookshop y decía: *«I'm just a girl, in front of a boy, asking him to love her»*. Fue la forma menos dramática que encontré de preguntarle si estaba dispuesto a intentarlo —imaginad todas las demás que se me habían pasado por la cabeza—. Mi forma de preguntarle si estaba dispuesto a quererme del mismo modo en que yo ya sabía que le quería a él, a pesar de la distancia.

Si lo estaba, me contestaría. Si no, al menos no le estaría poniendo en una situación incómoda en la que tuviera que decirme a la cara que aquella historia era imposible.

Tocaba volver a París y esperar. Al menos una cosa tenía clara: había sido sincera con Matteo. Cuando llegara a casa, me tocaría serlo con Juan. Y una vez los tres supiéramos la verdad... llegaría el momento de tomar una decisión.

18

EL FINAL DE UNA HISTORIA

El viaje en tren fue, como predije, dramático, y entraré en breve en detalle sobre el tema. Pero sí que hubo un momento de alegría en las poco más de dos horas de trayecto y fue cuando Léa nos estuvo enseñando las fotos que había sacado durante el fin de semana.

Como era de prever, eran todas espectaculares. Pero hubo una en especial que me enamoró, provocando que mi corazón diera un vuelco. En la instantánea aparecíamos Matteo y yo de espaldas, caminando abrazados por St Lukes Mews. Estábamos solos, como si no hubiera nadie más en el mundo. Deseé volver a aquel instante, que recordaba perfectamente, y me desdije un poco de mi pensamiento de la noche anterior: algunas fotos sí que podían transportarnos a momentos inolvidables.

De repente, tuve una idea.

—Léa, amiga —le dije—, ¿harías la portada de mi novela?

—¿Cómo? —Me miró sorprendida.

—Haces unas fotos increíbles. Ya sabes que te lo he dicho desde el principio. Llevo semanas dando vueltas a qué hacer con la portada... Me parece algo fundamental. Trabajo en una librería y sé perfectamente que los libros entran por los ojos. Una mala cubierta puede arruinar hasta la más excelente novela. Y aunque la mía no sea para ganar un Premio Nobel, necesito una buena. No se me ocurre ninguna mejor que una foto hecha por ti. —La miré como un niño pidiendo un caramelo a su madre.

—¿En serio? —Léa aparentemente seguía sin dar crédito—. Ay, ¡sería un honor! Pero qué responsabilidad más grande; a ver si no voy a hacer nada que te guste.

—Querida, pondría esta misma foto —señalé la que acababa de ver— si no fuera porque no quiero sacar a Matteo en la portada. Pero cualquiera que hagas me parecerá maravillosa.

—A mí me parece una idea magnífica —intervino Marta—. ¿El título lo tienes ya?

—Sí. Eso sí lo tengo claro —respondí, misteriosa—. Ya lo veréis. Es una sorpresa.

Me sentí genuinamente feliz —y liberada— de algo que era verdad que me preocupaba desde hacía tiempo. Pero el drama llegó igualmente. Y no solo el mío.

Mientras ponía a mis amigas al corriente de todo lo acaecido con Matteo durante las horas en que no habíamos estado juntas, el teléfono de Léa se iluminó sobre la mesa del tren. Un mensaje de Daniel apareció en la pantalla: «Por favor, dime algo, chiquitina. Necesito hablar contigo. Déjame invitarte a cenar esta noche. Solo te pido que me escuches. Si después no quieres volver a saber de mí, lo entenderé y te dejaré tranquila, te lo prometo».

—Bueno, ya hemos atravesado el Canal. —Léa cogió el móvil y se dispuso a teclear la respuesta mientras Marta y yo aguantábamos la respiración—. Voy a quedar con él. Pero he sido fiel a lo que he dicho y he evitado pensar en esto en todo el fin de semana. No tengo ni idea de lo que voy a decirle. Ni siquiera sé qué quiere decirme él.

Léa, la dulce Léa, que me había parecido tan fría como

un iceberg apenas dos noches antes, volvía a verse menuda e indefensa, como cuando Daniel la dejó y terminó instalándose en mi casa. Deseé con todas mis fuerzas que aquello saliera bien; no veía a mi amiga capaz de soportar más dolor provocado por el hombre a quien no había conseguido olvidar tantos meses después. Aunque a juzgar por los mensajes de Daniel, él tampoco la había olvidado a ella. Yo, que como ya he dicho, debía haber nacido en el siglo XIX, era muy de historias trágicas y dramáticas —pero con final feliz a ser posible— y tenía mis esperanzas depositadas en que Léa y Daniel consiguieran encontrar el modo de ser felices juntos.

Juan apareció por sorpresa en la Gare du Nord para recogernos y llevarnos a casa y yo creí morir. Pero decidí que, si aquello era una señal, debía aprovecharla, y le propuse cenar algo rápido en Le Chai, antes de subir a casa a desmayarme sobre la cama.

—Estoy agotada del viaje —le dije, no mintiendo en ese caso—. ¿Te importa?

—Para nada. —Me sonrió mientras nos dirigíamos al café enfrente de mi casa—. ¿Mucha juerga con las chicas?

—Más o menos.

Huelga decir que la cena no transcurrió como Juan esperaba. Quizá no fue lo más apropiado contarle lo que había sucedido en una terraza —aunque por fortuna no había prácticamente nadie—, pero tenía que hacerlo y no quería esperar más. Juan no se lo merecía.

—Así que no ocurrió nada en el tiempo que estuvimos separados... ¿Y ahora que volvemos te vas corriendo a Londres a su encuentro? —El tono de Juan era más de sorpresa que de enfado.

—No... Realmente no esperaba volver a saber nada de

él. Y él no sabía que habíamos vuelto. Aquello debió quedarse en una historia inacabada, sin más. Pero cuando recibí la carta... Sentí que tenía que ir y entender qué pasaba. Lo siento de veras. —Por algún motivo, en aquella ocasión no lloré—. Te quiero, Juan. Probablemente más de lo que yo misma pienso. Espero que puedas perdonarme.

Se quedó en silencio durante unos minutos que parecieron horas. Bebió de su copa de vino. Volvió a beber. Me miró apenado. Creí escuchar mi corazón resquebrajarse. No me salían las palabras. Pero él, finalmente, las encontró.

—Te quiero. Y puedo perdonarte. Yo he cometido errores en mi vida; algunos no me los han perdonado, otros sí. Y sé bien lo importante que puede ser que te den una segunda oportunidad. Pero, Isabelle —se inclinó hacia delante para mirarme fijamente a los ojos, con aquella mirada tan intensa como la del primer día que entró en la librería—, eres tú quien tiene que decidir si quieres esa oportunidad. Me da la sensación de que ni siquiera sabes con quién quieres estar.

Juan me había desnudado el alma con la mirada el día que nos conocimos. Tuve siempre la sensación, estando con él, de que era capaz de leer mi interior. Y aquella vez no fue la excepción.

—Lo siento muchísimo. —No se me ocurría nada más que decir—. Creo que necesito estar sola unos días. Aclararme. No hacer más daño a nadie.

—Te esperaré. Te lo prometo. —Aquel hombre era demasiado bueno para mí.

Terminamos de cenar hablando —afortunadamente— de otros temas. Le puse al día de la situación de Léa, que debía de estar cenando en aquel mismo instante con Daniel, y le conté que ella haría la foto para la portada de mi novela, de la que solo me quedaba por escribir el último capítulo.

—Quiero entregarla el próximo lunes en la editorial —le dije—. La imprimiré y la llevaré en papel. Marta ya ha hablado con una de las editoras que trabajan allí y, en principio, la historia les ha gustado, pero antes quieren reunirse conmigo y también tienen que leer el manuscrito, claro. Cruza los dedos —le dije con una débil sonrisa.

—Haré algo más que cruzar los dedos —me sonrió—. Queda una semana. Enciérrate a escribir. Termínalo. Aprovecha para estar sola y pensar. Y el próximo lunes te invito a cenar donde tú quieras. ¿En el Jules Verne? ¿En la Tour d'Argent? *You name it.* Hay que celebrarlo. Estoy seguro de que tu novela será un éxito.

Su apoyo me conmovió profundamente. Aunque era cierto que por el momento no le había dejado leer una sola línea, la verdad es que estaba deseando que leyera la novela. Pensé que así entendería cuánto le quería y lo importante que era para mí. A dónde nos llevaría eso... Aún no lo sabía.

Hice caso a Juan y durante la siguiente semana dediqué todas mis horas libres a escribir. Fui a trabajar a la librería, por supuesto, pero el único rato de ocio que me permitía era la media hora que salía a comer con Thomas al Jardín de Luxemburgo, donde el buen tiempo ya nos permitía hacer un pícnic en condiciones.

Mientras la vida de Léa y la mía parecían una montaña rusa, la de Thomas se había ido armando como un puzle. Éric había dejado finalmente a su chica —embarazada, sí— y se había instalado en casa de Thomas.

—Si la buhardilla era pequeña para uno solo, no te digo para dos —me explicó mi amigo, divertido—. Para abrir la puerta del baño, el que se queda fuera se tiene que subir a la cama. Literal.

Me reí y le pedí que me hablara de sus planes futuros y, sobre todo, de sus cuadros.

—Pues mira, ¡en la última exposición vendí todos! Muy fuerte. Ahora estoy trabajando a destajo porque vendo más rápido de lo que pinto —sonrió encantado—. Y todo es culpa tuya, que lo sepas.

—¿Mía? ¡Pero si el que pintas eres tú! Yo solo te animé a intentarlo.

—Que es mucho más de lo que ha hecho nunca nadie por mí. —En un inesperado giro de los acontecimientos, Thomas, que no era precisamente un hombre efusivo, soltó su sándwich y se abalanzó sobre mí. Una inmensa ternura me invadió y debo decir que el abrazo me vino a mí tan bien como a él en aquellos momentos; realmente lo necesitaba.

—Te mereces todo lo bueno que te pase, de verdad —le dije sincera, mientras acariciaba su pelo negro—. No te imaginas lo que me alegro por ti. Ahora solo falta que te mudes con Éric a una casa donde podáis invitar a alguien sin que uno de los dos tenga que salir al descansillo.

Thomas se rio y yo me sentí, por primera vez en días, feliz.

Durante aquella semana no supe nada de Juan —que era lo previsible, dado que en eso habíamos quedado— ni de Matteo, lo que era más inesperado. O no. En el fondo, la ausencia de respuesta a mi postal era una respuesta en sí. Tampoco tocó ningún día en Covent Garden, cosa que me sorprendió más. ¿Estaría enfermo? Hasta el viernes no me llamó especialmente la atención, pero ya el fin de semana me pareció extraño. En todo caso, conforme pasaban los días disminuía exponencialmente la esperanza de volver a saber de él.

El domingo por la mañana terminé la novela. Ese sueño que me había acompañado desde niña. Un sueño en el que, a diferencia de Thomas, había sido siempre apoyado por mis padres, posteriormente por Diego, mi marido, que incluso quiso editarlo. Por mis amigas, Marta y Léa. Por Agatha. Por Juan y también por Matteo. Todos aquellos que me querían bien habían apostado por mí, habían confiado y me habían animado a llevar a cabo aquello que ahora pasaría a las manos de otros.

Desde el principio dije que en mi novela podía pasar lo que yo quisiera. Y así fue. Releí el último capítulo y supe que había encontrado la respuesta a todas mis dudas. Escribí debajo del último párrafo esa palabra de tres letras a la que todo escritor está deseando llegar pero que, al mismo tiempo, teme porque implica despedirse de su historia y de sus personajes.

FIN

A continuación, volví a la primera página del documento y tecleé el título que durante tanto tiempo había tenido claro en mi cabeza pero que aún no había puesto en negro sobre blanco:

Cuando volvamos a vernos

EPÍLOGO

—

EL FINAL DE UNA NOVELA

El lunes por la mañana fui a entregar el manuscrito a la editorial y aproveché para desayunar con Léa y Marta. Me sentía mala amiga por no haberlas visto durante mi semana de encierro, pero ellas no solo lo habían respetado, sino que me habían animado a ello.

—Y mira si teníamos razón —me dijo Marta alzando su copa de zumo de naranja animándonos a brindar—. Has entregado el manuscrito de tu primera novela. ¿No te parece increíble?

—Ni te lo imaginas —les dije aún sin creérmelo—. Gracias, chicas, por todo. No sé qué haría sin vosotras.

—No seas boba— dijo Léa chocando su copa con las nuestras—. ¡Ni nosotras sin ti!

Como yo realmente no tenía mucho que contar, puesto que había pasado la semana prácticamente aislada y no había tenido noticias ni de Juan ni de Matteo, Léa aprovechó para contarnos durante el desayuno el motivo de su radiante sonrisa.

—Daniel y yo vamos a intentarlo de nuevo. —Marta, por supuesto, ya lo sabía, así que los dos pares de ojos se posaron sobre mi boca abierta de par en par.

—Entonces, ¿ha vuelto a dejar a su mujer? —pregunté, pensando por primera vez en cómo debía de sentirse aquella mujer.

Mi amiga dudó un momento e intercambió una mirada con Marta, que nos miraba alternativamente a ella y a mí.

—No. —Léa bajó la mirada, pero enseguida se recompuso—. Ya sé lo que me vas a decir, pero no puedo dejar de verle. Le quiero demasiado. —Y añadió—: No pido que me entendáis, pero no me machaquéis, por favor —rogó, mirándonos a ambas.

—Léa, ¿en serio crees que yo soy quién para juzgarte? —le dije, poniendo mi mano sobre la suya en un intento de tranquilizarla—. ¿Te tengo que recordar lo que pasó en Londres?

Léa me sonrió y miró a Marta, que puso su mano sobre las nuestras.

—No somos quiénes para juzgarte —le dijo—. El amor no entiende de razones. La única razón es la del corazón.

—Ay, no os merezco. —Nuestra amiga estaba realmente conmovida por nuestro apoyo—. Sé que no es la situación idónea. Sé que mucha gente no lo entendería. Pero a mí me basta con saber que lo quiero y que él me quiere a mí. Y estoy segura de que, en algún momento, encontraremos la forma de estar juntos; mientras tanto, necesito tenerle en mi vida. Jamás he estado tan enamorada de alguien —nos dijo Léa con los ojos brillantes—. Me hace inmensamente feliz. Quiero compartir con él mis días, mis ilusiones. Viajar, cocinar juntos, fotografiar el mundo, la vida. Lo quiero todo. Y sé que llegará.

Daniel le había pedido perdón por haber actuado como un cobarde al volver con su mujer y Léa había encontrado en su corazón la bondad suficiente como para perdonarle. Era cierto que él había vuelto a casa, pero no porque no la quisiera, sino porque le daba miedo quedarse solo si al final la relación con Léa no salía bien. Admitió su cobardía, sí, pero también que no había pasado un solo día sin pensar en ella y sin arrepentirse del error que había cometido. Y eso había ablandado el corazón de nuestra amiga.

—Léa le ha perdonado, igual que Juan perdonó tu error. —Marta me miró levantando una ceja.

—Bueno, a día de hoy la realidad es que no sé nada de ninguno de los dos. Respecto a Matteo... Creo que las probabilidades son casi nulas. Hasta he barajado que haya dejado de transmitir los conciertos en directo para que no le vea. Y Juan... En teoría cenábamos esta noche y tampoco sé nada de él. —Alcé los hombros, resignada.

—¿Y tú? —me preguntó Léa—. ¿Qué es lo que quieres tú? ¿Has tomado una decisión?

Suspiré, sonreí y miré a mis amigas.

—Sí. Pero ahora mismo solo la conoce la editora que tiene mi manuscrito sobre la mesa.

En el camino de regreso hice una parada para comprar un ramo de flores para poner en casa. Me lo había ganado, pensé. No todos los días se cumple un sueño.

Atravesé el enorme portón de madera con el ramo de rosas en el brazo y me adentré en el patio para llegar hasta la escalera que daba acceso a mi apartamento. Pero me detuve antes.

Allí, en uno de los bancos que había bajo los dos inmensos árboles que crecían llenando de verde el lugar, estaba él. El hombre a quien había dedicado mi novela. A quien quería dedicar mi vida.

Bueno, quizá no mi vida entera, porque los amores no son eternos. En eso yo no iba a cambiar. Pero el tiempo que estuviéramos juntos seríamos inmensamente felices. De eso sí estaba segura.

Me acerqué lentamente a él, que cogió las rosas de mi brazo para dejarlas sobre el banco junto a su guitarra y, envolviéndome en ese abrazo en el que quise refugiarme para siempre, me susurró al oído: «Te quiero... Dime que soy el protagonista de tu novela».

AGRADECIMIENTOS

—

Hay mucha gente a la que debo dar las gracias, pero sin duda los más importantes son mis padres, que han hecho de mi vida una vida feliz y libre. Que me han apoyado siempre, sin vacilar, en todas mis aventuras. Si hubiera podido elegir una familia jamás habría elegido otra que no fuera la mía; les quiero con locura. Ellos me enseñaron a amar, a no juzgar y a empatizar. Unos valores en los que he basado mi vida entera —y también las historias que aparecen en esta novela— y que solo espero saber transmitir a mi hijo.

No puedo dejar de dar también las gracias a Máximo, ese gran amigo que la vida puso en mi camino. Sin él, este sueño no se habría hecho realidad —o habría tardado mucho más—. Y sin él la vida sería un poquito peor. Gracias por tu cariño, por tus abrazos y por ser como eres.

Gracias también a mi amigo Luis, que fue el primero a quien di a leer una parte de esta novela y quien me animó a seguir adelante, dándome el empujón que necesitaba en su momento —y valiosísimos consejos.

A mi amiga Gema, que llegó a mi vida cuando yo ya tenía a mis amigas de siempre y creía tener mi círculo completo. No sabía que me faltaba ella; la amiga con la que he compartido historias para llenar tres novelas enteras y la que ha estado a mi lado siempre, en los buenos momentos y sobre todo en los malos. Que jamás me ha juzgado y que nunca me ha fallado. Me ha apoyado siempre en todo —haya seguido sus siempre sabios consejos o no—, me ha animado cuando lo necesitaba y es sin duda una de las personas más importantes de mi vida.

Para mi amiga Elisa no tengo palabras suficientes. Ha contribuido tanto a que esta historia se haya convertido en lo que es, que realmente puedo decir que no habría logrado mi sueño sin su ayuda. Gracias por tanto. Este texto no sería lo mismo sin ti, sin tus ánimos y tu apoyo, siempre. Aplica a mi novela y a mi vida. Esos audios infinitos de WhatsApp desde por la mañana, cuando dejamos a los niños en el colegio, hasta altas horas de la madrugada. Esas risas hasta las lágrimas. Lo que nos hemos reído, lo que hemos llorado, no se puede explicar porque nadie sería capaz de entender una amistad como esta. Estoy segura de que, si hubiera tenido una hermana, no nos pareceríamos más, no me llevaría mejor con ella, y no la querría tanto como a ti.

En resumen, gracias a mi familia; la que me tocó en esa lotería de la vida en la que me llevé el mejor premio —mis padres—, y a la elegida —mis amigos—. Son el apoyo que jamás me ha faltado, sea cual sea la locura en la que me he embarcado en los distintos momentos de mi vida. A todos vosotros: gracias. Os quiero. No me faltéis nunca.

Por último, gracias a ti, lector, por el voto de confianza al haber elegido esta historia y haber llegado hasta el final. Por acompañarme en este sueño que es mi primera novela.

RELACIÓN DE LUGARES QUE APARECEN EN LA NOVELA

—

París

- Le Chai
- Casa de Isabelle y Marta (1, Rue de Bourbon le Château)
- Les Deux Magots
- L'Écume des Pages
- Saint-Sulpice
- The Red Wheelbarrow Bookstore
- Le Rostand
- Jardín de Luxemburgo
- Brasserie Lipp
- Museo Nissim de Camondo
- Restaurante Le Camondo
- Culture Crêpes
- Place Dauphine
- Le Bonaparte
- 33, Rue Bonaparte (Juan vivió en la buhardilla siendo estudiante)
- Museo d'Orsay
- Pont des Arts
- Casa de Victor Hugo
- Place des Vosges
- Mélodies Graphiques (la «tienda en París» de Máximo Huerta)

- Sur le fil de Paris
- Le Grand Véfour
- Marché aux Puces
- Mes Découvertes
- Mercado del Libro antiguo y de ocasión del Parque Georges Brassens
- Vagenende
- Île-Saint-Louis
- Île de la Cité
- La Closerie des Lilas
- La Coupole
- La Maison Sauvage
- Le Relais de l'Entrecôte
- Hotel Trianon
- Eggs & Co
- Museo del Louvre
- Jardines del Palais Royal
- Galerie Vivienne
- Librairie Jousseaume
- Rue Vivienne
- Bouillon Chartier
- Butte Bergeyre
- Restaurante Girafe
- Instituto de Estudios Políticos (Rue Saint Guillaume)
- Canal Saint-Martin
- Buddha Bar
- Le Procope

Londres

- The Cinnamon Club
- Hatchard's
- Daunt Books

- Saatchi Gallery
- Mercato Mayfair
- Bond Street
- Covent Garden
- Buns and Buns
- The Notting Hill Bookshop
- Gail's Bakery Notting Hill
- Belgravia
- Belgravia Books
- Peggy Porschen
- Denmark Street
- Seven Dials
- Stanford's
- Neal's Yard
- Royal Opera House
- Starbucks (Covent Garden)
- King's Cross St. Pancras
- The Meeting Place (King's Cross St. Pancras)
- Henrietta Hotel
- Mon Plaisir
- Kynance Mews
- Kingly Court
- Berwick Street
- Sky Garden
- Lutyens & Rubinstein
- St. Lukes Mews
- Mercado de Spitalfields
- Players Social
- Inspitalfields

RELACIÓN DE CANCIONES QUE APARECEN EN LA NOVELA

—

- *What a wonderful world*, de Louis Armstrong.
- *A te*, de Jovanotti.
- *One*, de U2.
- *Don't look back in anger*, de Oasis.
- *Dancing queen*, de ABBA.
- *Let it go*, de la BSO de Frozen.
- *Non me lo so spiegare*, de Tiziano Ferro.
- *Sweet Caroline*, de Neil Diamond.
- *Perfect*, de Ed Sheeran.
- *Wonderwall*, de Oasis.
- *Hotel California*, de Eagles.
- *Viva la vida*, de Coldplay.
- *Your song*, de Elton John.
- *Someone like you*, de Adele.
- *All I want for Christmas is you*, de Mariah Carey.
- *Every breath you take*, de Police.
- *Shut up and dance*, de Walk the Moon.
- *Valerie*, de Amy Winehouse.
- *Falling slowly*, de Glen Hansard y Markéta Irglová.
- *I'll be there for you*, de The Rembrandts.
- *I've had the time of my life*, de la BSO de Dirty Dancing.
- *Thinking out loud*, de Ed Sheeran.
- *La vie en rose*, de Edith Piaf.

- *Better together*, de Jack Johnson.
- *Night changes*, de One Direction.
- *Bohemian Rhapsody*, de Queen.

RELACIÓN DE LIBROS QUE APARECEN EN LA NOVELA

—

- *Una tienda en París*, de Máximo Huerta.
- *Balades littéraires dans Paris du XVIIe au XXe siècle*, de Jean-Christophe Sarrot.
- *Travesuras de la niña mala*, de Mario Vargas Llosa.
- *Los miserables*, de Victor Hugo.
- *Nuestra señora de París*, de Victor Hugo.
- *María Antonieta*, de Stefan Zweig.
- *El mundo de ayer*, de Stefan Zweig.
- *En busca de la felicidad*, de Douglas Kennedy.
- *Los naufragios del corazón*, de Benoîte Groult.
- *Como polvo en el viento*, de Leonardo Padura.
- *Historias de mujeres casadas*, de Cristina Campos.
- *A la luz del amanecer*, de Agnès Martin-Lugand.

ÍNDICE

Londres

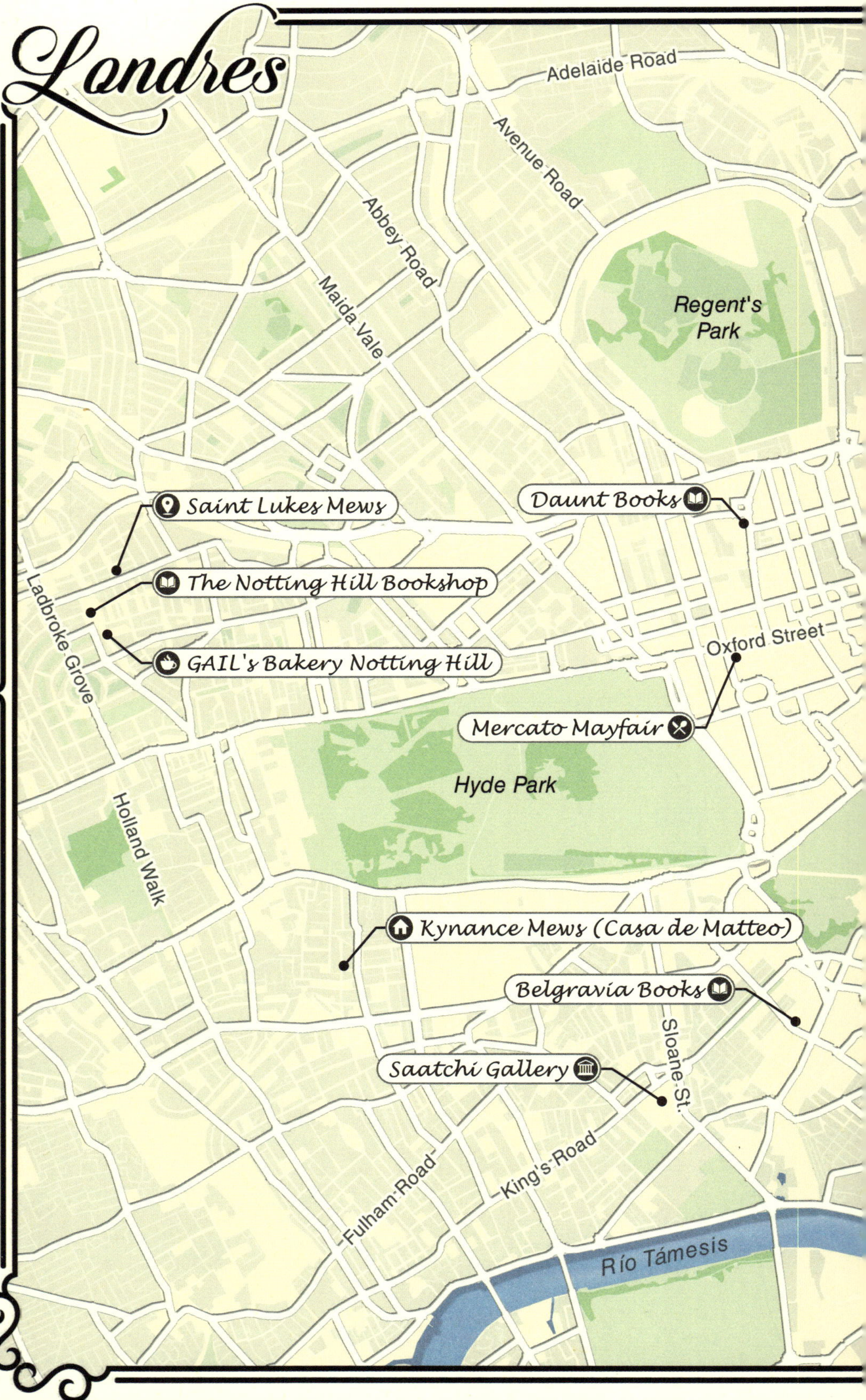
Adelaide Road
Avenue Road
Abbey Road
Maida Vale
Regent's Park
Saint Lukes Mews
Daunt Books
The Notting Hill Bookshop
Ladbroke Grove
GAIL's Bakery Notting Hill
Oxford Street
Mercato Mayfair
Hyde Park
Holland Walk
Kynance Mews (Casa de Matteo)
Belgravia Books
Sloane St.
Saatchi Gallery
King's Road
Fulham Road
Río Támesis